Regine Kölpin

Vergangen ist nicht vorbei

Bisher von der Autorin bei KBV erschienen:

Vergangen ist nicht vorbei
Deichleichen (Hg.)
aufgebockt & abgemurkst (Hg.)
Die Lebenspflückerin
Muscheln, Möwen, Morde (Hg.)

Regine Kölpin, 1964 in Oberhausen geboren, lebt seit ihrer Kindheit in Friesland. Sie schreibt Kriminalromane und Kurzgeschichten (Für Kinder und Jugendliche unter dem Pseudonym Regine Fiedler). Sie leitet Workshops und Schreibwerkstätten. Ihre Veröffentlichungen erhielten zahlreiche Auszeichnungen. Zuletzt war sie 2008 für den *Kärntner Krimipreis* nominiert und für das Jahr 2010 hat sie das Stipendium *Tatort Töwerland* erhalten. 2011 wurde sie als *Starke Frau Frieslands* gewürdigt.
Sie ist Mitglied im *Verband deutscher Schriftsteller*, der Europäischen Autorenvereinigung *Die Kogge*, dem *Syndikat*, den *Mörderischen Schwestern* und gehört dem Friedrich-Bödecker-Kreis an. Unter dem Motto *Jever ganz mörderisch* inszeniert Regine Kölpin eine historisch-kriminelle Stadtbegehung, führt Sie auf den Spuren einer Hebamme durch das mittelalterliche Jever und zeigt Ihnen die kriminellen Seiten der Stadt.

Regine Kölpin

Vergangen ist nicht vorbei

KBV

1. Auflage 2009
2. Auflage 2012

www.kbv-verlag.de
E-Mail: info@kbv-verlag.de
Telefon: 0 65 93 - 998 96-0
Fax: 0 65 93 - 998 96-20
Umschlagillustration: Ralf Kramp
Redaktion: Nicola Härms, Rheinbach
Druck: Aalexx Buchproduktion GmbH, Großburgwedel
Printed in Germany
ISBN 978-3-940077-63-9

Frühjahr 1944

Schritte hämmern im Gleichtakt über das Pflaster. Zwischendurch ein schnarrender Befehl. Stillstand. Das Rattern einer Maschinenpistole zerhackt die kurze Ruhe, bevor der monotone Rhythmus klackender Sohlen wieder einsetzt.

Die Frau in der Zelle verharrt kurz. Ihr Gesicht schmerzt, die Wunde an der Lippe pocht. Ihre Zunge gleitet über die Kruste, reibt sich daran. Sie sucht ihren Weg zurück, tastet sich durch die frisch geschlagene Lücke, an der sie das Blut noch schmeckt.

Wie zum Trotz bohrt sich ein Sonnenstrahl durch die Gitterstäbe. Er zeichnet einen hellen Streif auf den Boden. Staubkörner tanzen ihren Reigen. Die Frau schließt die Augen, legt die schwielige Hand auf ihren Leib. Er fühlt sich hohl an. Leer.

Draußen ist es wieder ruhig geworden. Als sei nichts geschehen. Eine Amsel beginnt ihr stakkatoartiges Rufen, das dann in fröhlichen Gesang übergeht und sich mit dem Zwitschern einer Meise vermischt. Ein schöner Tag. Eigentlich.

Die Frau setzt sich auf die Pritsche und vergräbt das Gesicht in den Händen. Dabei krallen sich die Fingernägel tief in Stirn und Haaransatz, hinterlassen kleine Halbmonde. Sie spürt den Schmerz nicht, sind Furcht und Bitterkeit in ihrem Herzen doch um so vieles stärker.

Sie hat ihn retten können. Er darf leben. Das allein zählt. Nicht das, was kommt. Was so oder so gekommen wäre.

Wie gern wäre sie jetzt noch einmal hinausgelaufen, hätte die Arme gen Himmel gestreckt und die Sonne um ihre Wärme angefleht. Ja, sogar diesen Gott, der sie vergessen hat, sogar den würde sie gern noch einmal anbeten.

Wenn sie nur dieses Loch verlassen könnte. Das Loch, in dem jedes Geräusch metallisch und laut klingt, jeder Schritt sich wie ein Schuss in den Gehörgang setzt und dort explodiert.

Die Schritte kommen wieder. Eins zwei, eins zwei … Wenn sie nachher vor ihrer Zelle halten, werden sie eines der letzten Geräusche sein, das sie in den Ohren hat, bevor der Strick ihrem Leben ein Ende setzt. Der Strick. Die Frau fasst sich an den Hals. Er wird sich dort einschneiden. Sie hofft auf einen raschen Tod, hat Angst vor dem Ersticken.

Aber auch das wird sie ertragen. Hauptsache, er lebt. Nie wird sie sein Lachen hören. Nie wieder seine Augen sehen. Blaue Augen. Tiefe blaue Augen. Mit diesem Blick. Unergründlich und wissend wie jedes Neugeborene, das ins Leben schaut, als kenne es die Welt besser als ein alter Mensch. Diesen Moment wird sie in sich tragen. Bis zum Schluss. Sie weiß nicht, ob sie heute kommen. Vielleicht stehen sie erst morgen vor ihrer Tür. Oder übermorgen. Irgendwann werden sie kommen. Das ist sicher.

Die Schritte nähern sich dem Zellentrakt. Die Frau steht auf, ordnet ihr Haar, wo es nichts zu ordnen gibt, weil es kurz und stoppelig ist. Frauen wie sie werden geschoren, ihrer Weiblichkeit beraubt. Nicht einmal das Tuch haben sie ihr gelassen. Das Tuch, das ihre Kahlheit verdeckt.

Ihre Hand gleitet über den Mund. Die Wunde ist groß. Ein Halbkreis von der Größe eines Stiefelabsatzes. Sie habe keine Ehre. Sei eine triebhafte Bestie, die die Rasse zersetze, haben sie gesagt. Die Frau bedauert, ihre Sprache zu sprechen, sie zu verstehen. Es wäre besser, wenn es nicht so wäre.

Sie sind jetzt ganz nah. Ihr Herz klopft unwillkürlich schneller. Die Schritte verstummen. Nebenan. Sie ist noch nicht dran.

Aus der Nachbarzelle dringt Schluchzen. Tief und kehlig röhrt es über den Gang, bis es mit einem Stöhnen verstummt. Eins zwei, eins zwei … Wieder entfernen sich die Tritte, laufen über das Pflaster, bleiben schließlich stehen. Pistolensalven. Ratternd. Endgültig. Manchmal hört man auch nichts. Wenn sie den Strick benutzen.

Und doch ist es eine laute Stille, die dann entsteht. Die Stille, mit der sie Frauen wie sie bestrafen. Es wäre besser gewesen, sie hätten sie zuerst geholt. Dann wäre es vorbei. Ihr ist schlecht.

Sie sieht sich um und taxiert den Raum. Man hat ihr nichts gelassen, mit dem sie auch nur den Versuch machen könnte, sich selbst zu erlösen. Das gönnen sie ihr nicht. Sie wollen es in der Hand haben, Herren über Leben und Tod sein.

Sie kommen zurück. Wie Maschinen. Abgehackt und immer im Takt. Keiner auch nur eine Sekunde schneller als der andere. Sie funktionieren. Immer. Tötende Menschenmaschinen. Ihre Gesichter zu Masken erstarrt, um das zu tun, was sie tun müssen. Töten. Einfach töten.

Dieses Mal verharrt sie nicht in Angst. Eine unbestimmte Wut lässt sie sich aufrichten.

Metall quietscht. Die Tür. Das Schloss knackt. Sie erkennt nur die Umrisse der Person. Dahinter dunkle Schemen. Es sind mehrere.

Sie wartet. Dünne Hände greifen nach ihrer Schulter. Sie versucht ihm ins Auge zu sehen. Der Blick lässt sich nicht einfangen. Er ist noch jung, kaum älter als sie. Keine Falte durchzieht das fast noch kindliche Gesicht. Sie muss mitkommen.

Das Stolpern über die eigenen Füße zeigt ihre Furcht, als sie aus der Tür gezerrt wird. Zwei andere Zellentüren stehen offen. Hier wirft der Sonnenstrahl ebenfalls seinen Streif hinein. In der einen Zelle ist die Decke auf der Pritsche zerwühlt. Sicher verharrt darin noch ein Rest Körperwärme, die sich nun von Sekunde zu Sekunde mehr verflüchtigt.

Ein Leben auszulöschen ist leicht. Es gleicht dem Auspusten eines Streichholzes.

Der mechanische Schritt ihrer Bewacher dringt wieder zu ihr durch. Sie zögert einen Moment. Es ist so weit. Nicht morgen, nicht übermorgen. Jetzt.

Dann trifft sie die wärmende Sonne mitten ins Gesicht. Sie muss die Augen zusammenkneifen. Doch sie will sehen. Ein letztes Mal sehen. Die Amsel singt, als sie die Augen aufreißt. Auf der Mauer über ihr, den Kopf leicht angehoben. Unbeschwert.

Die Frau setzt ihren Fuß auf die erste Stufe des Podestes. Der Strick schneidet ein ovales Loch in das Blau des Himmels. Sie steckt den Kopf hinein, spürt das leichte Kratzen des Taus am Hals. Die Amsel stimmt ihr Lied wieder an. Es ist ihr Gesang, der ihr Ende begleitet.

1. Kapitel

Über den Kai hetzten Menschen. Ihre Regenschirme tanzten wie bunte Punkte über ihren Köpfen, nur mit großer Mühe konnten sie sie gegen den Wind ausbalancieren. Die Wellen im Hafenbecken trugen Schaumkronen, die immer wieder über die Kaimauer geweht wurden und die schlieriggrüne Wand mit ihren Flocken benetzten. Nichts deutete darauf hin, dass eigentlich Sommer war, denn der hatte in diesem Jahr nur ein kurzes Gastspiel gegeben.

Hartmut Meckenwald sah von seinem Bürofenster auf den Hafen hinunter. Er rieb sich mit der rechten Hand die Knochen der linken. In seinem Alter konnte ihm eine solche Witterung schon arg zusetzen.

Die Dämmerung senkte sich über die Stadt. Verschluckte nach und nach ihre Häuser und Bewohner. Richtig trotzig wirkten da die angehenden Lichter in den Fenstern, hatten sie doch auch Mühe, ihren Lichtschein durch die Regenwand dringen zu lassen.

Hartmut Meckenwald zog nichts nach Hause, obwohl Freitagabend war. Heute hatte er andere Pläne. Die Putzkolonnen hatten die Firma bereits verlassen, gleich würde er allein sein. Endlich das vollenden, was er vor Jahren schon hätte vollenden sollen.

Ein flüchtiges Lächeln zog über das zerfurchte Gesicht. Er strich sich über die Glatze, die nur noch an den äußersten Rändern von weißem Flaum umrankt wurde. Ein Blick in den Spiegel sagte ihm, dass er wirklich alt geworden war, auch wenn er das nur ungern wahrhaben wollte. Er seufzte. Früher war er einmal ein attraktiver Mann gewesen, jemand, der sich nicht darum sorgen musste, immer eine Frau neben sich aufwachen zu lassen. Seine Ehefrau hatte mit viel Konkurrenz zu leben gehabt, es aber immer wortlos geduldet. Geld bindet Frauen, hatte Hartmut damals festgestellt und sein eigenes Leben an ihrer Seite weitergelebt. Doch seit sie tot war, war er einsam. Komisch, dass ihm dieser Umstand erst bewusst geworden war, als er vor dem zugeschütteten Grab gestanden hatte.

Was sollte er also zu Hause? In seiner Villa würde er ohnehin allein sitzen, obwohl er mit seinem Enkel Carsten und dessen Frau Birthe unter einem Dach lebte. Entweder arbeiteten sie oder sie waren sich selbst genug. Nur Birthe machte manchmal eine Ausnahme. Birthe tat nicht nur seinem Enkel gut. Sie war der Lichtblick in seinem Leben. Auch für sie würde seine Überraschung ein Gewinn sein.

Er hörte Carsten oben in seinem Büro rumoren. Jetzt klang es allerdings so, als mache er sich zum Aufbruch bereit. Es war ja auch spät genug. Gleich neun. Sie hatten lange Arbeitstage hier.

Morgen wollte Hartmut seinem Enkel alles mitteilen. Etwas, womit er sicher nicht rechnete. Ein paar Andeutungen hatte er schon gemacht. Und die freudige Erwartung in Carstens Augen gesehen. Er rechnete mit einer Entscheidung. Hartmut grinste. Sein Enkel scharrte schon mit den Hufen, weil er die Firma übernehmen wollte. Expansion war sein Stichwort, das er immer und überall anbrachte. Das sollte er auch alles tun. Aber auf eine andere Art, als er es sich vorstellte. Nur wusste Carsten davon noch nichts. Hartmut zog die Mundwinkel nach unten und nickte unmerklich. Carsten würde überrascht sein. Und wie.

Hoffentlich ging er bald nach Hause. Hartmut sah auf die Uhr. Der große Zeiger hatte die Zwölf jetzt knapp hinter sich gelassen. Das gleichmäßige Ticken der Wanduhr zerstückelte die Zeit in winzige Einheiten, zeigte deutlich, wie schnell die Zeit verging, aber auch, wie lang sich Minuten ausdehnten, wenn sie vergehen sollten. Manchmal kam es Hartmut vor, als verginge die Zeit gar nicht so gleichmäßig, wie die Uhren es suggerierten. Aber solche Gedanken passten nicht zu einem Geschäftsmann wie ihm. Deshalb behielt er sie lieber für sich. Die Leute würden ihn als leicht verrückten, alten Mann abstempeln. Sich bestätigt fühlen in dem, was sie schon lange dachten. Dass er mit Mitte achtzig keine Firma wie *Meckenwald Immobilien* mehr leiten sollte. Er war körperlich wahrlich nicht mehr so fit wie früher, aber er war alles andere als senil. Ihm war es wichtig, dass ihn jeder so sah, wie er sich fühlte. Jung geblieben.

Hartmut hörte Schritte. Stimmengemurmel. Carsten schien seinen letzten Kunden zu verabschieden. Es war eine Frau. Sie war augenscheinlich nicht zufrieden. Dafür war ihre Stimme zu hoch, zu schrill. Im Laufe seiner Tätigkeit im Immobiliengeschäft hatte er ein Gehör für Zwischentöne entwickelt. Und hören tat er noch verdammt gut! Einzig sein Herz geriet hin und wieder außer Takt, aber das stand ihm seines Erachtens nach so langer Funktionsdauer auch zu.

Der Fahrstuhl surrte, das typische Ruckeln. Dann klapperte eine weitere Tür. Es klopfte. Schnelle, gezielte Schläge mit dem Fingergelenk. Seine Sekretärin, Mechthild Driefel, steckte ihren blonden Kopf ins Büro. »Ich gehe dann, Herr Meckenwald. Ich komme aber morgen wieder und arbeite den Rest weg.« Hartmut nickte und winkte ab. Mechthild. Die gute, die loyale Seele der Firma. Ohne sie würde hier vieles nicht laufen. Hartmut wusste die Qualität der Sekretärin sehr zu schätzen. Er hatte unbedingtes Vertrauen zu ihr.

Im Büro über ihm rollte ein Stuhl übers Parkett. Auch Carsten war endlich bereit für den Aufbruch. Wieder ruckelte der Fahrstuhl. Dann surrte er leise. Es wurde ruhig im Gebäude. Endlich.

Ein paar Minuten wollte Hartmut noch warten, sein Enkel sollte wirklich weg sein. Nicht, dass er noch etwas mitbekam.

Hartmut Meckenwald öffnete die Schublade und nahm sich seine Abendration Tabletten heraus. Es waren bislang nur wenige, obwohl ihm jeder Arztbesuch ein weiteres kleines Gebrechen und neue Mitstreiter in Form von weißen und bunten Pillen bescherte. Ganz hinten lag die für ihn wichtigste Packung. Die, welche die dicken blauen Tabletten enthielt, die ihm jedes Mal beim Schlucken einen Würgereiz bescherten. Hartmut hatte sie ohne Rezept besorgt. Sie waren seine Versicherung auf etwas Spaß. Dazu brauchte er junges Fleisch, das sich nicht lange zierte. Hin und wieder gönnte er sich das. Es waren die einfachen, jungen Frauen, nicht die teuren, die ihn reizten.

Unter der Packung befand sich ein Bündel Scheine. Viele Scheine, sorgfältig geschnürt. Die würde er nachher brauchen. Ganz sicher. Geld war immer eine Garantie dafür, dass er die Dinge so in der Spur hielt, wie er es für richtig befand.

Hartmut griff in seine Hosentasche und faltete einen Zettel mit einer Handynummer auseinander. Eigentlich kannte er sie bereits auswendig. Die Zahlen hatten sich in sein Hirn eingebrannt. Er sog die Luft ein, lauschte in die Stille. Aber da war nur die tickende Uhr. Wie eine Zeitbombe, dachte er. Mit spitzem Finger begann Hartmut die Nummer in sein Telefon einzugeben. Aber dann stoppte er, drückte sie weg. Es war ihm, als habe er ein Geräusch gehört.

Hartmut ging zum Fenster und sah hinaus. Der Regen hatte tatsächlich aufgehört, nur der Wind heulte mit unverminderter Stärke um die Häuserecken. Obwohl es um diese Jahreszeit normalerweise noch wesentlich heller war, hatte sich die Dämmerung weiter wie ein dunkles Tuch über den Hafen gelegt. Der Parkplatz lag verwaist, nur zwei spärliche Lampen spendeten etwas Licht, schafften es aber nicht, die ganze Fläche zu erhellen.

Hartmut drehte sich um und erkannte jetzt, woher das Geräusch kam. Der Wasserhahn des Waschbeckens in der Ecke tropfte. Er hatte ihn nicht richtig zugedreht. Er war wirklich ein vergesslicher, alter Narr. Immer öfter beschlich Hartmut in der letzten Zeit das Gefühl, des Teufels Fratze lache ihn schon aus allen Ecken an. Sein dreizackiger Schwanz streichle ihm schon hin und wieder über das Gesicht, und das Donnern seiner Hufe komme immer näher. Denn dass nicht der Himmel, sondern das Fegefeuer auf ihn wartete, daran zweifelte er nicht einen Augenblick.

* * *

Pawel Dzierwas Kleidung war eher unscheinbar, genau wie sein ganzes Äußeres. Die Jacke, farblich eine Mischung aus oliv, beige und braun, beulte sich über einer verwaschenen Jeans, die unten am Saum arg ausgefranst war. Seine Haltung war gebeugt, glich der eines Müllers, der in seinem Leben zu viele schwere Säcke hatte tragen müssen. Pawel stand am Rand des großen Parkplatzes der Firma *Meckenwald Immobilien*, versuchte, nicht zu sehr in den gelblichen Lichtkegel der beiden Parkplatzleuchten zu geraten. Der Abend schob sich zunehmend über den Hafen, die Türen der umliegenden Häuser spuckten Menschen aus, die sich ihren wohlverdienten Feierabend gönnten. Hier arbeiteten scheinbar alle lange, es schien verpönt, einen normalen Arbeitstag zu haben.

Pawel fröstelte, drang der für diese Region typische Wind doch durch alle Fasern seiner Kleidung. Immer wieder schlug er den Kragen höher, um seine Ohren zu schützen. Er drehte sich in alle Richtungen, taxierte das Leben um ihn herum. Dann glitt sein Blick die Bürofassade hinauf. Fenster für Fenster scannte er ab, prägte sich jede noch so kleine Kleinigkeit ein. Das also hatte sich Hartmut Meckenwald geschaffen. Es schien ihm gut gegangen zu sein in all den Jahren. Verdammt gut. Viel zu gut.

In einem Fenster brannte noch Licht, während die anderen nur vom spärlichen Nachtlicht erhellt waren. Pawel wusste nicht, wie er Hartmut Meckenwald gegenübertreten wollte. Er hatte so viele Jahre gesucht, war über Umwege hierhergekommen. Er hatte schon mehrfach auf diesem Parkplatz gestanden. Und nur geschaut, nachgedacht. Bis er sich getraut hatte. Nun musste er warten. Vielleicht würde er heute Abend wieder davongehen. Einfach so. Unverrichteter Dinge.

Pawel sog die Luft scharf ein. Nein. Dieses Mal nicht. Dieses Mal würde er hineingehen. Wie mit Hartmut Meckenwald abgesprochen. Wenn sein Handy klingelte und er ihn zu sich rief. Dann würde er hineingehen. Und das vollenden, was seit 64 Jahren zu vollenden war.

Eine junge Frau kam von der Straße her auf die Firma zu. Dunkle lange Haare, Mantel. Sie blieb an der nächsten Ecke stehen und zog eine Zigarette aus der Tasche. Sie wirkte nervös. Immer wieder sah sie sich um, versteckte sich dann in einem Hauseingang.

Pawel warf einen Blick auf seine Uhr. Die Zeiger hatten sich Stück für Stück weitergeschoben. Es war viertel nach neun. Hartmut Meckenwald war jetzt hoffentlich allein. Sein Enkel hatte die Firma vorhin verlassen. Er kannte jedes Gesicht der Familie Meckenwald. Carsten war nicht allein herausgekommen. Er hatte eine Kundin dabei gehabt. Oder eine Angestellte. Vielleicht eine der Sekretärinnen der Firma.

Meckenwald Immobilien hatte bestimmt viele schöne Frauen, die ihre langen Fingernägel über die PC-Tastaturen gleiten ließen. Vielleicht war es auch seine Geliebte, wer wusste das schon. Diese Typen hatten doch alle Mätressen. Glaubte Pawel jedenfalls. Die Frau hatte teuer ausgesehen. In ihrem hochtoupierten Haar klemmte, trotz des schlechten Wetters, eine Sonnenbrille. Als Schmuck, nicht als Mittel zum Zweck. Sie hatte Carsten sichtlich angehimmelt, doch der schien nichts zu bemerken. Er hatte es eilig gehabt. Er war mit großen Schritten zu seinem Wagen gelaufen und förmlich in den schwarzen Audi hineingeglitten. Dort hatte er kurz telefoniert und war dann in die regennasse Straße abgebogen. Die blonde Frau war noch einmal kurz in Richtung Firmeneingang gelaufen. Pawel hatte aber nicht gesehen, ob sie auch hineingegangen war, weil genau in dem Moment ein Auto hupend die Straße entlanggerast war. Ein fataler Fehler, den Eingang aus den Augen zu lassen, nicht genauestens über alles informiert zu sein. Das durfte nicht passieren. Pawel spuckte in den Dreck und verrieb den Schaum mit seiner abgewetzten Schuhspitze. Nun musste er weiter abwarten, ob es ruhig blieb. Kein Risiko. Es war wichtig, dass er Hartmut Meckenwald allein antraf. Und dass er nicht gesehen wurde.

Am Rande des Parkplatzes trieb sich jetzt ein Junge mit einem Fahrrad herum. Er war zu jung, um zu dieser Uhrzeit allein in der Stadt herumzufahren. Pawels Augen bohrten sich durch die aufkommende Dunkelheit. Der Junge schien Probleme mit seinem Fahrrad zu haben. Pawel beschloss, ihn zu ignorieren. Er wollte nicht auffallen und zog es daher vor, im Schutz der Schatten zu bleiben.

Der Junge schluchzte. Pawel schluckte. Er konnte weinende Kinder nicht ertragen. Weinen ging tief, zeigte verletzte

Seelen. Davon hatte er zu viele gesehen, als dass er es aushalten konnte. Nun war er doch versucht, hinzugehen und dem Kind seine Hilfe anzubieten. Aber Jungen in dem Alter erinnerten sich. Und wie sie sich erinnerten. An jedes Detail, jeden Geruch, jedes Wort. Das wusste er so genau wie kein anderer. Also musste der Knirps allein klarkommen. Pawel konnte jetzt nicht helfen. Es würde ihn ablenken, vielleicht in seinem Entschluss wanken lassen, und das durfte nicht sein. Zu lange hatte er schon mit sich gekämpft. Zu viele Jahre waren bereits verflossen. Zu viele eigene Tränen hatte er schon geweint. Er musste es jetzt durchziehen, durfte sich nicht stören lassen. Sicher wohnte der Junge nicht weit von hier. Dann kümmerte sich ein Passant um das Kind. Er fummelte an dem Fahrrad herum. Pawel drückte sich hinter ein Auto. Niemand hatte ihn gesehen.

Pawel richtete sich wieder auf, als der Junge verschwunden war. Er fokussierte die Gedanken auf sein Ziel. Sein Atem ging stoßweise, doch biss er die Zähne so fest zusammen, dass die Wangenmuskulatur schmerzte.

Oben am Fenster sah er eine Silhouette. Das musste er sein. Hartmut Meckenwald. Sicher war er das. Das Rollo im Zimmer wurde heruntergelassen. In keinem anderen Zimmer brannte noch Licht, abgesehen von der fahlen Nachtbeleuchtung.

Pawel verließ den sicheren Platz hinter dem Auto. Dabei trat er versehentlich in den Schein der Laterne. Als er es bemerkte, sah er, dass die dunkelhaarige Frau mit dem Mantel noch immer an der Hausecke verharrte. Ihr Kopf schweifte ständig her und her, dann zog sie zum wiederholten Male das Handy aus der Tasche und starrte auf das Display, das sich schließlich mit einem kurzen Aufglimmen verabschiedete. Ihre Haltung hatte etwas von einem verschreckten Kaninchen. Obwohl er ihre Gesichtszüge nicht erkennen konnte, wurde Pawel das Gefühl nicht los, dass sie Angst hatte. Angst kannte Pawel. Sie war eine Regung, die er schon von Weitem roch, über große Entfernungen spürte.

Die Frau nahm einen letzten Zug aus ihrer Zigarette und trat sie dann mit der Spitze ihres hochhackigen Schuhs aus. Dabei verharrte sie kurz. Pawel war sich sicher, dass sie ihn gesehen hatte. Nicht nur so. Nicht als Mensch, den man sah, aber nicht wirklich wahrnahm. Sie hatte ihn bewusst gesehen. Pawel zog sich zurück und ging ein Stück in Richtung Hafen, wo er kurz innehalten musste, da der Wind ihm die Luft nahm.

Wer wusste schon, wann dieser Meckenwald sich melden würde. Pawel ging ganz langsam. Wie ein zufälliger Spaziergänger. Nicht mehr. Schließlich hörte er, wie sich klackernde Absätze auf dem Asphalt entfernten.

* * *

»Kommt Hartmut heute wieder nicht nach Hause?« Birthe biss in ihr Brot und spülte gleich mit Tee nach. »Es ist doch Wochenende.«

Sie war spät von der Arbeit nach Hause gekommen. Ihr Mann Carsten saß bereits im Wohnzimmer der Meckenwald-Villa. Der Fernseher flimmerte mit irgendeiner Schnulze vor sich hin.

Carsten hatte seinen Business-Look bereits abgelegt und lümmelte in Jogginghose und T-Shirt vor dem Fernseher. Nur sein perfekt gegeltes blondes Haar, das er noch immer korrekt nach hinten gekämmt hatte, zeugte davon, dass er noch nicht allzu lange wieder zurück war.

»Er wird wohl wieder im Büro bleiben, nehme ich an. Warum?« Carsten schnappte sich die Fernbedienung. »Vorhin, als ich gegangen bin, war er jedenfalls noch da.«

Er sah auf die Uhr. Es war fast elf. Er drückte auf den Schaltern herum und zappte sich durch die Kanäle. »Bisschen Comedy«, grummelte er und stellte den Ton etwas lauter.

»Ich bin immer unruhig, wenn er nachts dort bleibt. Ich frage mich, wann er dir endlich die Firma übergibt und sich ein paar schöne Jahre macht.« Birthe strich sich durch das kurze Haar, das am Hinterkopf zerdrückt war.

Carsten goss sich etwas Rotwein ein, hielt das Glas ins Licht und schwenkte es sacht hin und her. Dabei legte er seine Stirn in Falten, wie er es gerne tat, wenn er sich Gedanken über etwas machte. »Die Arbeit ist für ihn das Schönste. Daneben gibt es nichts. Das war schon immer so.« Er lächelte seine Frau verschmitzt an. »Aber er hat ein bisschen signalisiert, dass er meinen Expansionsplänen gegenüber nicht mehr ganz so abgeneigt ist.«

Birthe griff nach der Hand ihres Mannes. »Ich hoffe, dass er dir langsam entgegenkommt, sich endlich zurückzieht. Er ist alt. Mir kommt es immer so vor, als verstecke er sich vor irgendwas und habe deshalb Furcht, aufzuhören, weil er dann nachdenken muss. Und das wird immer stärker, oder?«

Carsten nickte. Sein breites Grinsen ließ seine Stirnfalten sofort verschwinden. Birthe liebte sein Lächeln, das ihn um Jahre jünger wirken ließ, als er war und ihren recht großen Altersunterschied von zwölf Jahren oft vergessen machte. Doch dann änderte sich sein Gesichtsausdruck, nahm einen beinahe überheblichen Zug an. »Birthe, die große Pädagogin!«, sagte er. »Analysiere du mal deine Schwachköpfe! Opa ist völlig okay.« Dabei küsste er Birthe auf die Wange.

Sie schob ihn weg. Sie mochte es nicht, wenn Carsten so über ihre Jungs und Mädchen redete. »Ich arbeite mit Behinderten, Carsten, nicht mit Schwachköpfen!«

Birthe ließ solche Dinge nie auf sich beruhen. Vielleicht konnte sich Carsten bei seinen Angestellten so aufspielen, aber nicht bei ihr! Sie wusste längst, dass es ihm und seinem Großvater lieber wäre, sie würde ihren Beruf im *Sternenhimmel*, einem Heim für Behinderte, aufgeben, um sich ganz in den Dienst des Familienunternehmens zu stellen. Wie oft hatte gerade Hartmut das angesprochen. Aber das würde sie mit Sicherheit nicht tun. Birthe hatte einfach keine Lust auf die Rolle »die Frau an seiner Seite«. Denn das würde Carsten bestärken, seine angeblich größere Lebenserfahrung, die er mit dem Altersunterschied begründete, noch stärker heraushängen zu lassen. Ihre Arbeit war Birthes Refugium, das sie um nichts in der Welt aufgeben würde. Sie sah ihren Mann an. »Außerdem darf ich mir wohl Gedanken über meinen Schwiegergroßvater machen.«

Carsten machte eine gönnerhafte Geste. »Bitte, nur zu. Aber verschone mich! War übrigens nur ein Spaß. Ich wollte deine Leute im Heim nicht niedermachen.«

Birthe presste die Lippen aufeinander. Dann holte sie tief Luft. »Hast du aber. Ich mag nicht, wenn du so bist.«

»Entschuldige.« Carsten griff nach ihrer Hand. Es schien ihm wirklich leidzutun. »War nicht so gemeint. Im Prinzip hast du ja recht. Ich glaube wirklich, mit der Übergabe dauert es nicht mehr lange.«

Birthe sah ihn fragend an.

»Er hat da etwas angedeutet.« Carsten legte die Füße auf den Tisch und klopfte mit den Fingern rhythmisch auf der Sofalehne herum. »Deshalb bleibt er sicher heute da.«

Über Birthes Gesicht glitt ein Lächeln. »Das wäre allerdings ein Grund. Hoffen wir, dass es so ist.« Sie legte ihre Hand auf seine trommelnden Finger. »Du bist richtig nervös deswegen, was?«

»Ach was. Warum auch? Ich weiß ja, was auf mich zukommt.«

»Du wirkst so. Unruhig eben.«

Carsten krauste die Nase, sog die Luft tief ein. Er war nervös, da konnte er seiner Frau nichts vormachen. Die nächste Comedy-Show begann und lenkte seine Aufmerksamkeit auf den Bildschirm. Birthe nutzte die Zeit aufzustehen. »Ich rufe trotzdem noch einmal bei Großvater an. Besser ist es.«

Carsten antwortete nicht. Birthe wusste, dass er ihre Sorge als übertrieben empfand. Sie ging zum Telefon und wählte erst die Nummer des Firmenbüros, und als dort keiner ranging, versuchte sie es auf dem Handy. Doch auch da ging nur die Mailbox an. Ihr Schwiegergroßvater war nicht zu erreichen.

* * *

»Warum bist du nicht dort geblieben? Das hätte dir wenigstens etwas Verdienst eingebracht! Bei so einem reichen Kerl!« Robins Augen hatten sich zu einem Schlitz verengt. »Die buchen sonst nicht solche wie dich!«

»Er wollte mich ja gar nicht.« Ihre Wange brannte von dem Schlag.

»Du wolltest nicht! Ich weiß, was der Typ verlangt hat. Und dass du das nicht machst.« Erneut holte Robin aus. Der Zuhälter war nicht zimperlich.

Dieses Mal konnte sich Maja ducken. »Ich würde alles tun. Ich brauche das Geld doch auch.« Sie schluckte. »Erst musste ich draußen warten, bis er angerufen hat, dann hat er mich zum Teufel gejagt.«

Auf Robins Gesicht erschien ein breites Grinsen, was nichts Gutes bedeuten konnte. »Du würdest also alles tun, damit das Geld stimmt?«

Die junge Frau nickte. Sie hatte keine Chance, wusste, was jetzt kam.

»Das ist gut.« Robin packte sie am Stirnhaar und presste ihren Kopf in den Nacken. Maja fühlte, dass die Haut an ihrer Stirn zum Reißen gespannt war. Vielleicht würde er gleich ihren Skalp in den Händen halten, und alles wäre endlich vorbei.

Robin beugte sich über sie. Er roch nach billigem Parfüm. Eine osteuropäische Marke. Er hatte neue Ware erhalten und probierte sie gerade durch. Sein Atem roch nach Bier. Und Zigarillos. Robin rauchte Unmengen davon, wie seine gelblich verfärbten Zähne und die Fingerspitzen bewiesen.

Maja erinnerte sich daran, wie es war, als er sie eingestellt hatte. Erinnerte sich an den scharfen Geschmack seines Speichels, die fordernden Bewegungen seiner Zunge, die so rau war wie ein Reibeisen. Damals hatte Maja gedacht, sie sei in der Hölle. Im Laufe der letzten Monate hatte sie gelernt, dass Robin Wagenknecht nur die Vorstufe dorthin war.

Sein Gesicht kam ihrem immer näher. Maja spürte keinen Schmerz mehr. Irgendwann lernte man, ihn auf Kommando abzuschalten. Irgendwann auf dem Weg nach ganz unten.

Robins Zähne blitzten gelb vor Majas Augen auf, sein Atem wehte ihr ins Gesicht. »Ich weiß, dass du das letzte Mal gekotzt hast, als du es tun musstest«, raunte er. »Bin ein netter Typ, das weißt du.« Er lockerte den Griff etwas. Majas Stirn wurde heiß, als das Blut zurückschoss. »Aber ab jetzt preisen wir dich genau damit an. Mit ein bisschen Übung wirst du die Königin sein!« Robin lachte, sodass Maja seine schlechten Zähne sehen konnte. Und seine Zunge, die sich immer wieder ihren Weg durch die große Zahnlücke zwischen den Schneidezähnen suchte.

Janina musste geredet, sie verpetzt haben. Weil sie Angst hatte. Alle hatten Angst vor Robin. Er strafte sie, wenn sie nicht spurten. Vielleicht hatte sich auch ein Kunde beschwert. Es war eigentlich egal, woher Robin die Info hatte. Aber Janina war dabei gewesen, als sie sich vor ein paar Wochen schon vorab in diesem Büro am Bontekai übergeben musste, als sie nur die Gürtelschnalle klacken gehört hatte und der Mann in eindeutiger Absicht auf sie zugekommen war. Sie konnte das nicht tun mit fremden Männern, die sie nicht liebte. Diese Sache war der wahren Liebe vorbehalten. Es war zu intim, als dass sie den Kopf abschalten konnte. In ihrer Gier stießen sie ihr dann ihre Männlichkeit so rücksichtslos bis zum Ansatz in den Hals, dass sie nicht anders konnte, als zu würgen. Sie ekelte das. Diese Intimität stand ihnen einfach nicht zu. Niemals.

Maja rann eine Träne über das Gesicht, bahnte sich den Weg am Nasenflügel entlang und verlor sich dann am Mundwinkel. Sie spürte nur noch ein einziges Gefühl, und das war Ekel. Ekel vor sich selbst, Ekel, vor dem, was sie tat. Ekel vor allem. Viele Kerle merkten das.

Maja hörte das leise Klacken des Knopfes an Robins Hose auf dem Boden, als Robin die Hose fallen ließ und sich seine Hüfte ihrem Gesicht näherte.

* * *

»Kannst du nicht doch mal zum Büro fahren?« Birthe hatte in der letzten Stunde mehrfach vergebens versucht, Hartmut anzurufen. Carsten konnte das Eintippen der Nummer schon nicht mehr hören. »Nimm die Wahlwiederholung!«, knurrte er, aber Birthe ließ sich nicht beirren. »Er war so seltsam in der letzten Zeit«, setzte sie wieder an. »Ich fand ihn … durcheinander. Nicht, dass ihm etwas passiert ist. Ein Schlaganfall oder so.«

»Bleib mal ganz ruhig. Ich möchte jetzt eigentlich lieber ins Bett.« Carsten warf einen Blick auf die Uhr. »Es ist schon viel zu spät, um hier noch rumzusitzen.«

»Nicht, dass er seine Tabletten kreuz und quer genommen hat. Weißt du was? Wenn du nicht fährst, dann mache ich das. Ich habe einfach ein komisches Gefühl.«

Carsten erhob sich widerwillig vom Sofa. Er reckte sich. »Lass mal. Ich mache das schon.« Er ging in den Flur und suchte nach dem Autoschlüssel, der wie immer unauffindbar war. Er schmiss ihn beim Nachhausekommen immer in irgendeine Ecke und merkte sich nie, wo. »Weißt du, wo der Schlüssel ist?«

Birthe hatte ihn bereits am Zeigefinger baumeln. »Er lag unter dem Sofakissen.« Sie gab ihrem Mann einen Kuss auf die Wange. »Beeilst du dich? Wenn etwas ist, rufe bitte sofort an, ja?«

»Was soll schon sein? Es ist nicht das erste Mal, dass Großvater die Nacht im Büro verbringt, das weißt du doch.«

Hartmut Meckenwald hatte sich in der Tat in einem Raum neben dem Büro ein kleines privates Zimmer mit Dusche eingerichtet, das niemand sonst betreten durfte. Hin und wieder schlief er dort. Carsten wusste, warum. Vor allem, weshalb er oft am Wochenende dort blieb.

»Ich weiß schon, warum du so zögerst, Carsten.« Birthe sog die Luft scharf ein. »Ich weiß, was er dort manchmal abends treibt. Mit Frauen«, setzte sie hinzu. »Magst du deswegen nicht hinfahren?« Birthe schien Carstens Zögern nachvollziehen zu können.

»Es wäre so peinlich für ihn, weißt du. Ich glaube gar nicht, dass er noch kann, aber wenn es ihm was bringt ...«

»Stimmt schon.« Birthe kaute am Nagel ihres Daumens. »Was nun?«

»Ich fahre trotzdem hin, okay?« Carsten warf einen Blick auf die Uhr. Sie hatten lange diskutiert, Mitternacht war längst vorbei.

»Sei vorsichtig!«

»Nicht, dass ich mich auch noch bediene? Oder warum?«

Birthe tat so, als trete sie ihrem Mann in den Hintern.

Die Straßen waren menschenleer, nur hin und wieder rauschte ein Wagen, voller junger Leute und mit laut aufgedrehter Musik, an ihm vorbei. Die Ampeln in der Stadt waren ausgeschaltet. Carsten hatte freie Fahrt.

Der Bürokomplex lag verlassen da, als seine Scheinwerfer die Wand streiften. Einzig das Nachtlicht strahlte sein dumpfes Licht aus den Fenstern, die meisten Rollos waren heruntergezogen. Carsten zögerte. Er wollte das Gebäude jetzt nicht betreten. Die Gegend war um diese Zeit einfach gottverlassen und leer. Der Gedanke, den Großvater in seinem Zimmer aufzusuchen, verursachte ihm Magenschmerzen. Wieder glitt Carstens Blick an der Fassade empor. Er hatte nie verstehen können, weshalb sein Großvater die Nächte gern in diesem einsamen Bürogebäude verbrachte. Schon als sie es neu gebaut hatten, war es zwischen ihm und seinem Großvater zu heftigen Auseinandersetzungen der Lage wegen gekommen. »Es ist teuer. Nur teuer. Und nachts viel zu einsam.«

»Ich liebe es, über den Hafen zu sehen, das Tuten der Schiffe zu hören. Und die Nacht ist immer einsam. Das ist Sinn und Zweck der Nacht.« Sein Großvater hatte Carstens Einwände weggewischt wie eine leichte Staubschicht, die zwar das Bild ein wenig beeinträchtigte, aber leicht zu beseitigen war. Carsten war sich sicher, dass ihm allein diese Diskussion ein paar Jahre Verzug eingebracht hatte, was die Übernahme der Meckenwaldschen Immobilienfirma anging. Seinem Großvater widersprach man einfach nicht. So lange Carsten sich erinnern konnte, was dies eine unumstößliche Tatsache gewesen. Er war ein Patriarch, der niemanden neben sich duldete. Es gab Augenblicke, wo ihn diese Sturheit wahnsinnig machte. Wobei Carsten zugeben musste, dass auch er in diese Richtung tendierte. Wenn man ihn lassen würde.

Er öffnete die Autotür, musste sie mit aller Kraft festhalten, da sich eine Böe mit ihm darum stritt. Er kletterte aus dem Wagen. Carsten schlug den Kragen hoch. Auch wenn es nicht mehr regnete, war die Nachtluft noch immer von einer unangenehmen Nässe, eindeutig zu kalt für August.

Seine Schritte knirschten, als er über den Parkplatz lief. Der Wind zerrte fast wütend am Stoff seines Mantels. Als er vor dem Eingang stand, war auch das Klatschen der Wellen gegen die Kaimauer nicht mehr zu überhören. Ihn fröstelte.

Mit steifen Fingern öffnete er die Tür und huschte ins Gebäude. Leise schloss sich der Eingang hinter ihm. Es war still, nur sein Atem wirkte laut und unregelmäßig. Er machte das Licht an und holte den Fahrstuhl. Die Türen zischten leise, als sie sich öffneten.

In der dritten Etage trat er in den Flur. Ein unbestimmtes Gefühl sagte ihm, dass er nicht allein war. Er schlich zum Büro seines Großvaters. Die Tür stand sperrangelweit auf. Der PC gab ein leises Ächzen von sich, er war noch nicht heruntergefahren worden.

Carsten glaubte ein Geräusch zu hören. Ein leises Rascheln, so wie es sich anhören musste, wenn eine Schlange über den Boden glitt. Er horchte in die Stille. Da war nichts, er hatte sich getäuscht. Sicher war es sein eigener Atem, der ihn so nervös machte.

»Hallo?«, raunte Carsten trotzdem. »Ist da wer?« Er durchquerte das Büro und seine Hand umschloss die Klinke der dahinterliegenden Tür, die zum Privatreich des Firmenchefs führte. »Hallo?«, rief er noch einmal. Langsam drückte er den Griff herunter. Die Tür klackte leicht. Der Raum war dunkel. Ein Hauch von Parfüm wehte ihm entgegen. Billig und süß. Carsten knipste das Licht an und schloss im selben Augenblick kurz die Augen, als wolle er gar nicht sehen, was ihn dort erwartete. Als er sie wieder öffnete, lag auf dem Boden vor ihm ein Chiffonschal in grellen Farben. Und seitlich vom Stuhl hinabgerutscht hing sein Großvater in merkwürdig verzerrter Haltung.

* * *

Fast hätte dieser Carsten ihn erwischt. Was tat er überhaupt hier, mitten in der Nacht? Pawel hatte gerade noch um die Ecke flitzen können. Noch bevor Carsten reagieren konnte, hatte Pawel sich von der Dunkelheit verschlucken lassen, war durchs Treppenhaus gehuscht und hatte das Firmengebäude unbemerkt verlassen. In so etwas war er geübt. Er, der Schattenmann. Er hatte das Blut eines einsamen Wolfs in den Adern. Ein Einzelgänger. Verstoßen vom Rudel.

Pawel hastete am Ufer des Bontekais zurück. Noch war es früh genug, um in sein Versteck zurückzukehren. Lange würde er dort nicht bleiben können, musste sich eine bessere Bleibe suchen. Ein paar Ersparnisse hatte er ja mitgebracht für sein großes Ziel.

Einen Schritt war er bereits weitergekommen, wenn auch anders als vorgesehen. Es war schiefgelaufen. Die Sache hatte eine nicht geplante Wendung genommen. Dennoch war ein Schritt in Richtung Gerechtigkeit getan. Vor zwei Wochen am Telefon hatte er Hartmut Meckenwald die entscheidende Information gegeben, die dieser sofort überprüfen lassen wollte. Danach hatte er sich aber nicht mehr gemeldet. Bis gestern. Pawel war mit ihm verabredet gewesen. Nun galt es abzuwarten, alles neu auszuloten und dann weiterzuschauen.

Pawel hielt sich erst dicht an die Hauswände gedrückt, dann schlich er im Schutz der Büsche, die am Wegesrand wuchsen, weiter. Immer begleitet vom monotonen Glucksen der kleinen Wellen.

* * *

Das Telefon zerriss die nächtliche Stille. Die Finger der Kommissarin Petra Erdmann tasteten sich unter der Decke hervor und suchten nach dem Schalter der Nachttischlampe. Bevor sie den Hörer abnahm, stellte sie den Lautsprecher an, weil sie es hasste, den Hörer zwischen Schulter und Kinn festzuklemmen.

»Ein Toter in einer Firma am Bontekai«, schnarrte ihr die Stimme eines Kollegen entgegen.

»Ich bin gleich da.« Petras Stimme klang etwas heiser. Nachts verlor sie doch arg an Durchsetzungskraft, was vielleicht einer der Gründe war, weshalb Petra es nicht mochte, aus dem Schlaf gerissen zu werden.

Sie zwängte ihr schulterlanges Haar, das wegen einer missglückten Färbeaktion eine Mischung aus blond und rot war, in ein breites Gummiband. Ein Blick in den Spiegel zeigte ihr überdeutlich die Schwachstellen ihres Aussehens. Im Halbdunkel wirkten ihre Lippen unnatürlich aufgedunsen und das Gesicht verzerrte sich in ausgeprägt ovaler Form in die Länge. Petra warf im Vorübergehen einen Schal über den Spiegel. Beim Hineinschlüpfen in ihre Jeans überkam Petra kurzzeitig das Gefühl, es könne nicht schaden, zwei Kilo weniger auf die Waage zu bringen.

Der Regen der vergangenen Tage hatte nachgelassen, man konnte jetzt sogar ein paar Sterne leuchten sehen. Der Mond präsentierte sich als breite Sichel. Nur der Wind wehte mit unverminderter Stärke, aber das würde sich bestimmt auch bald geben. Die angekündigte Wetterbesserung schien sich tatsächlich zu bewahrheiten. Wenigstens etwas, dachte die Kommissarin, während ihr Wagen über den noch feuchten Asphalt glitt. Sie öffnete das Fenster einen Spalt und sog die klare Nachtluft ein.

Petra bog zum Bontekai ab. Ihre Kollegen hatten bereits alles abgesperrt. Sie fuhr quer über den Parkplatz. Noch im Wagen knöpfte sie ihren Mantel zu, auch wenn es nur ein paar Schritte waren. Kaum öffnete Petra die Tür, blies ihr bereits eine kräftige Brise entgegen.

»Da entlang, Frau Erdmann!«, wies einer der Polizisten ihr den Weg. Petra umschlang sich selbst mit den Armen, um möglichst wenig Wind durch die Kleidung dringen zu lassen. Was war das für ein fürchterlicher Sommer. Sie trat rasch in den Eingang, wo sie Schutz fand.

Der Polizist geleitete sie mit dem Fahrstuhl nach oben. Es roch seltsam in dem Gebäude. Irgendwie unangenehm. Immer wieder sog Petra die Luft ein, versuchte, den Geruch zu analysieren. Bald wusste sie, warum er ihr so zuwider war. Diese Firma roch sauber. So, als wäre sie bis in die hinterste Ecke gewienert und geputzt worden. Nirgends würde ein Staubkorn herumirren, wenn die Sonne durch die klaren Scheiben fiel. Die Räume hatten die Sterilität eines Operationssaals. Allerdings musste die Kommissarin zugeben, dass dem Ambiente, trotz der Reinheit, ein gewisser Charme und eine besondere Note nicht fehlten. Mit feinsinnigem Gespür für Perfektion waren außergewöhnliche Gemälde und Skulpturen platziert, die dem so sterilen Gebäude etwas Individualität verliehen. Und dezent darauf hinwiesen, dass man es hier mit einem Kunstkenner zu tun hatte.

Petra hatte nicht viel übrig für Kunst und für abstrakte Kunst schon gar nicht. Sie rümpfte die Nase. Unmerklich nur. Brauchte ja niemand mitzubekommen. Ein paar der Kollegen standen ja vielleicht auf so etwas.

»Klasse«, sagte der Kollege neben ihr auch gleich und pfiff anerkennend durch die Zähne. »Hier sitzt der Schotter.«

Petra nickte. An Geld mangelte es der Familie Meckenwald sicher nicht. Sie folgte dem ausgestreckten Arm des Polizisten in ein Büro, das schon auf den ersten Blick erkennen ließ, wer in dieser Firma das Sagen hatte. Petra wusste nicht genau, woran sie das auf Anhieb erkannt hatte. Die überdimensionale Fensterfront dominierte die gesamte Fassade des Gebäudes, war aber keine Besonderheit. Der Schreibtisch war groß, hinter ihm verblassten sämtliche anderen Einrichtungsgegenstände im Raum. Aber auch das hatte Petra schon in vielen Büros gesehen. Vor der Fensterfront waren Stühle um einen runden Tisch platziert, auf dem eine Flasche Wasser und ein paar umgedrehte Gläser auf einer weißen Serviette standen.

In der rechten Ecke des Büros hing über Kopf eine augenlose Skulptur mit weit geöffnetem Mund und starrte seelenlos und gleichzeitig überaus lebendig auf die Menschen in dem Zimmer, sodass Petra sich augenblicklich wie ein Eindringling vorkam. Sie fröstelte. Es war diese Figur, die ihr ununterbrochen zuzuflüstern schien, dass man hier im Zentrum der Macht angelangt war. Sie sah sich weiter um, taxierte jede Ecke, bemerkte sogar, dass eine Spinne es tatsächlich geschafft hatte, hier einzudringen und dem Büro so etwas wie Realität zurückzugeben.

Aber – hier lag kein Toter. Als Petra den Blick weiterschweifen ließ, entdeckte sie in der Ecke des Büros eine Tür, die einen Spalt offen stand und hinter der eine gewisse Unruhe herrschte. Sie stieß die Tür mit dem Fuß auf, ignorierte das Gewusel in dem Raum und sog den Eindruck des ersten Augenblicks in sich auf.

Der Tote lag halb auf dem Boden, war seitlich vom Stuhl gerutscht. Dabei hatte sich das rechte Bein unter der Armlehne verfangen und hinderte die Leiche am vollständigen Abgleiten.

Petra blieb zunächst im Türrahmen stehen und betrachtete dieses so ganz andere Zimmer. Das hier war ein Raum, in dem sie sich wohl gefühlt hätte. Sie entspannte sich merklich, fühlte ihren Atem wieder fließen. Weiße Wände, daran peruanische Webbilder. Möbel aus nachgedunkelter Kiefer, an den Ecken verschrammt. Es schien fast, als habe der Besitzer dieses Zimmers versucht, die Protzigkeit seines ganzen Lebens an dieser Stelle hinter sich zu lassen und bewusst Einfachheit zu demonstrieren. Über dem Bett tickte leise eine Wanduhr mit metallfarbigem Rand. Petra konnte sie sofort zuordnen, hatte sie doch selbst die gleiche in ihrer unaufgeräumten Küche hängen. Ein Billigmodell aus dem Möbelmarkt. Sehr unspektakulär.

Im hinteren Teil des Raumes befand sich eine kleine Tür, die nach Aussage des Kollegen zu einem winzigen Bad führte. Gleich daneben standen Bett und Nachttisch, auf dem außer einem Glas und einer dünnen Staubschicht nichts zu finden war. Auf dem Boden lagen, neben einem Flickenteppich, nicht nur ein grellfarbiger Schal, eine Mischung aus pink, lila und gelb, sondern auch ein Stapel Kleidung, nicht zu erkennen, ob sauber oder getragen. Trotzdem hauchte genau dieser Wäscheberg dem Zimmer ein Stück Leben ein, was angesichts des Toten ein bisschen paradox war.

Sie trat einen Schritt näher. Der Tote war alt. Sein Gesicht von Furchen durchzogen, die Handrücken faltig und von Adern durchsetzt. Er trug eine überdimensionale Uhr, die an dem eher schmalen Handgelenk irgendwie deplatziert wirkte.

Er war eindeutig erwürgt worden. Nicht nur der auf dem Boden liegende Schal, sondern auch die feinen Einblutungen unter den Augen wiesen darauf hin. Insgesamt kein schöner Anblick.

»Schon ein Name bekannt?« Petras dunkle Stimme schien den Raum zu überrollen. Sie erkannte es an den Gesichtern, die beim ersten Ton kurz erstarrt, beinahe zusammengezuckt waren. Petra lächelte innerlich. Es kam ihr genau richtig vor. Sie blickte aus dem Fenster über den Hafen, in dessen Wasser sich der Mond und die Lampen des Kais spiegelten. Hektisch tanzende Blaulichter gaben dem Bild eine bizarre Note.

Petra wandte sich um. »Wer ist es denn jetzt?«

Ein junger Kollege schob seine Mütze zurecht: »Der Chef persönlich. Hartmut Meckenwald von *Meckenwald Immobilien*.«

»Wer hat ihn gefunden?«

»Der Enkel. Er ist nebenan, wartet auf seine Frau. Völlig fertig, der Mann. Völlig fertig.« Der Polizist rieb sich die Nase.

»Ungefährer Todeszeitpunkt bekannt?« Petra konnte ein Gähnen nicht mehr unterdrücken.

»Wohl so zwischen einundzwanzig Uhr und einundzwanzig Uhr dreißig. Genaueres wird natürlich erst die Obduktion ergeben.«

»Danke.« Petra nickte dem Kollegen zu. »Dann werde ich wohl jetzt mit dem Enkel sprechen müssen.« Gott, wie sie ihre Arbeit in solchen Momenten hasste.

Seufzend ging sie in Richtung Nebenzimmer.

2. Kapitel

Maja konnte kaum aus den Augen gucken. Dick verquollene Lider nahmen ihr die Sicht auf einen sonnigen Morgen. Ihr langes dunkles Haar war strähnig. Tränen waren keine mehr da, dafür brannten ihre Augäpfel, als wären sie in Säure gebadet worden. Immer wieder hatte sie die Augen gerieben, versucht, der Tränenflut Einhalt zu gebieten. Vergeblich. Im Nachhinein war Maja sicher, dass das Weinen ihr Leben gerettet hatte, war es doch zumindest ein Zeichen ihrer Menschlichkeit, die sie in der letzten Nacht verloren zu haben glaubte.

Nach Robin waren noch zwei Türsteher und die Barmänner gekommen. Sie hatten von Robin scheinbar grünes Licht bekommen, sie einfach benutzen zu dürfen. Seine Strafe für Ungehorsam. Sie hatten sie alle genommen. Jeder auf seine Art, jeder mit seiner Vorliebe. Anfangs hatte Maja geglaubt, ihre Seele werde mit jedem der Männer ein kleines Stückchen mehr zerhackt. Robins Bestrafung war furchtbar entwürdigend. Schlimmer als jeder Freier. Sie war eine Sache, die man benutzte, dann achtlos in den Rinnstein warf. Sie war kein Mensch, keine Frau mehr. Einfach ein Gegenstand ohne Wert, aber mit hohem Spaßfaktor. Ein Tamagochi vom Grabbeltisch mit geringer Lebenserwartung.

Irgendwann gelang Maja die Flucht zu sich selbst. Die nachfolgende Gleichgültigkeit schützte den Rest ihres Inneren wie ein sicherer Kokon. Erst als sie in ihre Wohnung zurückdurfte, hatte sich der Panzer Stück für Stück aufgelöst und ihren Tränen Raum gelassen.

Sie mochte jetzt nicht aufstehen. Einfach liegen bleiben und eintauchen in die sichere Welt des Schlafes. Spüren, dass ihre eigene Körperwärme genug Kraft aufbrachte, die Oberfläche ihrer Decke zu wärmen und sich selbst tröstenden Schutz zu spenden. Maja schmerzte es überall. Überall das Gefühl von Wundheit und Nässe, überall das Gefühl der Leere. Sie wollte nur liegen bleiben, einfach nur liegen bleiben …

Dieser Tag würde genauso so schrecklich enden wie der letzte und wie es der darauf folgende tun würde und der wieder darauf folgende.

Wenn der Typ gestern Abend nur nicht so ekelhaft gewesen wäre … Ihre Hand glitt über die Haut, verharrte an einer Stelle am Oberarm, die schmerzte, als klammere die Hand noch immer ihre Schraubstockfinger darum. Solche Kraft hätte sie nicht vermutet. Er hatte nicht danach ausgesehen. Unter normalen Umständen hätte sie seine Augen sogar als freundlich bezeichnet, ihm Brutalität nicht zugetraut. Aber das täuschte oft.

Es wäre einfacher gewesen, sie hätte sich seinem Willen widerstandslos gebeugt. Hätte seine schlaffe Männlichkeit in den Mund genommen und gesehen, was passiert wäre. Aber sie hatte sich losgerissen, sich dann allerdings noch einmal umgedreht.

Den Kopf durfte man nicht verlieren, wenn man Profi war. Immer den Überblick behalten. Sie war eben keine echte Professionelle. Tat es nicht freiwillig. Machte es aus Angst. Aus Angst vor Robin.

Maja war angesichts der Verwandlung im Ausdruck des Mannes entsetzt gewesen, innerhalb kürzester Zeit hatte sich sein Gesicht zu einer bösartigen Fratze gewandelt. Sie hatte mit dem Schlimmsten gerechnet. Doch dann konnte der Mann gar nicht, seine Männlichkeit versagte. Er war furchtbar in Wut geraten, hatte Maja gepackt und gegen die Wand geschleudert. Maja rieb sich den noch immer schmerzenden

Ellenbogen. Sie hatte Rache geschworen. Gegen alle Männer der Welt.

Sie hätte sich nicht umdrehen und sich nicht sein Gesicht einprägen sollen. Es einfach vergessen, so wie all die anderen Typen auch.

Die Wärme der Decke hielt nicht mehr an. Es war, als kühle ihr Körper mit jeder weiteren Erinnerung an den gestrigen Abend ein Stück mehr aus. Maja fröstelte. Sie schlug die Decke jetzt doch zurück, stand auf und vermied den Blick in den Spiegel, wusste auch so, was für ein kaputtes Gesicht ihr entgegenschauen würde.

Sie stellte den Wasserkocher an. Dann suchte sie nach dem Tee. Sie entschied sich für eine beruhigende Mischung, goss das Wasser auf. Eine feine Schwade nebelte über dem Becher auf und wärmte ihre kalte Nase. Sie umschlang die Tasse mit ihren dünnen Fingern, hielt sie vorsichtig an ihre Wange. Nicht zu nah. Nähe verbrannte.

Als etwas Leben in ihr Gesicht zurückgekehrt war, spitzte Maja die Lippen und nahm einen Schluck Tee. Er brannte in ihrem Hals wie Feuer. All das war geschehen. Alles. Auch das mit Robin hinterher. Und dem Türsteher. Und dem Barmann. Alles. Daran konnte auch kein Beruhigungstee etwas ändern.

* * *

Am Bontekai ging es sehr lebhaft zu. Rot-weißes Absperrband wackelte freundlich im Wind, machte äußerlich nicht den Anschein, als wäre etwas Schlimmes geschehen. Mechthild Driefels Bauch krampfte sich trotzdem zusammen. Als sie beim Firmengebäude angekommen war, war es ihr kaum mehr möglich zu schlucken. Das Wort »Polizei« brannte sich in ihre Iris, ließ für einen Augenblick grelle Farben darüberzucken, als könnten die die Wahrheit verhindern. Mechthild kniff die Augen kurz zu. Sie atmete tief ein, klemmte sich die Aktentasche unter den Arm, warf ihre Handtasche nach hinten und ging dann mit ausgreifenden Schritten auf die Absperrung zu. Ihr Vorwärtsdrang wurde schon nach wenigen Metern gestoppt. Ein junger Polizist stand mit abwehrender Hand vor ihr. »Kein Durchgang, junge Frau!«

»Aber ...« Mechthild setzte ihr freundlichstes Lächeln auf, konnte das Zittern der Hände aber nur schwer verbergen: »Was ist denn geschehen?«

Der Polizist ließ sich nicht weiter beeindrucken, senkte nur vier der fünf erhobenen Finger und ließ den Zeigefinger verneinend vor Mechthilds Nase hin und her wackeln. »Kein Kommentar.«

Mechthild schürzte die Lippen, gab ein leicht beleidigtes »Hm« von sich und reckte dann den Hals. »Ist etwas in der Firma Meckenwald passiert?« Sie stellte sich auf die Zehenspitzen, um an dem Polizisten vorbeisehen zu können. »Ich arbeite dort nämlich und muss da jetzt hinein.«

»Samstags?«, fragte der Polizist. Sein süffisant-amüsierter Tonfall entging Mechthild nicht.

»Ja, samstags. Stellen Sie sich vor.« Sie schluckte, überlegte, dass sie sich besser gut mit dem Mann stellte. »Es ist viel liegen geblieben gestern und wir haben die Gärtner für heute bestellt.«

»Ausweis?«

Der Telegrammstil ihres Gegenübers ging Mechthild gewaltig auf die Nerven. Sie stellte ihre Aktentasche ab und wühlte in ihrer Handtasche, bis sie das gewünschte Dokument hervorgekramt hatte. Es dauerte etwas, weil ihre Hände so zitterten.

»Warten. Bitte!« Der Polizist nahm das Dokument an sich, drehte ab und ließ Mechthild stehen. Seine Absätze klackerten auf dem Pflaster.

Der Chef schien gestern froh gewesen zu sein, als sie ging. Freitags musste sie spätestens um einundzwanzig Uhr die Firma verlassen. Das war sein ausdrücklicher Wunsch. Hartmut Meckenwald konnte sehr ungnädig sein, wenn etwas nicht nach seinen Wünschen und Vorstellungen verlief.

Doch wegen des Großprojektes waren etliche unbearbeitete Akten auf ihrem Schreibtisch liegen geblieben, die sie nun, am Samstag, noch wegarbeiten musste. Und auf Mechthild Driefel war Verlass. Manchmal kam sie sich wie eine Sklavin der Firma vor und war in solchen Momenten froh, keine Familie zu haben. Mechthild litt allerdings nicht unter der Tatsache, dass sie für die Firma das aufgab, was andere ein Privatleben nannten. Sie genoss es, unabkömmlich zu sein.

Bevor der Juniorchef diese junge Frau so plötzlich angeschleppt und kurze Zeit später auch geheiratet hatte, war in ihr schon so manches Mal die Hoffnung aufgekeimt, Carsten Meckenwald könne vielleicht ein Auge auf sie geworfen haben. Sogar zum Essen hatte er sie ausgeführt. Richtig schick. Aber nähergekommen war er ihr auch da nicht. Carsten wusste, was sich gehörte. Er war ein Mann von Welt, eben genau der Typ, den Mechthild sich für eine gemeinsame Zukunft vorstellte. Zumal mit einer solchen Verbindung ja schließlich auch ein gewaltiger gesellschaftlicher Aufstieg verbunden gewesen wäre.

Nachdem sie ihre Konkurrentin dann allerdings gesehen hatte, war ihr schnell klar geworden, wie chancenlos sie von Beginn an gewesen war. Birthe Claaßen, wie sie damals noch hieß, war überhaupt nicht der Typ Frau, den sie sich für ihren Juniorchef vorgestellt hatte, war sie doch nicht annähernd so weiblich wie sie selbst. Gut, sie war jung, aber eher eine burschikose, unauffällige Frau. Eine, der kein Mann in der Stadt hinterschauen würde. Das Einzige, was an Birthe besonders war, waren ihre Augen. Dunkelgrün zu ihrem pechschwarzen Haar, bei dem man allerdings nicht von einer Frisur sprechen konnte. Mechthild zweifelte, dass Birthe überhaupt schon einmal einen Friseursalon von innen gesehen hatte. Sie schob ihre Sonnenbrille einen Fingerbreit weiter nach hinten ins Haar.

Wenn sie nur lange genug wartete, würde sich die leidige Beziehung zu Birthe wahrscheinlich erledigen. Immerhin hatte Carsten ihr in der letzten Zeit eine Menge von seinen zukünftigen Plänen anvertraut. Tatsachen, von denen weder Hartmut noch Birthe wissen sollten. Er würde Mechthild dazu brauchen. Und sie würde da sein. Männer wie Carsten brauchten jemanden, der wie er für die Firma lebte und nicht starrsinnig seinem eigenen Leben nachging. Birthe Meckenwald war für die gesellschaftliche Position, in die sie hineingeheiratet hatte, eindeutig zu jung, zu unreif. Carsten würde es bald erkennen, sie war sich da ganz sicher.

Nach kurzer Zeit winkte der junge Polizist sie her. Zuerst ging sie langsam und gesetzt, dann beschleunigte sie ihren Schritt. Vor der Eingangstür stolperte sie. Dabei entglitt ihr die Aktentasche und landete mit einem dumpfen Schlag im frisch angelegten Blumenbeet. Die Arbeiter der Gärtnerei würden später, gegen neun Uhr, kommen und die Restarbeiten erledigen. Eine Firma wie *Meckenwald Immobilien* musste sich auch nach außen hin immer gut präsentieren, aber es war besser, die Verschönerungsarbeiten dann machen zu lassen, wenn die Kunden es nicht mitbekamen. Deshalb bestellte Mechthild die Gärtner immer samstags.

Sie nahm den Aktenordner aus dem Beet, putzte mit flinken Bewegungen die feuchte dunkle Erde vom Leder, die schließlich auf ihren Perlonstrümpfen landete. Ärgerlich schüttelte sie den Fuß, wischte dann mit der Hand nach und hinterließ so einen schwarzen Fleck auf dem Strumpf.

Im Flur schlug ihr ein leichter Geruch nach Bohnerwachs entgegen. Sie liebte das. Diesen sauberen Geruch, der genau das unterstrich, was sie im Leben als wichtig empfand. Sauberkeit, Ordnung … Tugenden, auf die nur wenige Menschen noch Wert legten.

Die Fahrstuhltür öffnete sich. Mechthild trat zur Seite. Carsten kam heraus. Sein Gesicht war aschfahl, die Augen rot. Mechthild wischte unwillkürlich noch einmal über die noch immer angeschmutzte Tasche, als würde ihr dadurch schneller klar, was ihr klar werden musste. Sie schnappte nach Luft. »Nicht der Chef! Nicht der Chef!«

Carsten nickte. »Doch. Er ist tot. Sie sind gestern wohl zu früh gegangen, Mechthild.«

* * *

Pawel hatte verschlafen. In der Laubenkolonie war es aber zum Glück noch ruhig. Er musste bald weg, durfte sich nie zu lange an einem Ort aufhalten. Er musste irgendwohin, wo seine Identität nicht wichtig war. Es gab solche Unterkünfte. Überall. Und Pawel wusste, wo er sie finden konnte.

Er kramte in seiner Tasche. Sie roch ranzig, er hatte ein altes Brot darin vergessen. Ein saurer Geruch schlug ihm entgegen, als er es auswickelte. Kurz überlegte Pawel, dennoch davon abzubeißen, knurrte sein Magen doch bereits unerträglich laut. Aber was nützte es ihm, wenn er satt war und von dem Fraß Magenprobleme bekam. In seinem Alter war das gefährlich. Früher hatte er so etwas ausgehalten, es als Alltag akzeptiert. Aber jetzt, mit Ende siebzig, war es besser, auf sich aufzupassen. Bis er getan hatte, was er noch tun musste.

Hinter der Laube gab es einen Wasserhahn, der glücklicherweise nicht abgestellt war. Pawel öffnete die Tür, witterte kurz, sah sich abschätzend um und schlüpfte dann mit einer Plastikschüssel nach draußen. Das Plätschern des Wassers klang in Pawels Ohren viel zu laut. Immer wieder sah er sich um, ob denn auch niemand aufmerksam darauf wurde, was im Nachbargarten geschah. Doch es blieb ruhig. Nur ein paar Spatzen tschilpten arglos vor sich hin, beachteten den Mann hinter dem Haus nicht.

Als er die Schüssel gefüllt hatte, huschte er ins Haus zurück, um sich zu waschen. Es tat gut, als ihm das Wasser erst über das Gesicht, dann über den Rücken perlte. Es war zwar bitterkalt und ließ Pawel erzittern, aber er fühlte sich wenigstens erfrischt. Als er dann noch einen Schluck Wasser getrunken und unten in seiner Tasche ein Paket Kekse gefunden hatte, die er sich regelrecht in den Mund stopfte, überfiel ihn erneut eine wohlige Müdigkeit. Ein Stündchen konnte er sich noch geben, so viel Zeit musste sein.

Er legte sich auf die Matratze des Kiefernbettes in der Ecke. Sein letzter Gedanke, bevor er einschlief, war, dass er seinem Ziel täglich ein Stückchen näherkam und dass es gut war, was er getan hatte.

* * *

»Seit wann konnten Sie Hartmut Meckenwald nicht mehr erreichen?« Petra Erdmann betrachtete das Gesicht der jungen Frau, die neben ihrem Mann stand. Sie wirkte, trotz ihrer

Trauer, selbstbewusst. Sie mochte Mitte bis Ende zwanzig sein, also ein gutes Stück jünger als ihr Ehemann, dessen Haar sich bereits lichtete und der krampfhaft bemüht schien, sich dem jugendlichen Aussehen seiner Frau in irgendeiner Form anzupassen. Seine Haltung wirkte extrem lässig, das Haar war für sein Alter zu lang. Petra hatte die beiden gestern Nacht gebeten, heute Morgen noch einmal im Präsidium zu erscheinen, da der Schock jedes vernünftige Gespräch unmöglich gemacht hatte.

»Er ist gestern Abend nicht aus der Firma zurückgekommen. Das habe ich Ihnen doch schon gesagt.« Birthe Meckenwald strich sich eine nicht vorhandene Haarsträhne hinter das Ohr. Ihre schmale Nase stach etwas spitz in dem Gesicht hervor, die Augen waren von dunklen Ringen umgeben. Aber ihr haftete etwas an, das nicht losließ, einen in den Bann zog. Petra wusste nicht, ob es der undurchdringliche Blick oder die scheinbare Zerbrechlichkeit der Frau war.

Carsten Meckenwald hatte am Vorabend zutiefst aufgelöst gewirkt, was einerseits verständlich war, andererseits aber einfach nicht zu dem Bild passte, das er heute abgab. Er war für Petra der typische erfolgsverwöhnte Unternehmer. Gut gekleidet, redegewandt und heute bereits wieder überaus cool. Ja, cool war das richtige Wort, fand Petra. Während seiner Frau die Trauer ins Gesicht geschrieben stand, war seiner Miene heute keinerlei Gefühlsregung zu entnehmen. Der Mann wusste genau, wann er etwas zu sagen und wann er zu schweigen hatte. Ein typisches Geschäftsgebaren, wahrscheinlich konnte er gar nichts dafür.

Die beiden sahen ihn abwartend an, fragten sich vermutlich, warum sie hier so schweigend herumsaßen. Petra wandte sich an die junge Frau. »Wie alt war Ihr Schwiegervater?« Sie hielt inne. »Nein, Schwiegergroßvater muss es ja heißen.«

»Fünfundachtzig, Frau Erdmann.« Ihre Stimme hatte einen rauen Unterton, der zu ihrem interessanten Äußeren passte.

»Er war noch fit und voll drin im Job!«, betonte Carsten, obwohl Petra ihr Erstaunen über sein Alter in keiner Weise kundgetan hatte.

»Ich möchte nicht indiskret sein, aber könnte es sein …« Sie hielt kurz inne, »dass Ihr Großvater in seinem, will mal sagen, doch recht betagten Alter noch, ähm, bestimmte Frauengeschichten hatte?«

* * *

Maja erwachte mit einem pelzigen Geschmack im Mund. Es war kurz vor Mittag. Sie hatte vorhin nach dem Tee, der ihr die erhoffte Beruhigung verwehrt hatte, eine ganze Menge Korn in sich hineingeschüttet, um den Ekel loszuwerden. Tief schlafen hatte sie aber nicht mehr können. Zwar war sie immer wieder in einen unruhigen Halbschlaf gefallen, aber der hatte ihr keine Erholung, sondern nur die Gedanken an eine Aneinanderreihung der hässlichen Szenen von gestern eingebracht. Sie machte mit geschlossenen Augen das Radio an und erhaschte gerade noch die letzten Sätze des Moderators. »In der gestrigen Nacht wurde die Leiche des stadtbekannten Immobilienmaklers und Kunstliebhabers Hartmut Meckenwald aufgefunden. Die Polizei geht von einem Gewaltverbrechen aus. Am Nachmittag wird es eine Pressekonferenz zu dem Fall geben.«

Maja schluckte. Ihr Hals war noch immer genauso verätzt wie vorhin. Dann schaute sie auf ihre Hände, die wie Feuer brannten. Sie spürte das Abgleiten ihrer Handflächen am

Stoff des Hemdes, spürte den einen Knopf, den sie dabei abgerissen hatte. Sie dachte an die Wut und den Hass, den sie in diesem Haus empfunden hatte. Und während sie das dachte, fiel ihr ein, dass sie ihren Schal nicht mitgenommen hatte. Er war ihr aus der Hand geglitten. Danach.

* * *

Petra Erdmann wirkte kühl und überheblich. Ihre Kleidung war leger, einfache Röhrenjeans, die über dem Po arg spannte, dazu ein unifarbener Pullover, dessen Farbe zwischen lila und blau schwankte. Ihr Haar war nachlässig zusammengebunden. Birthe konnte den Blick aber nicht von ihr lassen. Von der Frau ging eine Macht aus, der man sich nur schwer entziehen konnte. Neben der Kommissarin verblassten alle anderen anwesenden Kollegen. Petra Erdmann war kein Mensch, den man mochte. Zumindest nicht auf Anhieb. Vielleicht verbarg sich hinter ihrem Auftreten ja noch ein sehr sympathischer, umgänglicher Kern, wer wusste das schon.

»Ich kann es noch immer nicht fassen.« Carsten hatte das Gespräch mit der Kommissarin wieder aufgenommen. Er stockte. »Hartmut, mein Großvater, hatte gestern noch zu mir gesagt, dass er mir heute etwas Wichtiges sagen wollte. Und nun das.« Er schüttelte den Kopf. »Nun kann er meine Freude nicht mehr erleben. Ist ja klar, was er mir sagen wollte.« Er griff nach dem Wasser, das Petra ihm hingestellt hatte. Seine Hand zitterte leicht. Sicher sollte keiner merken, wie schwer es ihm fiel, die Contenance zu wahren. Haltung. Immer. Das war die Meckenwaldsche Philosophie. Birthe wusste, dass sein Großvater dies auch in dieser Situation von ihm verlangt hätte.

»Herr Meckenwald. Sie haben mir auf meine Frage vorhin nicht geantwortet. Kann es sein, dass Ihr Großvater Kontakt zu Prostituierten hatte?« Diese Frau ließ nicht locker.

Birthe hielt die Luft an. Es fiel ihr schwer ruhig zu bleiben, sie hoffte einfach, dass es Carsten gelang. Dieses Thema war heikel. Unangenehm.

Ihr Mann zuckte mit den Schultern. »Ich weiß es nicht. Das ist seine Privatsphäre, und es ging mich schlichtweg nichts an. Gesehen habe ich nie etwas, wenn Sie das meinen. Ich glaube, er hat oft einfach so lange gearbeitet, dass er keine Lust mehr hatte, nach Hause zu kommen. Die Firma war sein Leben.«

Petra musterte Carstens Gesicht eine Spur zu lange, um ihm wirklich Glauben zu schenken. Aber sie ließ es auf sich beruhen. »Wo sind Ihre Eltern?«

»Beide bei einem Unfall ums Leben gekommen, ich bin bei meinem Großvater aufgewachsen.«

»Wann haben Sie den letzten Kontakt zu Ihrem Großvater gehabt?« Die Kommissarin wirkte nicht so, als habe sie bei ihren Fragen eine Engelsgeduld.

Carsten krauste die Stirn. »Am späten Nachmittag im Büro. Gegen sechzehn Uhr.«

»Und wann haben Sie die Firma verlassen?«

Carsten sah fragend zu Birthe, als ob sie ihm diese Frage beantworten konnte. Sie holte kurz Luft. »Du warst schon da, als ich um halb elf von der Arbeit kam.«

»Stimmt. Ich bin kurz nach neun gegangen. Meinen Großvater habe ich noch gehört. Er niest immer sehr laut.«

Petra Erdmanns Stimme klang jetzt etwas barsch. »Das war also das Letzte, was Sie von ihm gehört haben?«

Carsten nickte. »Ich arbeite eine Etage über meinem Großvater und habe zusammen mit unserer Sekretärin die Firma verlassen. Es ist nicht üblich, dass wir uns verabschieden. Jeder geht, wann er es meint. Wir sind jeder autark, keine siamesischen Zwillinge. Jeder hat sein eigenes Leben.« Carsten ließ seinen Kopf in seine Hände sinken. Die Knöchel färbten sich weiß, als sich die Fingerkuppen in die Kopfhaut bohrten.

»Und Ihre Sekretärin ging mit Ihnen?«

Carsten nickte. »Sie ist aber noch einmal kurz umgekehrt, weil sie ihren Schirm vergessen hatte.«

3. Kapitel

Birthe war auf dem Weg nach Grafschaft zu ihren Eltern. Carsten hatte sich nach der Befragung im Polizeipräsidium auf den Weg in die Firma gemacht. Sein Büro durfte er bereits wieder betreten. Er hatte mit dem Hotelgroßprojekt an der Küste so viel zu tun, dass er, trotz der Umstände, weiterarbeiten musste. Auch am Samstagnachmittag. Komischerweise hatte die Kommissarin dafür volles Verständnis gehabt.

Birthe war froh, dass Wochenende war, sie keinen Dienst hatte und sie sich jetzt ein paar Stunden in ihrem alten Zuhause erholen konnte. Sie hätte jetzt nicht wie Carsten arbeiten können. Der Tod von Carstens Großvater hatte ihr völlig den Boden unter den Füßen weggezogen. Sie konnte nicht einfach so zur Tagesordnung übergehen. Es war nicht nur der Schmerz über den Verlust des alten Mannes, es war auch die Tatsache, wie leicht es war, in ein scheinbar gesichertes Leben einzudringen und es in den Grundfesten zu zerstören. Warum auch immer der- oder diejenige das getan hatte. Sie bekam es in ihrem Kopf einfach nicht zusammen.

Das Haus ihrer Eltern lag versteckt zwischen Bäumen. Ihr Vater, Johann Claaßen, saß draußen auf der Bank und winkte ihr zu. Verhalten, wie es seine Art war. Er hob kurz die Hand und schwenkte sie fast unauffällig hin und her. Es tat Birthe gut, zwischendurch der dunklen Villa zu entkommen, den Prunk hinter sich zu lassen und sich zu ihren Eltern zurückzuziehen.

»Hallo Papa!« Birthe ließ die Wagentür offen stehen und stürzte zu ihrem Vater. Er roch vertraut nach Rauch, sicher hatte er gerade wieder eine Pfeife geschmaucht. Doch er wirkte verändert, sah alt aus. Es schien, als sei er seit dem letzten Treffen um Jahre gealtert.

»Heute ist es ja endlich mal wieder warm.« Johann Claaßen machte eine ausschweifende Handbewegung. Sein Blick wirkte etwas abwesend. Die ganze Haltung unkonzentriert. Ihn beschäftigte etwas. Hatte er schon von der Sache gehört? Birthe wollte es ihren Eltern lieber persönlich und nicht am Telefon mitteilen. Doch noch bevor sie ihn fragen konnte, schien es, als habe sich ihr Vater wieder gefangen. Außerdem hatte ihre Mutter Birthe ebenfalls gehört und stürzte nach draußen. »Schön, dass du da bist, Kind. Setz dich!« Ihre Mutter deutete in Richtung Terrasse, wo der Tisch bereits mit Teetassen und ein paar Keksen eingedeckt war. »Lass dich drücken. Warst ja über eine Woche nicht hier.«

»Mama«, setzte Birthe an, kam aber nicht zu Wort.

»Du musstest sicher arbeiten. Aber wir haben dich vermisst. Was macht dein Mann?« Birthe wusste, dass ihre Eltern Carsten nicht wirklich mochten. Sie schätzten ihn, hätten sich für ihre Tochter aber lieber einen Partner aus ihren einfachen Kreisen gewünscht, weil sie sich in Gesellschaft der Meckenwalds immer etwas unterlegen fühlten.

»Habt ihr heute Radio gehört?« Birthe merkte, dass ihr die Stimme leicht entglitt. Sie war eindeutig zu hoch. Ihr Kinn begann zu zittern, die Finger ebenso. Ihrer Mutter schien dies nicht aufzufallen. Sie war viel zu sehr mit der Ordnung auf dem Tisch beschäftigt, rückte hier den Zuckertopf zurecht, zupfte dort am Tischtuch herum und fegte ständig irgendwelche imaginären Krümel herunter. Birthe wusste, dass es ihre ganz eigene Art war, ihre Freude über den Besuch ihrer Tochter auszudrücken. Sie schenkte Birthes Frage so natürlich nicht die genügende Aufmerksamkeit. Birthe wiederholte: »Ihr habt heute wirklich kein Radio gehört?«

»Nicht direkt. Der Kasten dudelt, aber ich hör ja nie so genau hin. Nun setz dich schon!« Birthes Mutter hielt ihre Hand einladend in Richtung des Stuhles, auf dem Birthe schon immer gesessen hatte. Birthe glitt auf den Sitz, legte die Hände vors Gesicht, rieb sich die Augen, und nun endlich merkten auch ihre Eltern, dass etwas nicht in Ordnung war.

»War nach heute Mittag auch kein Nachbar hier? Niemand hat etwas erzählt?«

Birthes Mutter schüttelte den Kopf.

»Kind, was ist?« Ihr Vater stellte die Frage zuerst.

»Es ist etwas Furchtbares geschehen«, stieß Birthe hervor. Der Blick ihres Vaters traf sie. Sie hielt ihm stand und flüsterte: »Carstens Großvater ist ermordet worden.«

Birthes Mutter wurde blass. »Nein«, sagte sie. »Das kann doch nicht sein. Warum?«

Birthe zuckte mit den Schultern. »Wenn wir das wüssten.« Wieder glitten ihre Hände vors Gesicht.

»Ermordet«, sagte Birthes Vater. »Meta, hast du das gehört?« Er lehnte sich in seinem Stuhl zurück und musterte seine Tochter. Dann zog er vorsichtig ihre Hände von den Augen und hielt sie fest. Dankbar umklammerte sie die festen Schwielen, die ihr in dem Augenblick mehr Halt gaben, als es Worte je hätten tun können. Sie war wieder Papas Mädchen. Beschützt und behütet. So lange er sie festhielt, konnte ihr nichts Schlimmes passieren.

»Nun ist Carsten Boss in dem Laden, oder?«, fragte Birthes Vater nach einer Weile. »Das wollte er doch schon immer.« Er löste die Hand aus Birthes Hand. Sofort nahm die Kälte sie wieder gefangen. Fröstelnd zog sie die Schultern hoch. »Ja, aber das ist jetzt doch gar nicht wichtig. Es ist so grausam. Wer tut so etwas? Und warum?«

Wieder griff ihr Vater nach ihrer Hand. »Das war ein Verrückter, Birthe. Niemand sonst würde so etwas tun. Niemand.« Er sah zu seiner Frau. »Nicht wahr, Meta?«

»Er war reich. Und dann die Kunst überall«, warf Birthes Mutter ein.

»Die wertvollen Bilder, die Skulpturen, es ist alles noch da. Sagt Carsten. Warum musste er dann sterben? Wenn jemand Geld gewollt hätte, dann wäre es doch sinnvoll gewesen, diese Dinge mitgehen zu lassen. Sie sind wirklich wertvoll, weißt du? Hartmut hatte ein Händchen für diese Kostbarkeiten.«

»Und nichts ist weg davon? Gar nichts?«

In dem Augenblick klingelte Birthes Handy. Sie nahm das Gespräch entgegen. Als sie wieder auflegte, sagte sie: »In Hartmuts Büro fehlt die schwarze Statue. Die, die auf seinem Schreibtisch thronte und einen überallhin mit den Blicken verfolgte.«

* * *

»Der Schal. Er gehört nicht dieser Birthe«, sagte Petra.

»Passt auch nicht zu ihr. Allein wie der gerochen hat«, warf einer der Kollegen ein und verzog angewidert das Gesicht. »Er roch nach Nuttenparfüm.«

Petra horchte auf. »Nuttenparfüm. Was ist denn das für ein Ausdruck! Wie soll denn so etwas speziell riechen?«

»Na, billig eben. So wie so etwas halt duftet.«

»Woher wissen Sie denn, wie so etwas riecht?« Petra grinste den Kollegen unverhohlen an. »Also gut, er riecht nach Ihrer Meinung also nach Nuttenparfüm, woher Sie auch immer diese Weisheit haben.«

Ihr Kollege zuckte nur mit den Schultern. Welche Antwort hätte er darauf auch geben sollen. »Da kann der junge

Meckenwald erzählen, was er will. Der Alte hatte mit Sicherheit in der Nacht ein Schäflein laufen. Wir müssen nur noch herausfinden, zu welcher Herde es gehörte.«

»Die sind nicht mit bunten Punkten gezeichnet und werden uns das auch nicht flüstern«, warf Petra ein. »Jetzt schon gar nicht mehr.«

»Vielleicht findet man Fingerabdrücke. Bestimmt tut man das.«

Petra war aufgestanden und ging vor dem Fenster auf und ab. Der junge Meckenwald hatte davon gesprochen, dass er das Gefühl hatte, jemand sei kurz vor ihm im Büro seines Großvaters gewesen. Die Tür zum Zimmer des Alten hatte aber nicht offen gestanden. Wer weiß, was der Mann da gehört hat, dachte Petra. Immerhin hatte er kurz darauf die Leiche seines Großvaters gefunden, da konnte man sich Mysterien im Nachhinein sicher einbilden.

Der Schlüssel lag eindeutig bei diesem Schal, mit dem Hartmut Meckenwald erwürgt worden war. Ihr Kollege hatte ja recht. Vermutlich gehörte dieses grelle Teil wirklich einer Prostituierten. Ekel kroch in Petra hoch. Hartmut Meckenwalds Hose war noch offen und halb heruntergezogen gewesen. Was zum Teufel hatte er von der Frau verlangt, dass sie ihm den Schal um den faltigen Hals gelegt und zugezogen hatte? Petra glaubte nicht an eine junge Geliebte, es musste sich wirklich um eine Prostituierte handeln. Zumal diese merkwürdige Skulptur verschwunden war. Die konnte die Frau jetzt nebenbei noch gut zu Geld machen. Diesbezügliche Kontakte gab es in der Szene genug.

* * *

Es war Zeit für Pawel, aus der Kolonie zu verschwinden. Seine Hand glitt über das Schwarz der Figur. Sie hatte keine Konturen, war rund geschliffen und hatte doch eine gefährlich scharfe Ausstrahlung. Er wusste selbst nicht, warum er sie in der Nacht hatte mitgehen lassen. Es war ein spontaner Entschluss gewesen, vielleicht ein Hauch von Rache, weil nichts so gelaufen war wie geplant. Weil Hartmut ihn hatte hängen lassen.

Pawel drehte die Figur in der Hand hin und her, hob und senkte den Arm, als wolle er sie wiegen, dadurch ihre Wichtigkeit erkennen. Der Statue fehlten jegliche Gesichtszüge, und doch war es, als umgebe sie eine bösartige Aura. Sie wirkte einsam, verloren und auf eine seltsame Art traurig. Ja, traurig war das richtige Wort. Er hatte ein trauriges Stück Porzellan in der Hand, das schwerer und schwerer wog, je länger er es hielt. Pawel schluckte. Er würde diese Figur nicht mitnehmen. Es war ein Fehler, sie hier zu haben. Ein Beweisstück gegen ihn, wenn man sie irgendwo fand.

Am Samstagmorgen war er noch einmal in die Nähe der Firma geschlichen. Es war noch nicht richtig hell gewesen. Von überall her hatten die Blaulichter die Nacht mit ihren Strahlen zerhackt.

Man hatte Hartmut Meckenwald tot aufgefunden. Überall liefen Uniformierte herum. Es wurde Zeit, dass er von hier verschwand, dass keiner auf ihn aufmerksam wurde.

Doch er musste weitermachen. Aber nicht von hier aus, nicht in der Nähe des Büros. Er würde sich irgendwo einmieten, im Voraus zahlen, sodass er jederzeit wieder verschwinden konnte. Er musste sein Vorgehen ändern, jetzt, wo alles anders gekommen war. Doch er würde die Puppen tanzen lassen. Bis es gesühnt war. So lange, bis er fühlen würde, dass die Gerechtigkeit gesiegt hatte. Hartmut Meckenwalds Tod änderte nichts. Gar nichts.

Pawel hatte vorhin bei dem Mann angerufen. Doch der wollte nichts davon wissen. Aufgelegt hatte er. Einfach aufgelegt.

Noch immer hielt Pawel die Figur in der Hand. Sie grinste ihn jetzt an. Ohne Mund. Aber sie grinste. Pawel holte weit aus und warf sie mit Schwung gegen die Laubenwand.

* * *

Petra Erdmann malte Kreise auf ein Blatt Papier. Mittlerweile hatten sich die Linien mehr und mehr miteinander vernetzt. In der Mitte des Blattes befand sich ein Viereck, um das verschiedene Zahlen kreisten. Das Viereck stellte den Bürokomplex von *Meckenwald Immobilien* dar. Vorn war der Ausgang, der zu verschiedenen Zeiten Menschen ausspuckte oder sie wieder einsog. Petra hatte von der Sekretärin recherchieren lassen, wer am Freitag nach achtzehn Uhr die Firma betreten und auch wieder verlassen hatte. Als Letzter schien tatsächlich Carsten gegangen zu sein. Mit der Sekretärin selbst, die aber wiederum mit keinem Wort erwähnt hatte, dass sie noch einmal umgekehrt war, um ihren Schirm zu holen. Hatte Carsten sich vielleicht geirrt, und sie hatte das Gebäude gar nicht mehr betreten? Unklar war weiterhin, ob wirklich eine Prostituierte dort gewesen war. Oder ob der Schal einfach einer Mitarbeiterin gehörte und der Mörder ihn nur zu seinen Zwecken missbraucht hatte. Es musste ja nicht sein, dass Hartmut Meckenwald sich auch an diesem Freitagabend eine Prostituierte geleistet hatte. Denn dass er es hin und wieder tat, hatte sie dann doch aus Carsten herauskitzeln können.

Fakt war jedenfalls, dass neben Hartmut zwei leere Sektgläser gestanden hatten, was ziemlich eindeutig auf

Damenbesuch hinwies. Die Fingerabdrücke waren in Arbeit, aber wahrscheinlich waren sie nirgendwo gelistet. So viel Glück war der Polizei meist nicht hold. Wann nur war diese Frau zu Hartmut gegangen? Oder doch einfach nur geblieben? Petras gemalte Kreise wurden größer. Obwohl sie eigentlich nicht an einen großen, ausschweifenden Täterkreis glaubte. Ihr Gespür sagte ihr, dass der Mörder in Hartmut Meckenwalds Umfeld zu suchen war. Auch wenn die Skulptur verschwunden blieb, glaubte sie einfach nicht an den großen Unbekannten. Allerdings konnte man schlichtweg gar nichts ausschließen, schließlich ging es bei den Meckenwalds um mächtig viel Geld.

Petra nahm angewidert die stickige Büroluft wahr, stand auf und riss das Fenster auf. Der Schal, die Sektgläser, die Skulptur. Es wirkte konstruiert, gab im Ganzen kein Bild. Sie würde weiter Kreise malen, kombinieren, den Kreis eindämmen. Und am Ende hatte sie den Täter. Bislang war Petra Erdmann kaum jemand entkommen.

* * *

Pawel hatte die Scherben der Skulptur nicht einmal mehr zusammengefegt, als er die Kolonie verlassen hatte. Sein Instinkt trieb ihn weg von hier. Er witterte Gefahr, so nah am Ort des Geschehens. Trotzdem durfte er jetzt nicht nachlassen.

Zunächst war er aus der Stadt herausgefahren, in der Hoffnung, den Mann anzutreffen, es ihm direkt zu sagen, nachdem ein weiterer Anrufversuch fehlgeschlagen war. Aber als er vor dem Haus gestanden hatte, war ein Auto auf den Hof gefahren, dem eine junge Frau entstieg. Pawel hatte für den Augenblick der Atem gestockt, sein Herz hatte zu rasen begonnen. Als er sich wieder gefangen hatte, wusste er, was er zu tun hatte.

Der Bus hatte ihn in die Stadt zurückgebracht. Jetzt lief er am Einkaufszentrum, auf dem in großen Lettern *Nordseepassage* stand, vorbei und bog danach hinter einem Café rechts ab, bis er vor roten Backsteinhäusern stand. Dort hatte er sich erst orientieren müssen. Links, sagte ihm sein Verstand. Er lief, bis er das richtige Straßenschild sah. Seine Schuhe kratzten übers Gehwegpflaster, gaben den Rhythmus seiner Geschwindigkeit an. Sein Atem wurde unregelmäßiger. Pawel verlangsamte das Tempo. Er hoffte, dass er sich nicht geirrt hatte und nun alles so laufen würde, wie er es sich vorstellte.

* * *

Birthe hatte der Nachmittag bei ihren Eltern gut getan. Sie hatte einfach so dasitzen und sich gehen lassen können. Etwas, was bei den Meckenwalds absolut unmöglich war. Ihr Vater war immer stiller geworden, wirkte tief in Gedanken versunken. Aber auf Birthes Fragen hatte er nur den Kopf geschüttelt, sodass sie sein In-sich-Gekehrtsein schließlich doch auf Hartmuts Tod geschoben hatte. Zu Hause angekommen, fuhr sie ihren Wagen in die Garage neben der Villa.

Carsten war noch nicht zurück. Sicher fiel ihm das Arbeiten schwer, sodass es einfach länger dauerte. Birthe hatte die Kommissarin vorhin noch gefragt, wann sie denn beginnen konnten, die Beisetzung zu planen. Aber sie konnte nichts dazu sagen. Allein das empfand Birthe als belastend. Ihr Schwiegergroßvater, den sie ein bisschen wie ihren eigenen Opa empfunden hatte, war ermordet worden, und man ließ ihnen nun weder Raum noch Zeit, sich von ihm zu verabschieden. Sie sah ja ein, dass diese Untersuchungen, das Wort Obduktion mochte Birthe nicht einmal denken, notwendig waren, aber dennoch fehlte ihr im Augenblick die Möglichkeit, wirklich Abschied nehmen zu können. So fiel es ihr schwer, den Tod als gegeben zu akzeptieren, ja, daran zu glauben, dass Hartmut nicht gleich um die Ecke gelaufen käme, um Carsten mit dem kleinen Finger zu winken. Die typische Geste, mit der er seinem Enkel mitteilte, dass er mit ihm über Geschäftliches zu reden hatte. Für Birthe hatte er immer ein kleines Augenzwinkern übrig. Fast unmerklich und doch so freundlich, dass sie nie anders konnte, als sich darüber zu freuen.

Hatte übrig, dachte Birthe. Dieses »hatte« klang so endgültig. So vorbei. Hatte übrig. Hatte …

Sie trat aus der Garage, umrundete den Zaun und suchte aus dem Wust ihrer Schlüssel den für den Briefkasten heraus. Sicher hatte heute noch keiner nach der Post geschaut. Zuerst öffnete sie Hartmuts Briefkasten. Er war leer wie meistens. Gesellschaftlichen Umgang hatte er nur in Ausnahmefällen gepflegt, und die Geschäftspost ging stets in die Firma. Aus ihrem flatterte Birthe zunächst nur Werbung entgegen. Dann ein Brief mit einer seltsam krakeligen Handschrift. Er war an sie adressiert und nicht abgestempelt, musste direkt eingeworfen worden sein.

Birthe raffte alles zusammen und schloss die Haustür auf. Es war still in der Villa. Die altertümlichen dunklen Mahagonimöbel mit den roten Samtbezügen wirkten in der herrschenden Totenstille seltsam museumsartig. Es schien Birthe, als sei mit Hartmut Meckenwalds Tod das Haus gleich mit gestorben. Sie ging in die Küche und ließ aus dem Hahn Wasser ins Glas laufen. Langsam rann es durch ihre Kehle. Sie legte die Post auf die Küchenanrichte, wo sie gesammelt wurde. Nur den einen Brief hielt Birthe unschlüssig in der Hand. Sie drehte ihn. Wendete ihn. Roch daran. Ihm entströmte ein muffiger Geruch. Sie überlegte einen Moment, ihn nicht zu öffnen, sondern zur Polizei zu bringen. Schließlich war seit dem vergangenen Abend alles anders. Aber dann entschied sie sich anders. Ein unbestimmtes Gefühl kämpfte sich nach oben, das ihr sagte, sie solle ihn ganz in Ruhe und nur für sich öffnen. Wer wusste, was sie da Persönliches entdeckte. Dinge, die nicht für andere bestimmt waren. Es musste ja gar nichts mit Hartmut zu tun haben. Worauf Birthe absolut verzichten konnte, war, von dieser unterkühlten Kommissarin als hysterisch dargestellt zu werden. Die Erdmann war so ein Typ. Schublade auf, Menschenschlag rein, Lade geschlossen.

Sie trank das Wasser aus und ging in ihr Zimmer. Die Tür schloss sie hinter sich ab. Eine blödsinnige Aktion. Außer ihr war schließlich niemand im Haus. Wieder betrachtete sie die Schrift, die ihr so gar nichts sagte. Sie schüttelte den Kopf, griff dann nach ihrem Brieföffner und begann die obere Falte vorsichtig aufzuschlitzen. Nach wenigen Zentimetern hielt sie inne. Ob es besser war, auf Carsten zu warten? Wieder schüttelte sie den Kopf. Sie schlitzte den Falz weiter auf. Vorsichtig entnahm sie den Inhalt. Erst begriff Birthe nicht, was sie da sah. Dann warf sie den Umschlag samt Inhalt in die hinterste Ecke des Zimmers.

* * *

»Ein Mann will also eine Frau gesehen haben. An dem Abend. In der Nähe der Firma.« Petra ertappte sich dabei, mal wieder mit sich selbst zu sprechen. »Wann genau soll sie dort gewesen sein?« Petra hatte eine Cappuccinotasse in der

Hand. Sie pustete in den Milchschaum, der sich sofort teilte. Ein paar Flöckchen schwebten über den Tassenrand und zerfielen dann auf dem Boden. Es war ein langer Tag gewesen. Und das an einem Samstag, wo jeder normale Sterbliche die Beine auf dem Fernsehtisch liegen hatte, sich auf das Wochenende freute.

»So gegen einundzwanzig Uhr«, murmelte sie. »Eben kurz vor der Tatzeit. Der Mann hatte einem Jungen geholfen, der irgendwas mit dem Rad hatte. Sie soll dort herumgestanden haben.«

»Wo stand sie?« Petra merkte selbst, dass ihre Stimme einen Hauch zu barsch war, obgleich niemand im Raum war, den sie hätte treffen können. »In der Nähe der Tür? Am Kai?«

Sie konnte nur in der Nähe des Eingangs der Firma Meckenwald gestanden haben. Der Mann hatte ausgesagt, sie habe dort geraucht und immer wieder hinübergesehen. Petra grunzte abfällig. Was hieß das schon. Eine rauchende Frau in der Nähe der Firma. Sie konnte wer weiß was dort gewollt haben. Im Umkreis des Bontekais hielten sich immer eine Menge Leute auf.

»Aber der Typ hat gesagt, sie habe ausgesehen wie eine Nutte. Das ganze Gehabe, ihre Gestik, das Aussehen ...« Petra biss auf dem Ende des Kugelschreibers herum. Die Dialoge mit sich selbst hatten sie bislang immer weitergebracht. Waren zur Analyse bestens geeignet.

»Aber ob sie diesen Schal denn getragen hat, konnte er nicht sagen. Nur, dass sie gewirkt haben soll wie eben eine Frau dieses ältesten Gewerbes der Welt. Mantel. Hohe Schuhe«, murmelte sie weiter. »Eine Art Stiefel. Geschminkt. Stark geschminkt.«

Petra wischte die vor ihr liegenden Zettel mit den Kreisen und Notizen vom Tisch. »Wenn es danach geht, müsste halb

Wilhelmshaven diesem Berufszweig nachgehen. Oder zumindest die unter Dreißigjährigen«, knurrte sie. »Die tragen zwar nicht alle Mäntel, aber hochhackig und geschminkt ist der größte Teil. Manchmal weiß man ja gar nicht mehr, wo man hinsehen soll. Vor lauter Haut.«

Interessant fand sie in jedem Fall Mechthild Driefel. Arbeitete samstags für den Laden, und das anscheinend nicht zum ersten Mal. Immerhin war sie am Freitag auch bis einundzwanzig Uhr dort gewesen. Das war sicher mehr, als andere Arbeitnehmer für ihre Firma taten. »Ich sollte ihr mal auf den Zahn fühlen. Die weiß über den Laden mit Sicherheit mehr als irgendwer sonst.«

Das Telefon klingelte. »Ja! Das ist gut. Sofort herbringen!« Petra lehnte sich zufrieden zurück. Es ging voran.

* * *

Aus dem Brief war Birthe ein schwarzer Zopf entgegengefallen, der nun in der hintersten Ecke des Zimmers lag. Immer wieder glitt Birthes Blick zu ihm hin. Das Haar schien sie förmlich aufzufordern, danach zu greifen, und schließlich hielt sie es nicht mehr aus. Sie krabbelte unter den Schreibtisch und holte den Zopf wieder hervor. Das Haar fühlte sich spröde an. Trocken. Der Glanz war längst daraus verschwunden.

Birthe drehte den Zopf mit den Fingern hin und her, überlegte, wem er einmal gehört haben mochte. Eigentlich müsste sie Ekel verspüren angesichts der fremden Haare in ihrer Hand. Aber dem war nicht so. Sie hielt den Zopf gegen das Licht ihrer Lampe. An den Enden war er splissig, und auch der Lichtschein vermochte die abgestumpfte Farbe nicht zum Glänzen zu bringen. Das Haar, das sich aus dem Zopfende wand, war nicht glatt, sondern leicht gewellt. Birthe versuchte, sich ein Bild von der Person zu machen, die dieses Haar einmal geschmückt hatte. Es war eine Frau gewesen, da war sie sich sicher. Der Zopf war sowohl oben als auch unten mit einem Wollfaden, mit einer doppelten Schleife, zusammengebunden. Es wirkte beinahe liebevoll, vielleicht auch, weil das Ende wie frisch gekämmt aussah. Alles in allem schien der Zopf so etwas wie ein Kleinod für jemanden gewesen zu sein, etwas, das dieser Jemand sehr wertgeschätzt hatte. Der Mensch, der diesen Zopf über die Zeit aufbewahrt hatte, musste die Frau sehr geliebt haben.

Birthe sah sich den Umschlag genauer an. Er war alt. Von innen gefüttert und mit blau-weißen Blumenranken ausgefüllt. Er hatte etwas von einem Sarg. In der Ecke des Falzes fand Birthe noch eine Blume. Ein Blütenblatt zerfiel sofort zu gelbem Staub, als Birthes Fingerspitzen sie berührten. Nun traute sie sich nicht mehr, noch einmal danach zu greifen. Vorsichtig legte sie den Zopf zurück. Sein Schwarz wurde sofort von gelbem Blütenstaub bedeckt.

Birthe deponierte den Umschlag im hinteren Teil der Schreibtischschublade. Sie wusste genau, dass sie ihn wieder herausholen würde. Es hatte etwas zu bedeuten. Sie wusste nur nicht, was.

* * *

Pawel lief weiter durch die Stadt. Ihm schmerzten die Füße. Er sah weder nach rechts noch nach links. Er war gerade am Berliner Platz angekommen. Große, graue Bögen versuchten in der Mitte über der Mauer zueinanderzukommen. Man traf sich eben nicht immer in der Mitte.

Er lief weiter. Gleichmäßig und im Takt. Er war noch nicht fertig. Vielleicht würde er nie fertig werden. Jetzt, wo er erst einmal begonnen hatte. Er war wie im Fieber, hatte das Gefühl, er stehe auf einem Laufband und müsse weiter. Immer weiter, wenn er nicht herunterfallen wollte. Es störte ihn nicht. Er wollte nicht aufhören. Zu lange hatte er gewartet. Zu viel vorbereitet. Er musste handeln. Und hoffen, dass sie wirklich mitspielte. Dass sie das tat, was er wünschte. Aber eigentlich zweifelte er nicht daran. Er musste sie benutzen. Er war sich ganz sicher. Sie würde in sein Spiel einsteigen und wenn es das Letzte war, was sie in ihrem jungen Leben tat.

Denn er war dabei, ein Wespennest zu zerstören. Er hatte seine erste Lanze hineingesteckt und zugestoßen. Nun würde er es umgraben und das Innerste nach außen kehren, und am Ende wäre nichts mehr so, wie es gewesen war.

* * *

»Frau …« Petra hatte den Namen der jungen Frau vergessen. Sie sah elend aus. Dunkle Ringe unter den Augen unterstrichen die krankhafte Blässe ihrer Hautfarbe, die durch das tiefe Schwarz ihrer gefärbten Haare noch unterstrichen wurde. Ihre Hand zitterte, als sie in ihre Hosentasche griff, eine Zigarette herauszog und gleichzeitig mit leiser Stimme fragte, ob sie rauchen dürfe. Petra hasste jeglichen Zigarettengeruch, aber sie fürchtete, aus diesem Mädchen nichts herauszubekommen, wenn sie es nicht zuließe. Die junge Frau fummelte ihr Feuerzeug aus der anderen Hosentasche. Es klickte leise, als die Flamme hervorzüngelte. Sie zog mit zwei heftigen Zügen, atmete den Qualm aus. Petra hüstelte und bereute bereits, zugestimmt zu haben. Sie schob ihr eine Untertasse für die Asche rüber. Das Ding würde sie später eigenhändig schrubben, damit auch nicht der Hauch dieses Giftes daran haften bleiben würde.

»Sagen Sie Maja zu mir«, sagte die Frau dann leise. Ihrer Stimme fehlte jeglicher Klang. Sie wirkte dünn und verlor sich irgendwie in der Nüchternheit des Verhörzimmers.

»Gut, Maja. Wir haben Fingerabdrücke von Ihnen im Büro des Ermordeten Hartmut Meckenwald gefunden. Waren Sie an dem besagten Abend in dieser Firma?«

Sie schüttelte heftig den Kopf. »Nein. Ich habe nur kurz in einem Hauseingang in der Nähe gestanden und eine geraucht.« Sie deutete auf ihre vergilbten Finger. »Sie sehen ja, dass ich das dauernd brauche.«

»Wo kamen Sie her?« Petra glaubte der Frau kein Wort. Zu unstet flackerte ihr Blick von einer Wand zur anderen, zu unruhig spielten die Hände miteinander.

»Von einem Kunden. Bin dann zurück. Robin wartete schon auf mich. Mit anderen Aufträgen.« Maja brach ab, hielt sich plötzlich die Hand vors Gesicht und begann elendiglich zu würgen. Petra winkte dem Beamten vor der Tür, der die junge Frau zur Toilette begleitete, während sie die heruntergefallene Zigarette ausdrückte und samt provisorischem Aschenbecher entsorgte.

Als sie wiederkam, erschien sie der Kommissarin noch blasser und dünner.

»Sie machen den …«, Petra räusperte sich, »… Job noch nicht lange, stimmt's?«

Maja schüttelte den Kopf. »Wie man es nimmt. Was ist schon lange?« Sie schluckte. »Ist eben Job. Kann ich jetzt gehen?«

Petra schüttelte den Kopf, war sich aber nicht sicher, ob die junge Prostituierte es überhaupt wahrgenommen hatte. Sie holte Maja ein Glas Wasser. Sie schaute gar nicht auf, als sie es vor sie auf den Tisch stellte, griff aber trotzdem sofort danach und trank hastig einen Schluck.

»Besitzen Sie einen farbigen Chiffonschal? Gelb und lila?« Petras Stimme klang für ihre Verhältnisse warm. Es fiel ihr schwer, dieser schmächtigen Frau gegenüber ihre sonstige Abgebrühtheit zu demonstrieren. Sie hatte schon hin und wieder mit Frauen aus ihrem Gewerbe zu tun gehabt, aber nicht eine war so schüchtern, so hilflos gewesen wie sie. Maja passte nicht in das Milieu, in dem sie sich bewegte. Petra fragte sich, auf welchem Weg dieses Mädchen dorthin gekommen war.

Ihr Kopfschütteln kam schnell und heftig. Sie hörte gar nicht mehr auf damit. Petra legte ihr intuitiv die Hand auf den Arm. Sie wunderte sich über sich selbst. Was war in sie gefahren? Normalerweise kam sie ihren »Kunden«, wie alle Straftäter und Verdächtigen im Kollegenkreis genannt wurden, nie so nahe. Doch die junge Frau rührte sie an. Sie wirkte wie ein junges Kätzchen, das seinen Platz noch nicht gefunden hatte. Es war eben schon spät am Tag. Nach diesem Gespräch würde sie Feierabend machen, nach Hause gehen. Sie war müde. Schrecklich müde.

Petra räusperte sich, um sich in die Gegenwart zurückzukatapultieren. »Also keinen Chiffonschal. In Gelb und Lila?«, wiederholte Petra.

Das Mädchen schüttelte heftig den Kopf. »Kann ich jetzt gehen?« Die Stimme klang dringlich. Die Frau wollte augenscheinlich nur weg hier.

»Es kann passieren, dass Sie später noch zu einer Gegenüberstellung müssen. Falls wir Sie doch ein paar der Spuren zuordnen können. Bislang hat man Sie nur anhand eines Fotos identifiziert.« Für Petra war es ein Wunder, dass diese junge Prostituierte, die den Job wirklich noch nicht lange machte, überhaupt irgendwo in den Akten aufgetaucht war. Aber manchmal hatte eben auch ein Ermittler das Glück auf seiner Seite. Maja war erst vor kurzer Zeit wegen Beischlafdiebstahl in Erscheinung getreten. Fünfzig Euro hatte sie einem Kunden geklaut. Nach seiner Auskunft. Maja hatte diesen Vorwurf damals abgestritten. Aber das taten sie ja alle. Wenn die Fingerabdrücke auf dem Glas in Hartmut Meckenwalds Büro mit ihren übereinstimmten, wäre das jedenfalls nicht günstig für Maja. Der Abgleich musste bald auf ihrem Schreibtisch liegen. Die Schlinge konnte sich binnen kürzester Zeit sehr fest um Majas Hals legen, aber Petra war nicht sicher, ob sie sich das wirklich wünschte. Auch wenn der Fall dann geklärt wäre. Nur manchmal passte der Täter nicht zu dem, was man wünschte und suchte.

Maja begann erneut zu zittern.

»Nehmen Sie Drogen?«, fragte Petra. Natürlich verneinte Maja die Frage. Was sollte sie auch sonst tun. Das Zittern ihres Körpers wurde stärker. Petra wurde das Gefühl nicht los, dass nicht ihre Befragung, sondern etwas ganz anderes die Frau so beunruhigte. »Maja«, setzte sie wieder an. »Sind Sie ganz sicher, dass Sie Hartmut Meckenwald am Freitagabend nicht in der Firma besucht haben? Es spricht vieles gegen Sie.«

»Ich bin mir sicher«, flüsterte das Mädchen. Als sie das Glas erneut in die Hand nahm, schwappte das Wasser über den Rand.

* * *

Carsten brütete über einer Datei in seinem PC. Er warf einen Blick auf die Uhr. Er sollte längst bei seiner Frau sein. Aber die Arbeit hatte ihn wunderbar von den Ereignissen der letzten Stunden abgelenkt. Das war egoistisch. Er wusste ja, wie sehr Birthe litt. Den Tag über hatte Carsten sich damit beruhigt, dass sie bei ihren Eltern war, dort liebevoll umsorgt wurde. Aber da war sie jetzt mit Sicherheit jetzt nicht mehr. Sie hatte sich allerdings nicht bei ihm gemeldet. Ein ungewöhnlicher Umstand. Carsten warf einen Blick auf die Armbanduhr. Verdammt, war es schon spät. Er raffte seine Sachen zusammen. Noch während er es tat, überkam ihn ein so heftiger Schwindel, dass er sich wieder auf seinen Bürostuhl gleiten ließ. Die Arbeit hatte ihn geschützt, ihm Normalität vorgegaukelt. Jetzt, wo der PC aus war und die Realität ihn eingeholt hatte, überkam ihn die Ohnmacht mit aller Gewalt. Er atmete langsam ein und aus, merkte, dass sein Atem ruhiger wurde, der Puls langsamer schlug. Er schaffte es, sich zu erheben. Carsten lief zunächst in seinem Büro auf und ab, wartete, ob der Schwächeanfall sich wiederholte. Es würde schwer werden, ohne seinen Großvater im Rücken. Den erfahrenen Immobilienhai, der faule Sachen schon weit im Voraus erkannte und seine Strategie entsprechend ändern konnte. Aber er hatte nun freie Hand für seine eigenen Zukunftspläne, seine Investitionen. Mechthild hatte ihm ihre Unterstützung zugesagt, er würde sich auf die weitere Loyalität der Sekretärin verlassen können.

Carsten griff nach seinem Mantel, den er gerade über den Schreibtisch gelegt hatte, und entschied sich kurzfristig, nicht den Fahrstuhl, sondern die Treppe zu nehmen. Das Stockwerk zum Büro seines Großvaters war versiegelt. Carsten empfand die Situation als gespenstisch. Er hörte Schritte hinter sich, und wie aus dem Nichts tauchte Mechthild auf. »Ich habe noch etwas vergessen, Carsten.« Ihre Stimme klang dünn, fast zerbrechlich.

Aus ihrer sonst so korrekten Frisur krochen vereinzelt Strähnen, schienen damit die Gesamtheit ihrer Person infrage zu stellen. Trotzdem erschien sie Carsten in diesem Augenblick so attraktiv wie nie zuvor. Es war nicht so, dass er Mechthild nie beachtet hatte, aber sie war zu sehr ein Teil der Firma, als dass er sie je als Frau wahrgenommen hatte. Jetzt war es, als habe der Schrecken ihr die Maske heruntergerissen und zeige nun den Menschen Mechthild dahinter. Als Mechthild ihn erblickte, überzog ein roter Schimmer ihr Gesicht. Ihre Hand fuhr erschrocken durchs Haar, als bemerke sie erst jetzt das entstandene Durcheinander. Sie wirkte kindlich dabei, und Carsten konnte nicht anders, als ihre Hand festzuhalten. Erschrocken hielt Mechthild inne. Sie sah ihren Chef an. In ihren tiefblauen Augen bildeten sich Tränen. Er wischte sie mit der Außenkante des Zeigefingers ab. Ihre Haut war weich. Sie standen eine Weile wie erstarrt voreinander, fixierten sich mit ihren Blicken. Carstens Herz begann zu klopfen. Seine Hände wurden feucht. Er versuchte, sich der Wirkung, die Mechthild so plötzlich auf ihn hatte, zu entziehen, aber statt einen Schritt zurückzutreten, zog er sie näher zu sich heran. Ein dezent frischer Parfümduft vermischte sich mit dem Geruch ihres Körpers. Mechthild verzog keine Miene, starrte ihm nur unvermindert in die Augen. Mit einer Tiefe im Blick, der Carsten die Haare auf den Unterarmen aufstellte. Es war irreal, unwirklich. Sein Großvater war seit gestern tot, er war jetzt der Firmenchef, und vor ihm stand Mechthild, die langjährige Sekretärin, die ihm sonst nur als ein Schatten aufgefallen war und ihn nun völlig außer Takt brachte. Er konnte nicht anders. Sein Gesicht näherte sich ihrem. Ihr Atem zerfloss zu einem, bevor sich ihre Lippen berührten. In dem Moment sprang Carsten zurück. Was tat er hier? Warum hatte er seine Sekretärin im Arm? Er trat einen Schritt zurück, ordnete die Krawatte. »Entschuldigung«, entfuhr es ihm. »Verzeihen Sie, Mechthild.« Er räusperte sich. »Es muss der Schreck sein. Das alles hier.« Er schluckte. »Ich bitte nochmals um Verzeihung.«

Mechthild hatte gar nichts gesagt. Sie sah ihn nur an. Ganz ruhig. Dann glitt ein Lächeln über ihr Gesicht. Mit diesem Lächeln verschwand sie in den Fahrstuhl.

4. Kapitel

Pawel war wieder unterwegs. Geschlafen hatte er in einer kleinen billigen Absteige in der Stadt.

Er war schnell gelaufen. Aber mittlerweile fiel ihm jeder einzelne Schritt schwer. Der Morgen war kühl. Viele Autos bahnten sich den Weg über die Straßen, der Alltag hatte die Menschen fest im Griff. Vor Pawels Mund bildeten sich kleine, weiße Wölkchen, die sich aber rasch verflüchtigten. Für August war es immer noch eindeutig zu kalt, aber die Temperaturen passten zu seiner inneren Kälte, die in diesem Leben vermutlich nicht mehr weichen würde.

Es war nicht mehr weit bis zum Marienturm, seinem Ziel. Der Kanal durchschnitt das Land wie ein spiegelndes Band. Kleine Häuschen mit verschiedenen Kanus und Kajaks ergaben ein fröhliches und unbeschwertes Bild. Es war jetzt so anders hier. So anders, und doch atmete er die gleiche Luft wie damals. Er inhalierte sie tief, erlaubte ihr, bis zu seinen tiefsten Zellen durchzudringen. Es war derselbe Geruch. Nichts hatte sich daran geändert. Es roch etwas lehmig. Und nach Gras. Dieses grüne Gras, das es nur hier in Friesland gab und das den unverkennbaren Geruch nach Weite und Meer verströmte. Krähen übertönten den Vogelgesang, hin und wieder durchschnitt der Schrei einer Möwe die Luft. Auf dem Wasser glitt ein Kanute an ihm vorbei. Mit kräftigen Schlägen durchpflügte er das Wasser. Er beachtete Pawel nicht. Ihn störte es nicht. Es war genau das, was er bezweckte. Nicht erkannt, nicht wirklich gesehen zu werden. Damals, als er mit Anna hier war, hatte ihm diese Unscheinbarkeit das Leben gerettet. Ein Stück mehr Aufmerksamkeit, und er wäre sicher nicht mehr am Leben. So hatte ihn die alte Bäuerin schlichtweg vergessen.

Erneut sog Pawel die Luft tief ein. Er trabte wieder los, bis er die Häuser des Kanuclubs sah. Und die Mühle, in deren Kuppel jetzt jemand wohnte. Stacheldrahtzaun fiel ihm ein. Das Klappern der leeren Schüsseln, bis er sie endlich gefüllt hatte. Oft mit undefinierbaren Speisen oder mit einer Suppe, der man ansah, dass Wasser der Hauptbestandteil war. Dichte Bärte schienen ihn noch immer am Handgelenk zu kitzeln. Pawels Blick schweifte hinter sich. Dahinten irgendwo hatte sie gelebt. Sie hatte immer genug zu essen gehabt. Das schon. Aber zum Leben reichte es nicht, nur zum Sattwerden.

* * *

Der Postbote klingelte. Er hatte ein Päckchen auf dem Arm. Birthe musste auf seinem Terminal unterschreiben. Dabei nuschelte der Mann ein »Mein Beileid auch« und zauberte einen dicken Stapel Kondolenzschreiben hinter seinem Rücken hervor.

Birthe schenkte den Briefen keinerlei Beachtung, sondern starrte auf das Päckchen, das keinen Absender trug. Sie drehte und wendete es. Dann legte sie die Beileidsschreiben zu den anderen auf den Tresen und nahm das Päckchen mit auf ihr Zimmer.

Nur mit Mühe gelang es ihr, das fest zugeklebte Päckchen zu öffnen. Schließlich hatte sie alle Kleber gelöst. Sie klappte den Deckel auf. Ihr fielen ein paar vergilbte Seiten entgegen. Mit einer gestochen scharfen Schrift. Sie drehte sie hin und her. Die Sprache sagte ihr nichts. Zuunterst lag ein Bild. Es zeigte einen Hof in der Nähe eines Flusses. Birthe wurde das Gefühl nicht los, dieses Gehöft schon irgendwo einmal gesehen zu haben.

Wieder durchwühlte sie das Papier. Es waren Originale, keine Kopien. Sie rochen muffig. Birthe versuchte, die Zeilen zu lesen, aber sie verstand kein Wort. Was war das für eine Sprache? An einigen Buchstaben waren Häkchen. Oben oder unten.

Dann stachen ihr zwei Worte ins Auge, die sie oben links auf der ersten Seite fand. Jezyk polski. Polnisch.

* * *

Mechthild Driefel saß in ihrem Büro und stierte nach draußen. Carsten hatte sie gerade nur mit dem Blick gestreift. Nichts in seinem Verhalten deutete daraufhin, was am Samstag zwischen ihnen vorgefallen war. Sie spürte noch immer seinen Atem an ihrem Hals. Ihre Lippen brannten wie Feuer, wenn sie an seine Berührung dachte. In jenem Augenblick hatte sie gedacht, endlich am Ziel zu sein. Jetzt, wo der Alte weg war.

Der Alte, Birthe Meckenwalds größter Verehrer. Niemals hätte Hartmut Meckenwald es geduldet, dass Mechthild sich in diese Ehe drängte. Er hätte sie hinausgeworfen. Und Carsten enterbt. Oder ihm zumindest für seine großartigen Investitionsideen noch mehr Steine in den Weg gelegt. Warum Hartmut so auf Birthe fixiert gewesen war, wusste Mechthild nicht. Er war als Frauenheld verschrien, hatte auch im hohen Alter noch Spaß am Sex gehabt und seine Frau sogar auf ihrem Sterbebett mit der Krankenschwester betrogen. So klassisch pervers, wie es nur in Kitschromanen vorkam. Sie wusste so viel von Hartmut Meckenwald, sie hätte ihn ausbluten lassen können. Doch er war zeitlebens von ihrer Loyalität ausgegangen. Sie hatte dem Bild entsprochen, immer in der Hoffnung, dass ihm eines Tages aufgehen würde, wer die richtige Frau an Carstens Seite war. Sie hatte still ausgeharrt, doch der Alte war Birthe immer mehr verfallen. Es verging nicht eine Begegnung, in der nicht ein freundliches Lächeln das zerfurchte Gesicht verzog, wenn der Name Birthe fiel. Ein Lächeln, das er sonst keinem Menschen auf der Welt schenkte, ihr schon gar nicht. Es war ein Lächeln, in dem sich Liebe widerspiegelte. Liebe, ein Wort, das der alte Meckenwald sonst aus seinem Wortschatz, aus seiner ganzen Gefühlswelt gestrichen hatte. Für Birthe schien das nicht zu gelten.

Mechthild war an der Grenze ihrer Belastbarkeit angekommen, doch dann hatte sie etwas gefunden, das sicher nicht für sie bestimmt war. Aber sie konnte es brauchen. Damit hatte sie einen Trumpf in der Hand, den sie nicht so leicht verspielen würde. Sie war von jeher eine gute Taktikerin gewesen, das würde ihr jetzt helfen.

Samstag schien es auch Carsten aufgegangen zu sein, dass Birthe eigentlich die falsche Frau an seiner Seite war. Warum sonst hatte er sie, Mechthild, geküsst? Flüchtig nur, aber geküsst. Schade, dass er sich wieder so schnell im Griff gehabt hatte. Das nächste Mal, und es würde ein nächstes Mal geben, würde sie ihn nicht so schnell gehen lassen. Das nächste Mal würde sie sich nehmen, was sie wollte. Schließlich sollte der Alte nicht ganz umsonst in seinem Zimmerchen gelegen haben. Wieder glitt über Mechthilds Gesicht ein Lächeln. Es hielt noch an, als Carsten in ihr Zimmer trat und sie ihn mit ihrem Blick fixierte. Sie wussten beide zu viel voneinander.

* * *

Pawel hielt sich nicht lange am Kanuclub auf. Es war besser, an dieser Stelle nicht zu tief in die Vergangenheit abzutauchen. Er hatte andere Ziele, konnte nicht alle Erinnerungen zulassen. Das Unbehagen, das ihn von seiner Heimat hierher zurückgetrieben hatte, war so groß, dass weitere Gefühle keinen Platz hatten, er sie auch nicht zulassen durfte, damit seine Kraft für das reichte, was er wirklich tun musste. Es ging um Anna. Sein ganzes Leben lang ging es nur um Anna. Er sah sie noch, wie sie auf dem Feld stand, ihren Blick immer wieder über das flache Land gleiten ließ, als wolle sie die Freiheit wenigstens körperlich erfühlen. Die Freiheit, die ihnen genommen worden war. Ohne Anna hätte er die Fahrt hierher damals gar nicht überlebt. Auf dem Bahnhof hatte er sich noch auf die Reise gefreut. Pawel war bis dahin noch niemals verreist. Und nun gleich so weit weg. Mit dem Zug. Um Annas Nase hatte ein skeptischer Ausdruck gelegen, den er als elfjähriger Junge aber nicht ernst genommen hatte. Anna war so. Ein starkes Mädchen, fröhlich, aber auch nicht leicht zu beeindrucken. Anna wusste, was sie wollte. Immer wusste sie das, und in diesem Vertrauen hatte Pawel seine Hand in die ihre geschoben und damit die salzigen Tränen seiner Mutter verdrängt, die seine Haut am Handballen lange zum Spannen brachten. Er hatte sich aber nicht getraut, sie beiseitezuwischen, würde es doch für lange Zeit das Letzte sein, was er von seiner Mutter haben würde.

Pawel lief am Kanal entlang. Sein Schritt kam ihm schwer und langsam vor. Hier an diesem Ort fehlten ihm der Schwung und Elan, die ihn die letzten Monate getragen hatten. Hier war es wieder so gegenwärtig. Er fühlte eine Last auf seiner Schulter, die jeden seiner Schritte tief in den Boden einsinken ließ.

Das Stampfen der Lokomotive damals war ähnlich gewesen. Denn schon bald war auch ihm klar geworden, dass es keine schöne Reise werden würde. Dass sich Annas Falte über der Nase zu Recht vertieft hatte.

Seit dieser Fahrt hasste Pawel Enge, konnte es kaum ertragen, wenn andere Menschen seinen Radius zu sehr kreuzten. Zu tief hatte sich der Schweiß- und Uringeruch in seine Nase gebrannt.

Zwei Eimer. Einer mit Trinkwasser, daneben der zum Urinieren. Oder mehr. Je nachdem. Pawel hatte sich nicht getraut, vor allen Leuten Pipi zu machen. Er hatte sich nachts in die Hose gemacht, und Anna hatte mit ihm geschimpft. Weil sie kaum Wechselwäsche dabei hatten. Sie hatte alles notdürftig mit Stroh abgerieben, den strengen Geruch damit aber nicht vertreiben können. Als er dann richtig auf die Toilette gemusst hatte, war er mitten in der Nacht zu dem Eimer gekrochen. Das laute und schrille Scheppern des Zuges durchdrang noch immer Pawels Ohr, ließ ihn nachts aus dem Schlaf schrecken. Mit klopfendem Herzen und schweißnassen Händen saß er dann da, wurde von den Erinnerungen heimgesucht. Er hatte in jener Nacht nach dem Eimer gegriffen. Der Zug war ins Schlingern gekommen, wackelte, hupte. Pawel hatte Mühe gehabt, sich auf den Beinen zu halten. Der Eimerrand war glitschig gewesen.

Pawel strich unwillkürlich über seine rechte Hand. Es fühlte sich für den Augenblick noch immer so an, als klebe die schmierige, stinkende Paste daran. Es würde immer so sein. Des Nachts, wenn die Gedanken kamen, wenn der Ekel dieses Augenblicks seine Seele einfing. Stellvertretend für den Abscheu, der ihn von dem Moment an bis heute nicht mehr losgelassen hatte. Zwei Eimer für die Menschen hatten sein Leben geprägt und ihn hierher zurückkommen lassen. An den Ort, der sein Leben endgültig besiegelt hatte.

* * *

»Was wollten die Bullen Samstag von dir? Was hast du ihnen gesagt?« Robin beugte sich über Maja und blies ihr den Atem ins Gesicht. »Du lässt dir seit zwei Tagen alles aus der Nase ziehen. Oder gehst mir aus dem Weg.«

Maja schüttelte immer wieder den Kopf. »Ich geh dir nicht aus dem Weg, Robin.« Sie versuchte es mit einem Lächeln, was allerdings recht schief ausfiel und die Sache eher noch verschlimmerte. »Warum sollte ich auch?«

Robin warf ihr einen verächtlichen Blick zu, der Maja vor Angst erstarren ließ.

»Was hast du der Polizistin zu sagen gehabt?« Robin griff in die Hosentasche, holte ein Paket Tabak hervor und begann sich eine Zigarette zu drehen. Er ließ sich Zeit dabei, sah nicht auf und tat so, als konzentriere er sich einzig und allein auf diese Tätigkeit. Maja wusste, dass es reine Schikane war, dass er sie nervös machen wollte. Es gelang ihm. Maja zitterten die Hände. »Ich habe ihr gesagt, dass ich nichts weiß und nicht in der Firma war.«

Robin hatte die Zigarette fertig gedreht, klopfte mit dem einen Ende auf den Tisch. Er zog die Stirn in Falten, knipste das Feuerzeug an und entzündete die Zigarette mit schief gelegtem Kopf. »Sie werden rausfinden, dass du da warst. Mann, du blöde Kuh, die haben doch ihre technischen Mittel.« Er sog den Qualm ein und blies ihn Maja ins Gesicht. Sie verharrte still, jede Bewegung hätte Robin noch wütender gemacht.

»Und?«, fragte er. »Was sagst du dazu?«

»Aber … ich …«

Robin winkte mit einer unwirschen Bewegung ab. »Halt die Schnauze! Hättest du es dem Typen anständig besorgt, hätten wir jetzt eine Sorge weniger.« Er begann zu lachen. »Du hast ihn kalt gemacht. Hätte ich dir gar nicht zugetraut.«

Robin warf die angerauchte Zigarette in den überquellenden Aschenbecher und packte Maja an den Haaren. »Na, sag schon!« Robins Augen funkelten jetzt. Er sah ein bisschen irr aus. Als beflügelte ihn die Idee, dass Maja wirklich eine Mörderin sein könne. »Sag, was ist geschehen an diesem Abend?«

»Ich …« Majas Stimme brach ab. Sie konnte so nicht mit Robin reden. Nicht, wenn er diesen schrecklichen Griff nicht lockerte. Er schien es zu merken, denn er ließ ihren Kopf so abrupt los, dass er nach vorn schnellte.

»Ich war es nicht, Robin. Ich schwöre es bei allem, was mir heilig ist. Ich …«

Robin hob die Hand und gebot ihr so zu schweigen. Majas Redefluss verebbte schlagartig. Ihr Mund wurde trocken, die Zunge klebte am Gaumen.

»Ist auch egal, ob du den Alten nun auf dem Gewissen hast oder nicht. Die Bullen werden es denken, das reicht.« Robin nahm die angerauchte Zigarette wieder auf. »Du musst verschwinden«, zischte Robin. »So oder so.« Er hatte die Zigarette in den Mundwinkel geklemmt und lief nervös auf und ab. Als das Telefon klingelte, hob er den Hörer kurz an, ließ ihn aber kommentarlos wieder auf die Gabel sinken. Er drückte die Zigarette aus. »Weg musst du. Du bist eine Gefahr für den Club.«

»Aber …« Maja setzte an, wollte etwas erwidern, doch Robin hatte sie bereits aus dem Zimmer geschoben und griff nach seinem Handy.

* * *

Birthe hatte sich Urlaub genommen. Sie konnte nicht arbeiten. Musste nachdenken. Auch, wie sie herausfinden konnte, was genau auf den vergilbten Zetteln stand. Sie konnte kein Polnisch, kannte nicht einmal jemanden aus diesem Land. Es war einfach seltsam. Und doch war dieses Päckchen ausdrücklich an sie adressiert.

Immer wieder hatte sie die vergilbten Kopien in die Hand genommen, war in die Häkchenschrift eingetaucht, in der Hoffnung, vielleicht ein paar einzelne Worte erkennen zu können. Schließlich hatte sie im Internet die Adresse einer Übersetzerin gefunden. Birthe tippte die Nummer ein. Ihr zitterten die Finger dabei, fast so, als ob sie etwas Verbotenes tat. Es war aber nicht verboten. Sie tat nichts Unrechtes, und doch war ihr, als bohre sie in einem großen Geheimnis, das besser im Verborgenen bleiben sollte. Die Stimme am anderen Ende klang barsch, wollte sich erst nicht auf einen eiligen Auftrag einlassen. Aber nachdem Birthe ihr eine hohe Summe geboten hatte, lenkte sie ein.

Auch nach dem Telefonat klammerten sich Birthes Augen an der Schrift fest. Ihr war, als tanzten die Buchstaben hin und her, um sich immer wieder neu zu ordnen und ihr so eine Botschaft vermitteln. Eine wichtige Botschaft. Etwas Bewegendes, das ihr Leben auf den Kopf stellen und auf eine ganz neue Art sortieren würde. Sie hatte keine Wahl, musste es versuchen. Koste es, was es wolle. Sie stopfte die Kopien in einen neuen Umschlag und machte sich sofort auf den Weg.

* * *

Pawel fröstelte. Bis auf wenige hundert Meter hatte er sich an den Bauernhof herangewagt. Riesige Trecker dominierten den Hof, reckten ihre Gabeln wie Krebsscheren in das Blau des Himmels und schienen ihn auf seltsame Art und Weise zu zerschneiden.

Das Haus war runderneuert worden. Nichts erinnerte mehr an das geduckte Wohnhaus, das sich damals wie eine

Nase an die Scheune geschmiegt hatte. Die war längst einem modernen offenen Gebilde gewichen, in dem sich nun in Folien verschweißte Rundballen befanden. Auch der Stall war modernisiert. Aus hochgeklappten Fenstern schauten Kälbernasen, die dunklen und feuchten Stallungen gab es nicht mehr. Pawel sog die Luft ein, inhalierte sie. Mit jedem Atemzug schoben sich Bilder vor seine Augen. Nach einer Weile konnte er kaum noch unterscheiden, was er wirklich sah und was nur seinen Erinnerungen entsprang.

Auf den Weiden rings um den Hof grasten noch immer die Schwarzbunten, rupften das Gras und kauten es gemächlich. Pawel sah Anna zwischen ihnen hindurchgehen. Ihre Augen blitzten. Immer. Lebendig und ungeheuer schön. Annas Augen waren eine Mischung aus dem Braun einer Kastanie und dem Grün eines geheimnisvollen, unergründlichen Sees. Sie verloren niemals ihren Glanz, strahlten stets so, als würden sich alle Sterne des Firmaments darin spiegeln. Annas Augen hatten Pawel durch die Zeit gebracht. Solange sie strahlten, so lange gab es Hoffnung. Anna war der Inbegriff des Lebens. Sie versprühte eine Energie, die jedermann in den Bann zog. Leider auch die Falschen. Leider auch die, die ihre Kraft in verkehrte Bahnen lenkten, die das Blitzen in ihrem Blick nicht verdient hatten.

Pawel musste jetzt an Annas Haare denken, sie ließen sich nicht bändigen, ganz so, wie Anna sich nie hatte unterkriegen lassen. Stets hatte sie sich durchgebissen. Selbst zum Schluss. Sie hatte verloren und war doch gleichzeitig eine Gewinnerin. Genau das würde Pawel beweisen. Bis es jeder wusste. Egal, wie viele Menschen dabei auf der Strecke blieben. Er würde Anna wieder zum Leben erwecken, sie unsterblich machen. Anna, seine Anna!

5. Kapitel

Die Tote sah nicht mehr schön aus. Man hatte sie achtlos an den Südstrand geworfen, sich nicht einmal die Mühe gemacht, ihr im Tod die Würde zurückzugeben. Der jungen Frau waren die Zähne eingeschlagen worden, was ihren Mund merkwürdig eingedrückt erscheinen ließ. Angetrocknetes Blut verunzierte ihre Wange, ebenso ihre Schläfe. Die Augen lagen in tiefen Höhlen. Die Hose der Toten war zerfetzt, aus dem Riss unterhalb des Knies vermischte sich das Blut zu einer Einheit mit dem Grün des Grases, das sich in den hellen Jeansstoff gerieben hatte. Ihr Kopf war merkwürdig nach hinten verdreht, erinnerte Petra an ein Huhn, dem man den Hals umgedreht hatte. Die Arme waren um den schmalen Körper geschlungen, als versuche die Tote sich selbst zu schützen.

Petra musste nicht weiter hinsehen, es war kein zweiter Blick nötig. Zweifelsohne war die Tote Maja. Die junge Prostituierte, die eigentlich gar keine war. Oder keine sein wollte.

Man hatte die junge Frau entsorgt. Genau diese Assoziation vermittelte die Szenerie. Irgendwem war ihre Rolle zu heiß geworden, irgendjemand hatte sich der jungen Frau entledigt und sie wie Müll abgelegt. Achtlos. Unwürdig. Gleichgültig. Petra konnte sich auch denken, wer das getan oder zumindest zu verantworten hatte, aber das zu beweisen würde ihr nur sehr schwer gelingen. Die Unterwelt, Parallelwelt zum Spießbürgertum, war ein verworrenes Geflecht, in dem die Polizei einen Kampf nur selten gewann. Zu eng waren die Fäden gezogen, zu undurchdringlich ihr Geflecht aus Intrigen, Schmiergeldern und Raffinesse.

Petra spürte eine bodenlose Wut in sich aufsteigen. Auf die Menschen, die so etwas taten, die in der Lage waren, aus eigenem Gutdünken ein junges Leben auszulöschen. Um ihre Haut zu retten. Um sich selbst reinzuwaschen. Sie wollte die junge Prostituierte rächen. Diesen Fall klären. Viel lieber, als den Mord an dem alten Immobilienhai aufzuklären. Natürlich wollte sie auch diesen Täter gerne hinter Schloss und Riegel sehen, aber beinahe noch wichtiger war es ihr, das Motiv für diesen scheinbar absurden Mord zu erfahren. Wer brachte einen Mann um, der die längste Zeit seines Lebens bei Weitem hinter sich hatte?

Maja dagegen war noch jung. Vielleicht hätte sie noch etwas aus ihrem Leben machen können. Nun lag sie hier am Südstrand. Ungeschützt. Bleich und fahl. Auch die Morgensonne änderte nichts an der Grausamkeit der Szenerie, obwohl die ihre Strahlen fröhlich über den Jadebusen schickte und das Wasser zum Leuchten brachte. Möwen kreisten ihre ruhigen Bahnen über dem Meer, hin und wieder stieß eine von ihnen einen Schrei aus. Sie kapieren nichts, diese Viecher, dachte Petra. Absolut nichts.

Nein, Maja Kosloff war eindeutig viel zu jung, um hier so verstümmelt zu liegen. Petra spürte, dass sie Gefühle entwickelte, was zu einem Problem werden konnte. Sie musste sich zusammenreißen, verdammt. Das hier war ihr Job, sonst nichts. Punkt. Sie konnte und durfte das nicht zulassen. Gefühle schwächten sie, machten angreifbar in jeder Hinsicht, und das konnte und wollte sie nicht erlauben. Trotzdem spürte Petra diesen Kloß im Hals, der ihr den Atem nahm und das Schlucken erschwerte. Dann folgte der Hass auf sich selbst. Weil sie versagt hatte. Hoffnungslos versagt. Sie hätte Maja in Gewahrsam nehmen müssen, sie so beschützen können. Wie es ihre Pflicht gewesen wäre. Sie hätte es vorausahnen müssen, ihr notfalls entgegen allen Vorschriften ein Bett in ihrer Wohnung anbieten müssen. Das hatte sie versäumt, obwohl sie der Gedanke zwischenzeitlich durchaus einmal angesprungen hatte. Sie hatte ihn verdrängt. Nichts problematisieren. Auch Maja war Job. Sie hätte spüren müssen, dass Maja etwas passieren würde, wenn sie sie vorlud, des Mordes verdächtigte. Sie kannte Majas Umfeld. Verdammt, sie hätte es wissen müssen. Petra hieb sich die Faust in die Seite und war froh, diesen Schmerz zu spüren, war er doch die gerechte, wenn auch die geringste Strafe.

»Da liegt sie nun vor uns, die Mörderin des weißen Hais«, grinste ein Kollege, der auch am Tatort bei Meckenwald dabei gewesen war.

»Wir müssen noch anderen Spuren nachgehen, es ist nichts bewiesen.« Petras Murmeln ging in dem Auftauchen weiterer Polizisten unter.

Seltsamerweise bestärkte sich mit dem Tod der Prostituierten bei der Kommissarin das Gefühl, Maja sei vielleicht wirklich unschuldig gewesen. Auch wenn alles darauf hindeutete, dass sie am Tatort gewesen war. Die Fingerabdrücke auf einem der Sektgläser in Meckenwalds Büro waren inzwischen eindeutig Maja zugeordnet worden. Sie hatte demnach Hartmut Meckenwald wahrscheinlich als einer der letzten Menschen lebend gesehen. Aber eben nur vielleicht als einer der letzten. Falls sie nicht doch die Wahrheit gesagt hatte und gar nicht in der Firma gewesen war.

Doch selbst wenn sie die Täterin war ... Petras Lippen formten sich zu einem Strich. Warum auch immer sie sich ihm gegenüber zur Wehr gesetzt hatte, sie würde ihre Gründe gehabt haben. Dennoch war eine solche Tat natürlich nicht zu rechtfertigen. Jeder Mord war einer zu viel. So oder so. Es hatte ihr auch nichts genützt. Gar nichts. Nun lag sie selbst hier als Opfer im Gras, wurde nur noch von dem kühlen Sommerwind gestreichelt.

»Sie ist nicht nur tot«, murmelte sie und hoffte, dass der Wind ihre Worte über den Jadebusen tragen und sie nicht auf das Gehör ihrer Kollegen treffen lassen würde. »Sie ist nicht nur tot«, wiederholte sie, »sie ist zerstört.« Petra musste sich abwenden, weil sich saurer Mageninhalt in ihren Rachen schob.

* * *

»Kann ich noch etwas für Sie tun?« Mechthilds Stimme klang etwas rau. Carsten sah kurz auf. »Die Akte Bormann muss heute noch raus, Mechthild. Ich werde gleich zur Hotelbaustelle fahren.«

Mechthild nickte und fixierte ihren Chef. Er wandte den Blick ab. Es hatte sich etwas zwischen ihnen verändert, seit diesem einen Kuss, aber das durfte nicht sein, und jetzt, in dieser Situation, schon gar nicht. Carsten konnte nicht leugnen, dass ihn Mechthilds üppiger, weiblicher Körper anzog. Er war so anders als der seiner Frau. Nur seltsam, dass ihm das vorher nie aufgefallen war. Trotzdem kam für ihn eine Liaison mit der Sekretärin nicht infrage. Das führte zu nichts. Brachte nur Ärger. Er war nun mal mit Birthe verheiratet. Und er liebte sie und ihre unbekümmerte, aber durchaus zielstrebige Art, durchs Leben zu gehen. Birthe strotzte vor Lebendigkeit und Freude. Ein Wesenszug, der in seinen Kreisen nicht vorkam und dessen Exotik ihn immer wieder anzog. Und dabei war sie auf eine so unnachahmliche Art charmant, dass sie seine sämtlichen Geschäftspartner umgarnte und für sich einnahm.

Mechthild aber war hübscher. Mechthild war weiblicher. Mechthild wusste sich in seinen Kreisen mit einer Sicherheit zu bewegen, die sie nahtlos integrierte. Genau dieses »nahtlos« war es, das sie für ihn unakzeptabel machte. Er wollte jenseits der Firma abschalten, Feierabend haben.

Mechthild kam noch einen Schritt auf ihn zu. Er roch ihr dezentes Parfüm, was den so ungeheuer weiblichen Geruch vom Samstagabend übertönte und sie zu dem machte, was sie war: Seine Sekretärin. Immer perfekt. Immer einsatzbereit.

»Hier sind noch Papiere zu unterschreiben!« Ihr Bein berührte sein Knie, und als sie ihm einen Stapel Papiere auf den Tisch legte, kam er nicht umhin, auch von ihrem Unterarm gestreift zu werden. Er war weich und duftete etwas süßlich.

»Die Akte Bormann mache ich fertig, Carsten.« Mechthild ließ ihre beringten Finger viel zu lange auf dem Schreibtisch liegen. Die Nägel waren leicht rosa lackiert, und ihre Hände wiesen kaum Falten auf. Das Haar war wie immer sauber aufgesteckt, nicht eine Strähne wagte es, sich herauszuwinden. Mechthild war langweilig. Trotz ihrer Schönheit. Carsten war jetzt peinlich berührt, dass er sich am Samstag so hatte gehen lassen. Und doch bemerkte er das Aufrichten seiner Unterarmhaare, als ihre Haut seine wie zufällig berührte. Er schloss kurz die Augen. Er wollte es einfach nicht.

Vor sein Gesicht schob sich Birthes Lächeln, das so geradeheraus war, nicht den feinen Zug von Bitterkeit hatte, der das Lächeln Mechthilds immer begleitete. Warum zum Teufel saugten sich seine Augen dann jetzt an Mechthilds Haut, an der ihrer Arme, ihrer Hände fest? Warum genoss er es, ihren Duft zu trinken?

Carsten stand abrupt auf. Es war nur durch die Ereignisse der letzten Tage zu erklären. Er hatte seinen Großvater verloren. Das musste ihm sein Hirn vernebelt haben. Er ging zum Fenster und ließ sich dort kurz von den Sonnenstrahlen wärmen. Als er sich umdrehte, verließ Mechthild gerade sein Büro.

* * *

Birthe hatte eine ordentliche Summe bezahlt, damit die Übersetzung rasch fertig wurde. Trotzdem hatte die Frau sich fast zwei Tage Zeit gelassen. Wenn es das nächste Mal schneller gehen sollte, würde sie mehr hinlegen müssen. Das hatte die Übersetzerin deutlich gemacht. Manchmal hasste Birthe den Namen Meckenwald, der allen Leuten suggerierte, hier sei richtig viel Geld zu holen. Die meisten nutzten das auch schamlos aus.

Nun raschelte das Papier in ihrer Hand. Die polnischen Kopien versteckte sie wieder ganz tief hinten in der Schublade. Es war besser, wenn niemand sie fand. Es war ihr Geheimnis, und sie hatte das sichere Gefühl, dass es bewusst nur ihr anvertraut worden war. Warum auch immer.

Birthe zitterten die Hände, als sie das erste Blatt in die Hand nahm.

März 1943

Jetzt sind wir da. Es ist kalt. Vor unserem Mund bildet sich weißer Nebel, der sich in die Weite der Landschaft verflüchtigt. Ich habe das Gefühl, ich kann bis zum Horizont schauen und vielleicht noch ein Stück weiter. Trotzdem lässt mich dieser Anblick nicht durchatmen, wie es zu erwarten wäre. Eigentlich nimmt er mir die Luft. Es ist ein freies, weites Land und sperrt uns doch stärker ein, als die Berge in der Heimat es vermochten. Es geht nicht zusammen.

Pawel stinkt zum Himmel. Er hat sich oft in die Hose gemacht, ist mit dem Eimer im Zug nicht klargekommen. Pawel ist zu jung, um darüber hinwegzusehen. Jungen in seinem Alter denken noch direkt, geradeaus.

Wie Vieh sind wir behandelt worden. Obwohl das Vieh es hier auf dem Hof besser zu haben scheint. Sie dürfen schon jetzt auf den Weiden laufen, obwohl das Gras noch gar nicht hoch steht. Die Ställe sind dunkel und stickig, aber dort müssen die Kühe nicht lange sein.

Ich denke doch, dass sie es besser haben als wir in dem Waggon. Wir haben gerade das bekommen, was wir zum Leben brauchten. Nur das. Nicht mehr und nicht weniger. Werde Mutter das aber nicht schreiben. Es geht uns gut, soll sie hören. Mütter leiden sonst zu sehr, fühlen jede Verletzung ihrer Kinder, spüren ihre Qual. Sie leidet ohnehin genug. Vor allem, wenn es Pawel schlecht geht. Ihrem Kleinen. Er, der eigentlich noch so viel vor sich hat. Er ist doch noch ein kleiner Junge mit seinen elf Jahren. Was wollen sie mit ihm?

Unser Hof ist groß. Sehr sauber. Überall ist gefegt, nicht einmal die Kühe wirken schmutzig. Da haben wir noch Glück. Wenn man eine solche Situation denn als Glück bezeichnen kann. Habe aber gehört, dass es in den Lagern nicht so gut ist. Vielleicht wird man irgendwann auch für Kleinigkeiten dankbar. Es kann immer noch schlimmer kommen. Das hat schon meine Großmutter gesagt. Oft haben sie recht, die alten Leute.

Doch es wird viel geredet. Sehr viel. Wer weiß, was uns hier wirklich erwartet. Das Leben ist wie die Wolken am Himmel. Es verändert sich jede Sekunde und malt unterschiedliche Gebilde, die sich immer wieder neu zueinanderfügen. Manchmal glaubt man, eine Form, ein schlüssiges Bild zu erkennen, aber oft gleichen die Wolken einem wilden Gemälde. Ohne Zusammenhang. Trotzdem sind sie meist schön anzuschauen, die Wolken. Wunderschön. Ich wünschte oft, ich könnte auf einer von ihnen sitzen, mich in das flauschige Weiß flüchten und über das Land fliegen. Ein Wolkensegler sein. Doch so ist das Leben nicht. Auf Wolken darf man nur in den Träumen reisen. Und nicht zu weit, dann schmerzt das Erwachen so.

Die Bäuerin mag mich nicht. Sie sieht mich mit ihrem stechenden Blick an, als wolle sie mich ermorden. Sie will mich vom Hof haben. Von der ersten Sekunde an. Ihre kalten blauen Augen sagen alles. Es ist kein Funken Wärme darin. Als erstes hat sie uns Neuen eine lilafarbige Raute mit gelbem P rübergeworfen. »Anstecken«, hat sie gesagt. Sonst nichts. Nur »anstecken«.

Sie weiß, glaube ich, nicht, dass ich sie verstehen kann. Nicht alles, aber ich kann ein wenig Deutsch. Meine Oma hat es mich gelehrt. Doch wenn ich das alles so sehe und höre, wäre es vielleicht ein Segen, die Sprache nicht zu sprechen. Also lasse ich es vorerst. Wert legt ohnehin keiner darauf. Hauptsache, wir machen unsere Arbeit und fallen nicht auf. Den Hof dürfen wir nicht einfach so verlassen. Ein Mädchen hat mal ein Fahrrad benutzt, haben sie erzählt. Das ist verboten. Die Bäuerin hat Ärger bekommen, und das Mädchen musste gehen. Sie dürfen auch nicht mit uns essen oder reden. Nichts, was über die Arbeitsanweisung hinausgeht. Die Bäuerin hält sich streng an die Vorgaben. Sie versteckt sich dahinter. Braucht so ihre Kälte nicht zu rechtfertigen. Sie würde auch ohne die Erlässe mit uns in dieser Art und Weise umspringen. Ihr fehlt das Herz.

Pawel musste gleich in eine der Baracken auf den Hof zu den anderen Männern. Männer, die durchaus welche sind. Im Gegensatz zu ihm. Waschen durfte er sich nicht. »Ihr Polacken stinkt sowieso, da ist es Verschwendung, ihn jetzt zu reinigen. Er soll morgen erst arbeiten.« Die Stimme der Bäuerin ist laut. Viel zu laut. Sie schmerzt im Ohr, weil sie scharfe Zischlaute ausstößt, wenn sie das S spricht.

Edda ist anders. Edda ist die Tochter der Bäuerin. Das Erste, was mir aufgefallen ist, ist ihr strahlendes Lachen. Sie hat Pausbacken und tiefe Grübchen. Ihr Haar gleicht dem Gold der Ähren und ist wie eine solche um ihren Kopf geflochten. Sie hat mir über den Arm gestrichen. Danach war mir leichter. Als sie mich dann draußen zum Brunnen geführt, mir Wasser zum Waschen gegeben hat, wusste ich, dass es gut ist, dass es sie hier gibt.

Mit Edda spreche ich hier zum ersten Mal deutsch. Sage, dass ich Angst um Pawel habe. Sie verspricht, ihm etwas Brot zuzustecken, wenn ihre Mutter nicht hinschaut.

Anna

Birthe faltete das Papier zusammen. Sie konnte nichts damit anfangen. Was hatte das alles zu bedeuten? Warum schickte man ihr solche Sachen? Sie fragte sich, was das alles mit dem Tod von Hartmut zu tun haben könnte. Ob es überhaupt damit zusammenhing.

Sie legte die Zettel zu den anderen. Es klingelte. Vor der Tür stand der Postbote mit einem weiteren Umschlag.

* * *

Robin empfing die Kommissarin und ihren Kollegen in seinem Büro mit einem überlegenen Grinsen im Gesicht. Als Erstes schenkte er sich ein Glas Whiskey ein. Damit lümmelte er sich in seinem Sessel zurück, hob die Flüssigkeit gegen das Licht und betrachtete das Gold mit wahrer Genugtuung. »Sie möchten sicher nichts«, grinste er. »Im Dienst trinken Beamte ja nichts.« Er schluckte übertrieben geräuschvoll. Als er sich über das lange, mit einem Zopfgummi zusammengehaltene Haar strich, glitt sein Goldarmband vom Handgelenk in Richtung Ellenbogen. Petra schüttelte sich. Mehr Klischee ging wirklich nicht. Robin Wagenknecht war einfach der Inbegriff des klassischen Zuhälters, und sie wurde das Gefühl nicht los, dass er sich in dieser Rolle selbst ungemein gefiel. »Sie wissen, was mit Maja Kosloff geschehen ist?«

»Maja?« Robin stellte das Whiskeyglas auf den Tisch. »Was ist mit Maja? Nicht das beste Pferd im Stall.«

»Maja Kosloff wurde heute Morgen am Südstrand ermordet aufgefunden, Herr Wagenknecht.«

Die Hände des Zuhälters zitterten leicht, als er erneut zum Whiskeyglas griff und es jetzt in einem Zug leerte. »Maja ist tot?«, wiederholte er. Er drehte das Glas zwischen den Fingern. »Maja ist tot.« Der letzte Satz war eine simple Feststellung. Er kam lapidar, gleichgültig, und es schien, als überlege Robin jetzt eher, wie er die Lücke rasch auffüllen konnte, als dass er wirklich geschockt war.

»Wann haben Sie Ihre Angestellte«, Petra räusperte sich, »das letzte Mal gesehen?«

Robin schürzte die Lippen, schob dann die Unterlippe nach vorn, kratzte sich am Kopf und runzelte die Stirn. Petra kamen diese Gesten ungeheuer melodramatisch vor. Aber sie passten zu dem windigen Kerl, der ihr gegenübersaß.

»Ich muss wirklich überlegen«, grinste Robin. Er kniff ein Auge zu und zog dabei den Mundwinkel hoch. »Gestern«, sagte er schließlich. »Ja, gestern. Da habe ich sie noch losgeschickt. Ein paar Termine hat sie ja auch immer selbst gemacht. Mit Stammkunden und so.« Er hielt kurz inne. »Sie war ja gerade dabei, sich ein bisschen hochzuarbeiten und ihren Horizont zu erweitern. Das muss man in diesem Gewerbe eben auch tun. Fortbildung quasi.« Wieder grinste er breit.

Petra ballte die Faust. Unter anderen Umständen hätte sie sie gern in diesem Gesicht platziert. Ausholen, zuschlagen. Mitten auf die Nase, aus der jetzt gerade ein kleiner Tropfen rann, den Robin unwirsch abwischte. Doch dem Tropfen folgte Blut, das sich rasch einen Weg den Mundwinkel herunter bahnte. Robin riss die Schublade auf und suchte nach einem Taschentuch. »Ich kokse nicht«, sagte er, ohne dass Petra eine Bemerkung in diese Richtung gemacht hätte. Sie schloss daraus, dass Robin bei Weitem nicht so abgebrüht war, wie er tat. Warum sonst verteidigte er sich für etwas, dessen er gar nicht beschuldigt wurde?

»Also gestern«, wiederholte Petra. »Wann?«

»Am Abend. Uhrzeit weiß ich nicht. Später. Wir fangen ja nicht so früh an.«

»Zu welchem Kunden ist sie gegangen?«

Robin war aufgestanden und hatte sich ein zweites Glas Whiskey eingegossen. »Muss ich das sagen? Ich meine, wir haben hier so was wie ein … na, so ähnlich wie ein Beichtgeheimnis, wissen Sie?« Er trank das Glas wieder in einem Schluck leer.

»Sie müssen. Sonst lassen wir Sie vorladen, ganz einfach.«

Robins Gesicht bekam einen verschlagenen Ausdruck. »Und wenn es Ihr oberster Boss wäre, den ich jetzt verpfeife?«

»Auch dann«, sagte Petra und hoffte, dass der Zuhälter nur bluffte, wovon sie aber ausging.

»Ich kann ja mal nachsehen. Vielleicht steht es irgendwo. Vielleicht aber auch nicht.«

Erst als er sicher schien, dass er die Situation mit all seinen Spielchen im Griff hatte, erhob er sich. Der Alkohol zeigte bereits seine Wirkung. Seine Bewegungen waren im Stehen bei Weitem nicht so sicher, wie es im Sitzen den Anschein gehabt hatte. Doch der Mann war diesen Pegel wohl gewohnt. Er grinste die ganze Zeit, und Petra wurde das Gefühl nicht los, als würde sie hier nach Strich und Faden verarscht.

Als Robin dann wahllos in seinem zerfledderten Buch herumgesucht und sich zwischendurch ein Zigarillo angezündet hatte, schüttelte er schließlich bedauernd den Kopf. »Nicht eingetragen«, quetschte er zwischen Lippen und Zigarillostängel hervor. »Wir sind da nicht so sorgfältig.«

* * *

Johann Claaßen starrte immer wieder auf das Papier in seiner Hand. Doch es gab nichts zu sehen. Je mehr er sich die Buchstaben einprägte, je verzweifelter er versuchte, irgendetwas daraus zu erkennen, desto klarer wurde ihm, dass er einem Irrlicht aufgesessen war. Es gab nichts zu deuteln. Es war alles rechtens. Nichts von den Andeutungen stimmte, nichts wies daraufhin, dass etwas nicht genauso war, wie es war.

Er fasste einen Entschluss. Er würde das Ganze auf sich beruhen lassen. Er würde sein Leben einfach weiterleben. Egal, was mit dem Großvater seines Schwiegersohnes geschehen war. Egal, ob er den Tod verdient hatte oder nicht. Er war ein seltsamer Mensch gewesen. Undurchsichtig und sicher zu allem fähig. Johann erinnerte sich an ein Gespräch mit ihm. Hartmut hatte eine Art zu lachen, eine Art, über anderen Menschen zu stehen, die er nur schwer nachvollziehen konnte, die er aber leider auch bei seinem Schwiegersohn schon entdeckt hatte. Noch wehrte sich Birthe in ihrer einfachen und direkten Art, ließ Carsten nicht über sich bestimmen, lenkte sich selbst durch das Leben. Würde Carsten aber so werden wie sein Großvater, wer wusste, ob sie dem subtilen Druck dann lange standhalten konnte. Johann konnte nur schwer ausmachen, mit welchen Mitteln Hartmut Meckenwald die Menschen um ihn herum dazu brachte, wie Marionetten an Fäden nach seinen Handbewegungen zu tanzen. Hartmut war kein Mann der großen Worte gewesen und doch hatte er es stets geschafft, dass ausnahmslos jeder genau das tat, was er, Hartmut, wollte. Aber auch hier war Birthe eine Ausnahme gewesen, und er hatte es geduldet. Warum auch immer.

»Sie erinnert mich in gewisser Weise an eine Frau, der ich viel zu verdanken habe«, war ihm einmal bei einer Familienfeier herausgerutscht. Spät am Abend. Nach vielen Gläsern Merlot. »Es gibt im Leben nur eine Frau, guter Johann«, hatte er weitergefaselt, »die man wirklich liebt. Alles andere sind Beigaben. Aber eine große Liebe im Leben, die gibt es wirklich, und die verfolgt einen ein Leben lang. Als Traumbild, das man sich immer wieder zurechtrückt und hinter dem alles andere verblasst. Auch die Realität. Solch eine Frau macht dich süchtig nach ihrem Lachen. Du gibst ihr alles, was du an Liebe zu geben hast.« Er hatte die Augen niedergeschlagen. Johann glaubte sogar, eine Träne unter den Lidern entdeckt zu haben. Doch Hartmut hatte sich rasch wieder gefangen. »Ich weiß, dass es meinem Enkel genauso geht. Er wird Birthe sein Leben lang auf Händen tragen, glaub es mir!«

Dann war er in sich zusammengesackt. So abrupt, als leere man einen vollen Sack mit Korn und lasse nur die Hülle zurück. Sein Blick wurde leer, die Mundwinkel bogen sich nach unten, er gab ein beinahe tragisches Bild ab. Zu gern hätte Johann nach der Frau gefragt. Denn er bezweifelte, dass es sich um Hartmuts Ehefrau handelte, Carstens Großmutter. In Hartmuts Leben hatte es mit Sicherheit viele Liebschaften gegeben. Eine der zahlreichen Affären musste ihm sehr, sehr nahegekommen sein. Wahrscheinlich hatte er sie, warum auch immer, verloren, hatte sie ziehen lassen, ohne das große Wagnis einzugehen. Eine ewige Liebe, mit der es hätte klappen können, der man aber nie die Chance gegeben hatte und die nun zu einem Mythos geworden war. Wenn Birthe dieser großen Liebe ähnelte, erklärte dies, warum sie eine Sonderstellung in Hartmuts Herzen einnahm und ihr Leben nach ihrem Gutdünken gestalten durfte. Zumindest so lange Hartmut Meckenwald gelebt hatte. Jetzt war er tot, und Johann bekam mit einem Mal furchtbare Angst um Birthe.

6. Kapitel

Um Mechthilds Mund lag ein bösartiger Zug. Sie bemerkte es selbst, konnte aber nichts dagegen machen. Zu sicher war sie sich, dass Hartmut Meckenwalds Tod eine gute Lösung war.

Es war einfach erhebend zu sehen, wie schnell Carsten sich aus seiner Rolle als Juniorchef befreite, die Macht, auf die er schon so lange wartete, an sich riss. Allein sein Blick hatte sich in der letzten Woche verändert, starrte nicht mehr unterwürfig, sondern erhaben in die Welt. Hin und wieder ertappte sie ihn bei einem geheimnisvollen Zwinkern, wenn er Andeutungen in Richtung seiner großen Pläne machte. Er wollte sie im Boot haben. Und anscheinend nicht nur bei seinen geschäftlichen Vorhaben. Ihr waren Carstens begehrliche Blicke in den letzten Tagen nicht entgangen. Birthe würde sie allerdings so schnell nicht aus dem Weg räumen können. Die saß im Meckenwaldnest warm und trocken.

Mechthild musste vorsichtig sein. Doch sie wusste schon, wie sie vorgehen wollte, hatte den einen, den entscheidenden Trumpf in der Hand. Außerdem arbeitete sie den ganzen Tag mit Carsten zusammen. Sie hatte die Möglichkeit, ihn zu umgarnen. Heimlich, ohne dass er es wirklich merkte. Wie eine Spinne würde sie ihre Fäden spinnen, ihn schließlich in die Fänge bekommen und irgendwann Birthe genüsslich eliminieren. Mechthild freute sich schon jetzt auf das entsetzte, das verletzte Gesicht, wenn Birthe gewahr würde, dass ihr Mann eine andere, eine attraktivere Frau liebte, die zwar älter war, aber dafür viel besser zu ihm passte. Birthe Meckenwald sollte genauso leiden, wie sie es getan hatte, seit sie Birthe das erste Mal an Carstens Seite gesehen und all ihre heimlichen Träume sich in dem Augenblick in Luft aufgelöst hatten.

Mechthild würde Geduld haben müssen. Zunächst würde sie Carstens Geliebte werden, dann würde er schon einsehen, welchen Fehlgriff er mit Birthe getan hatte. Was für eine glänzende Zukunft stand ihr an Carstens Seite bevor. Liebe, Macht, Geld ...

Wieder glitt ein Lächeln über ihr Gesicht, das aber alles andere als freundlich war.

* * *

Birthes Hände zitterten, als sie den nächsten Umschlag öffnete, den sie von der Übersetzerin recht rasch zurückbekommen hatte. Das erste Blatt fiel ihr entgegen und segelte trudelnd auf den Boden. Sie bückte sich und nahm das Papier vorsichtig auf, faltete es auseinander, glättete die Ecken. Bevor sie zu lesen begann, versteckte sie die Originale wieder in der hintersten Ecke der Schublade. Birthes Herz klopfte bis zum Hals. Das Lesen der Schriftstücke erschien ihr noch immer als etwas Verbotenes, dabei tat sie doch nichts Unrechtes. Überhaupt nichts. Sie las nur etwas, das ihr zugespielt worden war. Mehr nicht. Birthe faltete das Papier auseinander. Sie glättete die Ränder ein zweites Mal.

März 1943

Es ist schlimm hier. Gestern Nachmittag ist Wilhelmshaven angegriffen worden. Da habe ich die Bäuerin zum ersten Mal als Mensch erlebt. Sie hatte furchtbare Angst. Kein bisschen Bitterkeit in ihrem Gesicht, kein bisschen Wut und Hass. Nur Angst. Für einen Augenblick war sie mir ein kleines bisschen sympathisch. Aber nur für einen kurzen Augenblick. Als nämlich die Entwar-

nung kam, nahm ihr Gesicht rasch wieder den gemeinen Ausdruck an; nichts wies mehr auf das fühlende Wesen hin, das sie kurze Zeit vorher noch gewesen war.

Die Bäuerin ist ohnehin einfach widerlich zu mir. Sie kann mich nicht leiden, lässt mich all die Sachen tun, die keiner machen will. Sie weidet sich an meinem Ekel. Gestern Morgen hat sie mich die Plumpsklogrube reinigen lassen. Ich habe genau gesehen, dass sie hinter der Gardine stand und mir dabei zugesehen hat.

Heute war Schlachttag. Ich musste die Schweinedärme waschen, Pawel hat sie zum Blutrühren verdonnert. Ihm hat es nichts ausgemacht, das kennt er noch von zu Hause. Normalerweise macht mir das Reinigen der Därme auch nichts, aber ich bin trotzdem wütend, weil sie mich auf diese Fäkalienarbeiten reduziert. Morgen darf ich sicher die Gülle auf den Feldern verteilen. Ich sehe schon ihr geringschätziges Grinsen, wenn sie mit einer weiteren Schikane kommt. Was habe ich ihr nur getan?

Wenn Edda nicht wäre … Sie hat Wort gehalten und Pawel tatsächlich etwas zu essen zugesteckt. Dazu ein Glas Milch, das sie direkt aus dem Milcheimer genommen hat. Kuhwarm ist sie gewesen, die Milch, hat Pawel strahlend zu mir gesagt. Wie zu Hause. Ich bin Edda sehr dankbar dafür. Den Jungs und Männern geht es nämlich nicht so gut auf dem Hof. Sie müssen viel härter arbeiten und brauchen eigentlich mehr zu essen. Auf dem Nachbarhof gibt es auch Wurst, sogar hin und wieder Fleisch für die Arbeiter. Davon können wir nur träumen. »Meine Mutter ist nicht einfach«, hat Edda zu mir gesagt. »Sie sieht nicht, dass alle Menschen gleich sind.«

Eddas Bruder Franz ist in Russland an der Front. Edda meint, dass ihre Mutter seitdem so ist. So negativ. Alles hasst, was aus dem Osten kommt, egal, ob Pole oder Russe. Aber ich glaube, dass Edda sich da etwas vormacht. Ich denke, die Bäuerin ist nie ein guter Mensch gewesen. So wie sie wird man nicht nur durch die

Umstände. Sie mag einfach nur sich selbst. Mag sein, dass dieser Wesenszug durch die Kriegsereignisse noch verschärft worden ist.

Mich wundert sowieso, dass Edda mir das erzählt hat. Vielleicht will sie mein Verständnis für das Handeln ihrer Mutter. Aber über eigene Mütter denkt man sicher anders, will sie wahrscheinlich genauso schützen, wie man umgekehrt von ihnen behütet wird. Wahrscheinlich würde ich auch für meine Mutter viele Entschuldigungen finden. Bei ihrer Mutter fällt es mir aber schwer, wirklich Verständnis zu haben. Sie lässt die Leute schuften und gibt ihnen nicht genug zu essen. Das tut ein guter Mensch einfach nicht. Aber was ist in diesen Zeiten schon ein guter Mensch? Ich glaube, keiner benimmt sich so, wie er es normalerweise tun würde. Keiner. Mich nicht ausgenommen. Ich versuche nur jeden Tag, den Kopf hochzuhalten, geradeaus zu gucken und mich nicht zu sehr unterkriegen zu lassen. Es gelingt nicht allen. Der Mensch ist einfach nicht mehr Mensch, wird erniedrigt und tut Dinge, die er selbst nicht für möglich gehalten hätte. Der schlimmste Feind ist der Hunger. Erst gestern habe ich wieder gesehen, dass die Arbeiter die kleinen Frösche eingefangen und dann gegessen haben. Roh. Sie haben sie nicht einmal vorher getötet. Mir wird schlecht bei der Vorstellung, dass die kleinen Froschfinger sich beim Herunterschlucken in der Speiseröhre festkrallen. Frösche haben ohnehin so große Augen. Ob sie größer werden, wenn sie durch einen Schlund gleiten? Aber vorher draufzubeißen und die Gedärme im Mund zu haben, stelle ich mir noch widerlicher vor. Die Bäuerin weiß gar nicht, was sie uns antut. Hunger ist ein schlimmes Gefühl. Er nagt und droht, die Gedärme auseinanderzureißen.

Edda versteht das. Ihre Mutter nicht.

Anna

* * *

Carsten klingelte nach Mechthild. Sie schwebte förmlich über den grünen Teppich, in den die Initialen der Firma Meckenwald eingewebt waren.

»Was gibt es, Carsten?« Rauchiger ging es mit der Stimme wohl nicht. Carsten merkte, dass sich etwas in ihm regte.

»Sie müssen noch die beiden Termine in Frankfurt und Düsseldorf canceln.«

»Längst erledigt. Kaffee?«, fragte sie mit einem Blick auf die Uhr. Es war fast vier.

»Gern, Mechthild. Trinken Sie einen mit?«, fragte er unwillkürlich. Carsten entging ihr triumphierendes Lächeln nicht, und er bereute sein Angebot bereits wieder. Was war in ihn gefahren, dass er so persönlich wurde und es doch eigentlich gar nicht wollte? Sie dagegen schien für seine Aufmerksamkeiten sehr empfänglich zu sein. Aber er wollte doch gar nichts von ihr. Warum schaffte sie es mit einem Mal, ihn so einzufangen? Carsten hasste es, wenn er Dinge tat, die er nicht zu hundert Prozent im Griff hatte.

Carsten starrte durch die große Fensterfront nach draußen. Genoss er das Spiel mit der Sekretärin? Er musste zugeben, dass er es in gewisser Weise wirklich auskostete. Es gab ihm eine andere Nuance der Macht und der Unwiderstehlichkeit. Er war Chef hier. Niemand konnte ihm den Posten mehr nehmen. Es war ein erhebendes Gefühl.

Mechthild brachte den Kaffee. Beim Abstellen der Tasse klimperte ihr Armreifen hin und her. Das Licht der Sonne spiegelte sich im Gold und ließ ihn aufblitzen. Carsten schien es, als solle er davon geblendet werden. Ein süßlicher Duft von Parfüm kroch ihm in die Nase, dockte sich dort fest und ließ seine Hand unwillkürlich zu Mechthilds schnellen. Erst kurz bevor er sie umklammern konnte, zog er sie zurück. Er räusperte sich. »Danke, Mechthild.« Als er zur Kaffeetasse griff, merkte er, dass seine Hand etwas zitterte.

Die Sekretärin setzte sich ihm gegenüber und fixierte ihn. Ihre Augen waren blau wie der Himmel dieses Sommertages. Fast zu blau. Carsten fragte sich, ob es vielleicht gar nicht echt, sondern eine Illusion war. Eine Illusion wie Mechthild selbst. Warum zum Teufel war sie ihm in all den Jahren als Frau gar nicht aufgefallen und saß nun wie die leibhaftige Versuchung vor ihm?

Mechthild hob ihren Fuß leicht an, sodass der schwarze Pumps sich unten vom Fuß löste. Sie wippte leicht damit. Ihre Wade war fest und rund, weiblich geformt, nicht so schmal wie Birthes. Carsten wandte den Blick ab, wollte sich weder von ihrem Duft noch von ihren Beinen einfangen lassen, und doch bemerkte er, dass die Strumpfhose, die Mechthild trug, gemustert war und an der Hinterseite einen Streifen aufwies, der die Perfektion der Wade geschickt unterstrich. Carsten atmete tief ein. Seine Fingerspitzen hielten noch immer den Griff der Tasse umklammert. Er hatte bislang nicht einen Schluck genommen. Vielleicht holte ihn das auf den Boden zurück. Bitterer Kaffee ohne Zucker, ohne Milch als Liebestöter. Er führte die Tasse zum Mund und stürzte den Inhalt in einem Zug hinunter. Dabei verbrannte er sich die Zunge, aber es wirkte. Die Bitterstoffe gruben sich tief in seine Schleimhäute ein. Der Kaffee war übermäßig stark. Mechthild hatte es gut gemeint und doch genau das Gegenteil bewirkt. »Tut mir leid, Mechthild. Ich hätte mich gern noch länger mit Ihnen unterhalten. Aber Sie sehen ja, die Arbeit ruft.«

Carsten entging ihr gekränkter Blick nicht. Mechthild kaschierte ihn hinter einem oberflächlich freundlichen Lächeln, aber Carsten ließ sich nicht täuschen.

7. Kapitel

Pawel konnte nicht anders. Nachdem der Schmerz ihn gestern übermannt hatte, war er umgekehrt und nach Wilhelmshaven zurückgekehrt. Doch schon heute war er wieder beim Hof, um ihn im Auge zu behalten. Auch wenn dort längst andere Leute lebten. Sie schienen mit der Bäuerin von damals nicht verwandt zu sein, denn sie hießen anders und hatten nicht die geringste Ähnlichkeit mit ihr oder ihrer Familie.

Pawel hatte es sich als kleiner Junge angewöhnt, die Menschen um sich herum einzuteilen. Wenn er sie genau beobachtete, konnte er sehen, dass sie von verschiedenen Farben umgeben waren. Allerdings hütete er sich davor, mit jemandem darüber zu reden, denn man würde es sicherlich als Spinnerei abtun. Die Gefahr war damals zu groß, als verrückt abgeurteilt und deportiert zu werden.

Die Farben reflektierten ein Bild des jeweiligen Menschen. Eine Richtung, wie er sie einzuordnen hatte. Später hörte er mal, dass man so etwas auch Aura nannte. Das war ihm damals egal gewesen. Die schlimmsten Menschen waren von einem eiskalten Grau umgeben. Pawel hatte mal einen Eisberg auf einem Bild gesehen, der genauso aussah. Glitzernd. Faszinierend. Und gleichzeitig so eiskalt, dass ihm der Atem gestockt hatte. Als ihm die Bäuerin das erste Mal begegnete, war es rings um sie herum kalt gewesen. Grau und kalt. Wie eine verlorene Seele, die vom Bösen besetzt und deshalb unberechenbar war. Die Haut der Bäuerin, ihre Augen, alles war in diese Farbe eingetaucht, wirkte stumpf. Pawel hatte wegsehen müssen, erschreckt von der Kälte, die diese Frau umgab. Ein ähnliches Gefühl hatte er bei Hartmut Meckenwald gehabt. Auch bei ihm herrschte das Grau vor, allerdings gab es auch kleine bunte Einsprengsel. Diese anderen Farbeinspielungen hatten bei der Bäuerin gänzlich gefehlt. Von dem Augenblick dieser Erkenntnis an hatte Pawel große Angst vor ihr gehabt. Sich immer verdrückt, wenn er nur ihre Stimme von Weitem gehört hatte. Dazu kam ihr abstoßender Geruch. Pawel hatte eine überaus feine Nase. Der Bäuerin haftete ein fauliger Duft an, der zusammen mit dem strengen Kuhgeruch eine undefinierbare Komposition bildete. Zu allem Überfluss hatte die Bäuerin eine furchtbar spitze Nase, die in Pawel unwiderruflich das Gefühl hervorrief, dass sie nicht eine Sekunde zögern würde, ihn damit aufzuspießen. Über Pawels Gesicht huschte trotz allem ein müdes Lächeln. Er war ein kleiner Junge gewesen, damals. Verängstigt, heimat- und wurzellos. Da durfte man sich so etwas wie das Aufspießen mit einer Nase vorstellen. Edda, die Tochter der Bäuerin, war dagegen völlig anders. Sie umgab immer eine Mischung aus Orange mit warmem Gelb, und ihr Duft glich dem eines frisch geschnittenen Apfels. Sie war nett zu den Arbeitern. Nicht nur zu Pawel. Edda konnte er auch beim Namen nennen. Die Bäuerin nicht. Er wollte nicht wissen, wie diese Frau hieß. Es war ihm egal. Bei manchen Menschen war es einfach besser, man wusste den Namen nicht. So konnte man eher die Distanz wahren, diejenige Person nicht zu dicht an sich herankommen lassen. Dann schmerzten ihre Worte, ihre Taten nicht so sehr.

Einmal war der Bauer zurückgekommen. Von der Front. Er war ein grobschlächtiger Mann, dessen Hände aussahen wie die Schaufeln eines Baggers. Der Bauer erschien Pawel noch unsympathischer als seine Frau. Er strahlte eine so unerbittliche Dominanz aus, dass Pawel der Atem stockte. War der Bauer in der Nähe, verkroch er sich immer, um ihm nur ja nicht über den Weg zu laufen.

Pawel sah sehr wohl, wie der Bauer Anna anstarrte. Jeder hier starrte Anna an. Weil sie eben Anna war. Schön. Stolz. Unnachgiebig. Die Nase immer ein Stück zu hoch. Und doch ging von ihr eine unglaubliche Nähe und Geborgenheit aus, die jeden Menschen unwiderruflich an sie fesselte. Pawel hatte nach Anna keinen Menschen mehr kennengelernt, der eine solche Ausstrahlung hatte. Er war sicher, dass es fast allen Menschen so ging, die mit Anna zu tun gehabt hatten.

Einmal hatte Pawel gesehen, wie der Bauer ihr nachgestiegen war. In den Heuschober. Danach war Annas Kopftuch verrutscht gewesen. Ihre Wangen feuerrot. Aus ihren Augen hatten gleichzeitig eine so unbändige Wut und Verzweiflung geblitzt, wie Pawel es noch nie gesehen hatte.

* * *

Birthe faltete das nächste übersetzte Stück Papier auseinander.

April 1943

Er stellt mir nach, der geile Bock. Keinen Schritt kann ich tun, ohne dass er mich verfolgt. Seine Hose ist ununterbrochen nach vorn gewölbt, wenn er hinter mir steht und er scheut sich nicht, mich damit zu berühren. Er ekelt mich. Ich kann nichts tun.

Die Alte hasst mich noch mehr seitdem. Ich denke, sie wird mich bald fortjagen. Oder Schlimmeres tun. Sie braucht mir nicht viel anzuhängen. Wir sind hier ja ein Nichts. Leicht wegzuschnipsen wie ein abgeschnittener Fingernagel. Es genügt eine kleine Sache, und schon ist man nicht mehr da. Sie machen es sich so leicht. Letzte Woche haben sie Karol abgeholt. Angeblich hat er was gegen den Führer gesagt. Das geht ganz schnell, wenn sie einen nicht mehr haben wollen. Auf unserem Hof noch schneller als bei den anderen. Dort geht es anders zu. Haben es mit unserer Bäuerin und ihrem Mann wohl besonders schlecht erwischt.

Ich weiß gar nicht, ob ich es überhaupt schreiben soll. Besser wäre, es zu vergessen. Aber vergessen macht nicht ungeschehen.

Vorhin ist der Bauer handgreiflich geworden. Ich zittere noch. Kann den Stift kaum halten. Ich muss es aber wirklich aufschreiben. Für mich. Für Pawel. Für den Mann, den ich irgendwann vielleicht lieben kann.

Ich musste Heu holen. Plötzlich stand er hinter mir. Seine Spitze hat sich durch meinen Rock in meinen Po gebohrt. Ich wollte ihm ausweichen, aber er hat meine Brust mit seinen Schaufeln umklammert und mir seinen fauligen Atem in den Nacken geblasen. Er hat Laute von sich gegeben wie ein geiler Stier, der es nicht abwarten kann, die Kuh zu bespringen. Ich bin vorwärts ins Heu gefallen, konnte mich nicht wehren. Jetzt ist eine meiner Unterhosen zerfetzt. Er hat keine Rücksicht genommen, nur gestöhnt, dass ich es doch auch wolle. Ich, das triebhafte Polackenweib, das ohnehin den ganzen Tag an nichts anderes denkt.

Ich habe an etwas anderes gedacht. Zum Beispiel, ihn zu ermorden. Ihm die Heuforke in die fette Seite zu rammen, dass er quiekt wie ein abgeschlachtetes Schwein, während er sich an mir befriedigt. Aber ich habe nur still dagehockt, gewartet, dass er fertig wird. Es hat so wehgetan. Ich wollte mich aufsparen. Für später. Für den Mann, den ich einmal lieben werde. So wie meine Mutter meinen Vater geliebt hat. Ich hatte einen Traum. Träume darf man hier aber nicht haben. Träume sind nur etwas für die, die die Macht haben, Dinge zu steuern.

Ich will seine Nässe loswerden. Es ist schlimm, dass ich mich nicht waschen kann. Ich habe mich übergeben. Das ganze gute Essen ist in der Rinne gelandet. Ich wollte mich doch aufsparen.

Als ich aus dem Schober komme, sehe ich Pawel. Er schaut komisch. Er ist noch klein und doch weiß er, was mit mir passiert ist. Ich hoffe, er versteht, dass ich mich nicht wehren darf. Das wäre mein Tod. Und vielleicht seiner. Auf Geschlechtsverkehr mit einem Deutschen steht für eine wie mich die Todesstrafe.

Anna

Birthe klopfte das Herz. Diese Anna aus den Briefen kam ihr immer näher. Sie begann sie zu verehren. Birthe fand sich bei diesem Gedanken selbst etwas albern, konnte aber nichts gegen dieses Gefühl tun. Es war ihr, als habe dieser grausame Mann ihre beste Freundin verletzt. Mittlerweile war es Birthe auch egal, warum man ihr diese Sequenzen zuspielte. Sie wollte sie haben. Sie wollte mehr erfahren über das Mädchen, das als Arbeiterin aus Polen auf einem Hof gelebt hatte und dort gequält und vergewaltigt und all ihrer Träume beraubt worden war. Wer auch immer diese Anna war, was auch immer sie mit ihr oder mit Carstens Familie zu tun hatte, sie wollte es wissen.

* * *

Als Carsten am Nachmittag die Firma verlassen wollte, wartete Mechthild an der Tür. »Wir könnten doch einmal zusammen essen gehen«, schlug sie vor und fixierte ihn so, dass es Carsten heiß und kalt wurde. Mechthild gab einfach nicht auf. Aber er wollte sie nicht.

»Ich bin verheiratet, Mechthild. Glücklich. Das wissen Sie.« Schon während Carsten es aussprach, merkte er, dass er einen Fehler begangen hatte. Die Stimme seiner Sekretärin war eisig, als sie sagte: »Ich will nur mit Ihnen essen gehen, Carsten. Es gibt viele Dinge, die nach dem Dahinscheiden Ihres Großvaters besprochen werden müssen. Sonst nichts.«

Carsten wollte gerade etwas Entschuldigendes anführen, doch da hatte Mechthild sich schon weggedreht. Ihr hasserfülltes Gesicht hatte er aber noch gesehen. Ihm wurde mulmig. Etwas in ihm warnte ihn vor seiner langjährigen Mitarbeiterin, die er bis dahin immer für überaus loyal gehalten hatte. Etwas flüsterte ihm ununterbrochen zu, dass sich die Situation seit dem verfänglichen Kuss geändert hatte. Es war, als sei sie zu einer nicht einzuschätzenden Feindin geworden. Ihr Blick gerade hatte Bände gesprochen. Mechthild wollte, was ihr nicht zustand, und obwohl ihr das klar war, würde sie über Leichen gehen, um es zu bekommen. Carsten merkte, wie seine Hände feucht wurden.

8. Kapitel

Robin Wagenknecht lümmelte sich über Petras Schreibtisch. Immer wieder fuhr er sich mit der Zunge über die aufgesprungenen Lippen. Ihm fehlte der rechte Schneidezahn, augenscheinlich hatte er sich in der vergangenen Nacht geprügelt. Sein linkes Auge war dick zugeschwollen. Eine fatale Mischung aus Bier und Hochprozentigem schlug Petra aus dem lädierten Mund entgegen. Sie wich ein Stück zurück.

»Was gibt es denn noch? Das Mädchen ist tot, und ich war es nicht.«

Petra wollte diesen Kerl drankriegen, endlich ein Ergebnis in der Hand halten und ihretwegen so auch Maja Kosloff sozusagen postum überführen.

Doch es gab, außer dem Anfangsverdacht, keinen wirklich verwertbaren Beweis für Robins Mitschuld an Majas Tod. Überhaupt keinen. Keine Fingerabdrücke, keine Hautpartikel, keine Körpersekrete, die Robin Wagenknecht nachweisbar belasteten.

Und trotzdem hatte sie diesen Typen noch einmal hierhaben wollen. Er musste etwas mit dem Tod der Kleinen zu tun haben, auch wenn er es vielleicht nicht selbst gewesen war. Er hatte seine Leute für die Drecksarbeit. Man musste ihn nur kriegen, seinen wunden Punkt zum Bluten bringen. Mit irgendwas. Dann würde er plaudern, ganz sicher. Petra hatte allerdings leider absolut keine Idee, was dies sein könnte. Er hatte sich jetzt mit geradem Rücken auf den Stuhl gesetzt, den Kopf in den Nacken gelegt und betrachtete die schmutzig-gelbe Decke des Büros. Er schien eigentümlich abwesend, als interessiere ihn das Ganze eigentlich gar nicht. Robin

Wagenknecht schien unglaublich sicher zu sein, dass Petra ihm nichts anhaben konnte und er dieses Büro gleich als freier Bürger wieder verlassen würde. Petra lehnte sich ebenfalls zurück und wartete ab. Mal sehen, wer den längeren Atem hatte.

Nach einer Weile wandte sich Robin ihr tatsächlich wieder zu. Seine Augen waren nun noch stärker blutunterlaufen, die Gesichtszüge merklich erschlafft. Petra bemerkte das mit Genugtuung, denn es zeigte ihr, dass seine Selbstsicherheit in den Grundfesten wackelte, dass sie doch nur Fassade war. Der Mann war zu knacken, keine Frage.

Petra faltete die Hände zusammen, verdrehte sie dann, bis die Gelenke knackten. Sie sprach leise. Das zog bei diesen Typen immer. Sie verstanden leise Töne nicht, wurden davon verunsichert. »Noch einmal von vorn, Herr Wagenknecht. Wann haben Sie Maja das letzte Mal gesehen?«

Robin stierte Petra mit glasigen Augen an, als habe er die Frage gar nicht richtig verstanden. Oder sie nicht verstehen wollen.

»Also, wann?«

»Dienstagabend.« Das »Dienstagabend« kam Robin gleichgültig und gelangweilt über die Lippen. Als würde es ihn anöden, schon wieder die gleichen Fragen beantworten zu müssen.

Petra betrachtete Robins Hände. Sie waren außergewöhnlich lang, seine Nägel wohlgeformt. Doch die Kuppen von Zeige- und Ringfinger waren vom vielen Rauchen gelbbraun verfärbt, was den guten ersten Eindruck gänzlich zunichtemachte. Petra krampfte der Bauch zusammen. Sie ekelte sich vor dem Mann. Vor seinem Aussehen, seinem Geruch, dem, was er tat. Egal, was Maja vielleicht dazu bewogen haben mochte, einen Menschen umzubringen – angesichts dieses widerlichen Typen hier, der Majas Leben vermutlich verpfuscht hatte, konnte sie es fast verstehen. Und wusste doch, dass sie als Polizistin einen solchen Gedanken nicht einmal im Ansatz haben durfte.

Robin sah Petras Blick und begann, die Finger ineinander zu verschränken und dann zu kneten, wie um den Makel, dessen er sich anscheinend durch Petra Blick bewusst geworden war, zu verstecken.

»Herr Wagenknecht. Noch einmal: Wer war Maja Kosloffs Kunde in ihrer Todesnacht?«

Robin grinste breit. Wieder wehten die alkoholischen Ausdünstungen zu ihr herüber. »Sie wollen es wirklich wissen, was?«

»Bitte!«

»Ich verrate gute Kunden nur sehr ungern. Kundinnen schon gar nicht.« Er beugte sich über den Tisch. Petra blieb sitzen. Für den Augenblick würde sie den Gestank ertragen. Sie war so nah dran, dass Robin etwas ausspuckte. Eine winzige Spur, der sie nachgehen konnte.

»Ich sage nur: Frau. Schön. Gut situiert.«

* * *

Mechthild betrachtete den roten Fleck an der Wand. Die Scherben hatte sie noch nicht zusammengekehrt. Weit versprengt lagen sie im Wohnzimmer herum. Sie hatte Kopfschmerzen, konnte sich aber noch gut an die unendliche Wut gestern Abend erinnern. Carsten hatte sie erneut abgewiesen. Es war egal, ob der Alte da war oder nicht.

Mechthild stand auf und schlurfte in die Küche. Ihr drehte sich mit jedem Schritt der Magen um, auch ihr Kreislauf rebellierte. Die fast leere Rotweinflasche stand noch auf dem

Couchtisch. Es war ein Bordeaux, viel zu schwer. Ein Wein, den sie der Säure wegen eigentlich gar nicht vertrug und nur für Gäste im Haus hatte. Aber gestern war ihr alles so egal gewesen. So grausam egal. Der Alte war tot. Sie hatte wirklich gedacht, dass dieser Umstand endlich ihre Situation ändern und ihr Carsten näherbringen würde. Aber weit gefehlt. Birthe thronte noch immer auf der Wolke neben Carsten und hatte augenscheinlich nicht vor, von dort wieder herunterzukommen. Sie saß wie das Kuckuckskind im fremden Nest und hatte sie, Mechthild, einfach hinausgestoßen. Nun lag sie, Mechthild, im Dreck und musste von unten um seine Liebe betteln. Oder verhungern. Der Alte war umsonst gestorben. Sie war keinen Schritt weitergekommen. Aber Mechthild wäre nicht Mechthild, wenn sie aufgeben würde. Carsten würde schon sehen, was er davon hatte, sie zu verschmähen. Er würde schon sehen.

* * *

Carsten lehnte am schweren Schrank im Wohnzimmer. Er umklammerte die Lehne des Stuhls. Dabei stachen seine Fingerknöchel weiß hervor. Birthe musste wegsehen, sie fühlte sich von seinem Blick förmlich aufgespießt. Carsten holte tief Luft. Wie immer, bevor er zu einem Gespräch ansetzte, das wieder schulmeisterlich werden würde.

»Du verheimlichst mir doch was, Birthe! Es ist nicht nur Großvaters Tod, der dir so zusetzt. Du hast dich verändert.«

Birthe schüttelte den Kopf, wagte es aber nicht, Carsten wirklich in die Augen zu sehen, aus Furcht, er könne erkennen, dass sie ihn anlog. Dabei waren es gar keine Lügen, die sie ihrem Mann auftischte. Sie sagte ihm nur nicht alles.

Birthe wusste selbst nicht, was sie davon abhielt, Carsten von den Tagebuchaufzeichnungen zu erzählen. Wahrscheinlich, weil er es abtun würde. Als dumme Spinnerei. Er neigte ja dazu, Dinge, die sie als spannend betrachtete, niederzumachen. In solchen Situationen ließ er gern den erfahrenen Mann heraushängen.

Es gab aber noch etwas, das sie hinderte, ihm davon zu erzählen, und das war die andere Variante. Die große Furcht, er könne es viel zu ernst nehmen. Birthe konnte gar nicht genau sagen, welche Variante sie schlimmer fand, und deshalb schwieg sie lieber.

»Was ist los?«, bohrte Carsten wieder nach, aber Birthe zog nur die Schultern hoch. »Ich bin müde, Carsten. Kannst du das nicht nachvollziehen?«

»Doch, das bin ich ja auch. Die Belastung ist für uns beide im Augenblick unerträglich, ich weiß das.« Carsten fuhr sich mit der Hand durchs Haar. »Aber du bist dazu so komisch. Seit du bei deinem Vater warst.«

Birthe schnellte hoch. »Lass meinen Vater aus dem Spiel, ja?«

Carsten hob abwehrend die Hände. »Ich sag ja gar nichts gegen deinen Vater.« Er seufzte. »Die Situation ist einfach schwierig. Vielleicht sehe ich bei dir auch Gespenster, bilde mir alles nur ein.«

»So wird es sein, Carsten.« Birthe strich ihm über den Arm.

Ihr Mann ließ sich auf den nächstbesten Stuhl fallen, vergrub den Kopf in den Händen. »Keiner weiß, wer meinem Großvater das angetan hat. Keiner kann mir sagen, wann wir ihn endlich beerdigen, ihm das letzte Geleit geben dürfen.« Carstens Stimme klang hohl.

Birthes Augen füllten sich mit Tränen. »Du hast recht. Es ist entwürdigend.« Ihre Stimme zitterte. »Man kann nicht loslassen. Seine Seele kann nicht fliegen, wenn er da in diesem Institut liegt. Aufgeschnitten. Leer …«

Carsten legte ihr die Hand auf den Mund. »Hör auf! Bitte Birthe! Lass es einfach sein! Ich will solche Gedanken nicht haben.«

»Es ist aber so!«, schrie Birthe. »Es ist aber so! Du fragst mich, was ist? Er ist tot und darf es nicht sein, weil irgendwer sich angemaßt hat, ihm das Leben zu nehmen. Und diese Gerichtsmediziner lassen ihn jetzt einfach nicht gehen, sondern bauen ihm die Einzelteile aus wie aus einem Schrottwagen.« Ihre zitternde Stimme ging in ein haltloses Schluchzen über. Birthe hatte das Gefühl, jeden Augenblick den Boden unter den Füßen zu verlieren. Sie konnte einfach nicht mehr.

9. Kapitel

Maja ist vor ihrem Tod nicht vergewaltigt worden. Es gibt keine Hinweise darauf, keine Spermaspuren.« Ein Kollege legte ihr einen Berg Papier auf den Schreibtisch. Mit seiner Aussage hatte er Petra jedenfalls nichts Neues mitgeteilt. An Maja waren eindeutige Spuren von Fausthieben und Tritten zu sehen gewesen, jedoch keine Hämatome im Genitalbereich oder Ähnliches. Absolut kein Hinweis auf einen sexuellen Übergriff. Gestorben war sie nach ihren Misshandlungen an einem letzten kräftigen Schlag gegen die Schläfe. Vermutlich ein Stück Treibholz oder Ähnliches. Die Tatwaffe hatte man noch nicht gefunden.

Dazu gab es Robins Aussage, dass Maja an dem Abend im Club mit einer Frau zusammengewesen war. Sie mussten diese Person finden, und dann waren sie dem Mörder oder der Mörderin vielleicht ein ganzes Stück nähergekommen. Es konnte sich natürlich auch noch jemand an dem Abend mit Maja Kosloff getroffen haben. Robin. Oder der Mörder von Hartmut Meckenwald. Vielleicht war Maja sogar Zeugin des Mordes geworden. In jedem Fall war dieses Treffen für sie tödlich gewesen.

»Wenn man mehr von der Frau wüsste, die mit Maja zusammen gewesen war«, murmelte sie vor sich hin. Sie musste eine Kollegin von Maja finden. Eine, mit der sie befreundet war. Das war ihr nächster Schritt.

Samstagmittag hatte sie ohne erkennbaren Fortschritt das Büro verlassen und war genervt nach Hause gefahren.

Sie hatte sich mit klassischer Musik zu betäuben versucht. Brahms' Violinkonzert, in D-Dur. Immer wieder und wieder. Das hatte sie aber eher melancholisch gestimmt. Dann war sie auf Techno umgestiegen. Sie brauchte diesen Gegensatz, wollte von den monotonen Bässen in ihr Sofa gestampft werden, tief in die Polster eintauchen.

Nun war wieder Montag und sie war keinen Schritt weitergekommen. Ein ganzer Tag Kreistanz auf dem Sofa zu Technomusik war die Bilanz ihres Wirkens.

Fest stand, sie hatten zwei Leichen und nicht den Ansatz von einem Mörder. Der erste Fall war ohne wirkliche Beweise vielleicht geklärt. Mehr nicht.

Petra warf den Kugelschreiber auf den Tisch. Er kullerte noch ein Stück weiter, bis er an dem Kaffeebecher hängen blieb. In diesem Moment klopfte es, und eine alte Frau trat ein. Ihr haftete ein dumpfer, abgestandener Geruch an, der Petra an einen Kellerraum erinnerte. Der abgeschabte Mantel hatte auch schon bessere Tage gesehen, und ihre Schuhe schienen durchgetreten.

»Guten Tag, Frau Kommissar.« Die Alte lispelte und spie dabei winzige Speicheltropfen in den Raum. Sie tippelte mit kleinen Schritten zum Stuhl und ließ sich ohne Aufforderung darauf nieder.

»Ich hab das tote Mädchen gesehen. Bevor sie tot war«, keuchte sie. »Diese Nutte, verstehen Sie?« Ihre Hand fuhr zum Revers des Mantels. Sie zupfte daran herum. »Das Mädchen war nicht allein. Und«, ihre Zunge fuhr über die schmalen Lippen, »sie fand den Mann an ihrer Seite auch nicht nett.«

Petra schoss mit dem Oberkörper vor. »Wie kommen Sie darauf? Frau … wie ist Ihr Name?«

»Maria Christina Steinberg.«

»Und – wie kommen Sie jetzt darauf?«

»Die lief vor ihm her. So anders, wissen Sie? Gebückt. Gestoßen. Fast wäre sie hingefallen.« Empört blickte Frau

Steinberg auf. »Das hat den Kerl gar nicht gestört. Der hat sie weitergetrieben wie ein Stück«, sie machte eine Pause, »Vieh. Ja, wie Vieh! Das sah nicht gerade nach Liebe aus, du meine Güte!« Die Frau hatte sich mit jedem Wort mehr in Rage geredet.

»Wie sah der Mann aus?«, fragte Petra. Sie hoffte, dass Frau Steinberg ihr nun die exakte Beschreibung Robin Wagenknechts liefern würde, sie ihn dann festnehmen und den Fall so hoffentlich mit erdrückenden Beweisen abschließen konnte. Aber die Alte schüttelte nur den Kopf. »Es war dunkel, gute Frau. Und meine Augen sind schlecht. Ich habe nur gesehen, dass ein Mann eine Frau gestoßen hat. Über den Parkplatz auf dem Weg zum Südstrand. Sie wissen schon, da wo es zur Promenade geht. Ein großer Mann war das. Schlank und kräftig. Etwas gebeugt ist er gegangen.« Sie schnalzte mit der Zunge. »Aber mehr konnte ich beim besten Willen nicht sehen. War mit meinem Hund da, wissen Sie …«

»Aber dass es komisch aussah, war Ihnen trotzdem klar«, warf Petra ein. »Warum haben Sie nichts unternommen?«

Frau Steinberg richtete sich merklich auf. »Na hören Sie mal, meine Liebe! Ich bin eine alte Frau, da mische ich mich nicht ein. Was meinen Sie wohl, was mir dann vielleicht zugestoßen wäre? Dass es so schlimm war, ist mir ja erst später aufgefallen. Als ich gehört habe, dass sie da eine Tote gefunden haben. Davon habe ich ja erst später in der Zeitung gelesen. Und mir dann meinen Reim darauf gemacht.«

Petra stellte sich neben sie. »Aber an dem Abend, da haben Sie sich nichts Schlimmes dabei gedacht?«

»Abend?« Frau Steinberg stieß wütend die Luft aus. »Es war drei Uhr früh.«

Petra runzelte die Stirn. Sie schien angestrengt nachzudenken. »Sie gehen nachts um drei Uhr mit Ihrem Hund am

Südstrand spazieren?« Zweifel schwang in ihrer Stimme mit. »Finden Sie das normal?«

Frau Steinberg, die sich in der Zwischenzeit wieder mit dem Revers ihres Kragens beschäftigt hatte, ließ ihn abrupt los. »Mein Hund, die Fine, hat eine Blasenentzündung, Frau Kommissar. Hatten Sie schon mal einen Hund mit Blasenentzündung? Nein? Dann wissen Sie nicht, was das für eine Arbeit macht. Das ist wie mit einem Säugling, bei dem man auch nachts immer raus muss.« Sie stöhnte, wischte sich die Stirn. »Und dann passiert so etwas.« Frau Steinberg war merklich blass geworden. »Mord«, flüsterte sie, und mit diesem Wort waberte auch wieder der dumpfe, modrige Kellergeruch zu Petra hinüber. Wie oft rochen alte Leute so. Als ob sie wirklich schon mit ihrem Leben abgeschlossen hätten. Und dann gab es die anderen, die, die augenscheinlich in Kölnisch Wasser badeten. Petra war sich nie sicher, welchen Duft sie abscheulicher fand.

»Würden Sie den Mann auf einem Foto erkennen?«, fragte Petra. Sie war während dieser Frage um den Schreibtisch herumgegangen und hatte ihre Hand bereits auf die PC-Maus gelegt.

Frau Steinberg griff sich mit der rechten Hand ans Herz. »Um Gottes Willen, Frau Kommissar! Was verlangen Sie denn da? Das würde ich nicht überleben!«

Petra bemühte sich um ein freundliches und beruhigendes Gesicht. »Liebe Frau Steinberg«, setzte sie an. »Es bekommt doch keiner mit. Es ist völlig ungefährlich, glauben Sie mir. Sie sollen sich lediglich ein Foto ansehen, sonst nichts.«

Die alte Frau schüttelte den Kopf, ihr Atem kam stoßweise. Erst nur kurz, dann verlängerten sich ihre Atemzüge merklich. »Nicht so wie im Film? Mit der Glasscheibe?« Sie ruckelte auf dem Stuhl hin und her.

Petra schüttelte beruhigend den Kopf. »Keine Glasscheibe, Frau Steinberg. Ein Foto im Computer, sonst nichts.«

Die alte Frau schien das etwas beruhigt zu haben, doch dann verengten sich ihre Augen. Sie schüttelte heftig den Kopf. »Ich kann das nicht. Ich will jetzt gehen.« Ihre Stimme zitterte wieder wie zu Beginn des Gesprächs, und auch das Lispeln setzte erneut ein. Petra merkte, dass Frau Steinberg völlig dicht gemacht hatte und sich wahrscheinlich jeder weiteren Nachfrage widersetzen würde.

»Ich würde ohnehin nichts erkennen«, sagte sie. »So genau habe ich ihn gar nicht gesehen. Er war groß. Er hat sie vor sich hergestoßen. Mehr habe ich nicht erkannt.« Sie stand auf. »Aber ich musste ja sagen, was Sache ist.«

Petra bekam sie gerade noch am Ärmel zu fassen, bevor sie das Büro verlassen konnte. »Wir müssen Ihre Personalien noch aufnehmen.«

* * *

Als Birthe den Briefkasten öffnete, sah sie sofort, dass die Übersetzerin die neuesten Aufzeichnungen aus Annas Leben geschickt hatte. Das Warten auf diese Briefe war innerhalb weniger Tage beinahe zu einer Sucht geworden. Birthe konnte sich der Faszination dieses Spiels nicht mehr entziehen. Sie wartete begierig darauf zu erfahren, wie es mit Annas Leben weiterging. Und vor allem wollte sie wissen, was Anna mit ihrem eigenen Leben zu tun hatte, warum man gerade sie, Birthe, auserwählt hatte. Ihre Gedanken kreisten momentan sogar eher um Anna und die Fortsetzung ihrer Aufzeichnungen als um Hartmuts Tod und die Suche nach dem Täter. Nichts war wichtiger als die unregelmäßig eintreffenden Briefe.

Manchmal glaubte sie, es gehe in Wahrheit gar nicht um Anna, sondern um sie selbst. Birthe war so etwas noch nie passiert. Sie war normalerweise ein selbstständig denkender und handelnder Mensch, der sich nicht lenken, sich nicht einmal von Menschen wie Hartmut Meckenwald bezwingen ließ. Trotzdem schafften es bloße, uralte Tagebuchaufzeichnungen, sie derart in den Bann zu ziehen. Birthe kannte sich selbst nicht wieder. Immer hatte sie ihre Zielstrebigkeit, ihr klar denkendes Wesen als ihre beste Charaktereigenschaft angesehen, und nun hatte sie ernsthaft das Gefühl, sich ein wenig an eine Person zu verlieren, die sicher lange tot war und die sie doch gerade erst kennenlernte.

Sie öffnete die übersetzten Aufzeichnungen.

Juni 1943

Der Bauer ist wieder weg. Ich bekomme Luft, fühle mich frei, seit das Auto ihn mit all seinen Massen verschluckt hat. Ich habe an der Stalltür gestanden, habe den Stiel der Mistgabel fest umklammert. Gedacht, dass ich sie ihm in die Seite ramme, wenn er sich noch einmal zu mir umdreht und sich diese anzüglichen, widerlichen Blicke an meiner Brust festsaugen.

Er ist langsam zu diesem Wagen gegangen. Ganz dicht an mir vorbei. Er hat so getan, als sehe er mich nicht, aber ich weiß genau, dass er es doch getan hat. Ich habe meine Finger um diesen Stiel gekrallt, dass es geschmerzt hat. Aber er ist weitergegangen. Schritt für Schritt hat er sich vom Hof entfernt. Erst als er den Griff der Autotür in der Hand hatte, hat er sich umgedreht. Seiner Frau und Tochter zugewinkt. An mir ist sein Blick flüchtig hängen geblieben. Nur dieses gemeine Grinsen, das werde ich nicht vergessen. Es hat sich in mir eingegraben wie der Fluch seiner Berührung, der Gestank seines Atems, der mir noch immer die Lunge verätzt. Von seiner Nässe, die er in mich gepflanzt hat, ganz zu schweigen. Ich höre noch das Brummen des Motors, spüre die Tränen der Erleichterung, die sich ihren Weg suchen. Es sind die ersten Tränen, die ich hier weine. Der Dämon ist weg, wird vielleicht auf einem der Schlachtfelder dieser Welt sein fettes Leben lassen. Ich gebe zu, dass es mir nicht leidtun würde, selbst wenn Edda dann leiden müsste. Was der Mann getan hat, ist mit nichts auf der Welt zu entschuldigen. Edda weiß nichts davon. Sie hat mir irgendwann die Mistgabel aus der Hand genommen. Sie ist an der Stallwand umgefallen. Ich erinnere mich an das Scheppern. Es hat mich aus der Lethargie gerissen, mir klargemacht, wie stark ich mich bereits verändert habe, was dieses Leben hier aus mir gemacht hat. Ich, die friedliche Anna, habe Mordgedanken. Spiele mit der Idee, einen Menschen aus dem Leben zu katapultieren, ihm das Metall einer Mistgabel in die Seite zu stoßen. Ich will ihn quieken hören wie die Sau, der wir letzte Woche den Garaus gemacht haben, deren Darm ich von den Fäkalien reinigen musste, deren Blut Pawel zu Wurst gerührt hat.

Ich schäme mich meiner Gedanken, der Blutrünstigkeit, die sie begleiten.

Als ich mich wieder gefangen habe, weiß ich, dass nicht nur ich so denke. Die Bäuerin hegt ähnliche Gedanken. Allerdings bin ich darin die abgeschlachtete Sau. In mir stecken die Zinken der Mistgabel und sie weidet sich an meinem Schrei.

Schon ihre Blicke töten mich. Es sind keine Blicke, es sind blitzende Pfeile, die sie in meine Richtung sendet. Pfeile, die brennen, die mir wehtun sollen.

Sie weiß alles. Als sei sie dabei gewesen. Ich weiß nicht, woher sie ihr Wissen hat, kann es nicht sagen. Sie gibt mir die Schuld. Sie wird mich vernichten. Irgendwann wird sie es tun. Diese Frau wird einen Grund finden, ihre Fantasie meines Todes Wahrheit werden zu lassen.

Sie hält nämlich nur ihre Klappe, weil es für ihren Mann gefährlich wäre. Wenn sie wollen, drehen sie hier den Menschen einen

Strick aus so einer Sache. Verkehr mit Frauen wie uns ist nicht erwünscht. Auf die Liebe zu uns steht der Tod. Deutschen Frauen schneiden sie die Haare ab, wenn sie sich mit einem Polen einlassen. Habe das letzte Woche erlebt. Schimpf und Schande über die Frauen, die es wagen. Eine haben sie auch abgeholt, und keiner hat wieder etwas von ihr gehört.

Manchmal hängen sie sie auf, hat Edda gesagt. Manchmal, nicht immer. Ganz nach Gutdünken. Ich spüre schon den rauen Strick um meinen Hals, merke, wie er sich einschneidet. Er kratzt, weil Fäden heraushängen. Sie haben kein gutes Material für solche wie uns. Immer wieder greife ich nach meinem Hals, als müsse ich ihn lockern. Vor allem nachts merke ich ihn und glaube zu ersticken. Nachts, wenn die Gedanken kommen. Wenn ich die Erniedrigung wieder und wieder merke, seinen fischigen Atem rieche, der sich fest in meine Nase gesetzt hat. Nachts, wenn sein Stöhnen an meinem Ohr anschwillt wie eine Woge, die den Höhepunkt gerade überschritten hat und unter Getöse bricht und bricht und bricht. Ich halte mir die Ohren zu, und wenn alles nachlässt, kommen sie und legen den Strick um meinen Hals. Ich bin ganz allein. Habe Angst vor dem, was kommt. Ich will nicht ersticken, hoffe, dass mein Hals früh genug bricht und mir das quälende Ende erspart. Ist es normal, die Vorstellung vom eigenen Tod so genau vor Augen zu haben?

Ich spüre schon meine letzten Gedanken, bin mir ganz sicher, dass es in nicht allzu weiter Ferne geschehen wird. Ihre Augen sagen mir das. Abgrundtiefer Hass spiegelt sich darin. Er ist viel größer als der, den ich für den Bauern empfinde. Meine Auswirkungen des Hasses sind Fantasien, ihre grausame Realität.

Am Ende werde ich nur Pawels dunkle Augen sehen. Vor lauter Schmerz unendlich tief.

Am Abend sind sie wieder gekommen, die Bomber. Einen Augenblick habe ich mir gewünscht, sie mögen ihre tödliche Fracht doch einfach auf diesen Hof werfen, und alles wäre vorbei. Schwarze Wolken verdunkelten den Himmel in Richtung Wilhelmshaven. Wie ein düsteres Omen. Es ist hier aber leicht, solch dunklen Vorahnungen nachzuhängen.

Ich bin nassgeschwitzt. Ich friere. Kann mich aber nicht umkleiden. Habe nämlich nicht genügend Sachen, um mich umzuziehen. Es ist schrecklich, mit feuchten Sachen unter der dünnen Decke zu liegen. Meine Zähne klappern, Gänsehaut kriecht über meine Brust. Bis hin zu den Zehenspitzen.

Zum Glück ist die Begegnung mit dem Bauern ohne Folgen geblieben. Ich muss es vergessen. Es gibt so viele Dinge, die wichtiger sind als das. Ich muss sehen, dass wir zu essen haben. Zusehen, dass die Arbeit getan wird, damit sie das Brot nicht kürzt.

Jeden Tag lässt sie uns spüren, für wie minderwertig sie uns hält. Für sie sind wir die Feinde ihres Sohnes, deretwegen er in nassen Gräben hockt und vielleicht sterben muss. Habe gehört, wie sie zu dem Bauern gesagt hat, dass wir keine Menschen seien, sondern eher Vieh. Der Bauer hat genickt, und ich habe mich gefragt, ob der auch über seine Kühe steigt. Vieh ist gleich Vieh.

Ich dachte bislang immer, ich könnte nicht hassen. Ich kann. Und wie ich kann. Vor allem wenn ich Pawel sehe und mir vorstelle, was aus ihm hier werden soll. Seine Augen, seine schönen Sternenaugen glänzen nicht mehr. Ich habe Angst, dass sie es nie mehr tun werden. Wenn das geschieht, dann gnade ihnen Gott! So wahr ich Anna Dzierwa heiße. Dann gnade ihnen Gott.

Anna

Birthe legte diese Aufzeichnungen zuoberst in die Schachtel, in der sie alles aufbewahrte. Sie hatte sie nun ganz hinten in ihrem großen Schrank versteckt, denn sie war sich hundertprozentig sicher, dass Carsten dort nie hineinschaute. Sie konnte sich selbst noch immer nicht erklären, warum sie ihrem Mann nicht von den Briefen erzählte. Es gab überhaupt keinen Grund, ihm die Aufzeichnungen vorzuenthalten. Aber irgendwie glaubte Birthe, Anna zu verraten, wenn sie das tat. Anna, die sicher schon lange nicht mehr lebte. Und doch war es Birthe, als sei Anna bei ihr. Ganz dicht. Schaue ihr beim Lesen über die Schulter. Eine schöne, eine lebenslustige junge Frau, der man nach und nach versuchte, die Lebendigkeit zu entreißen.

* * *

Pawel fror. Trotz der wieder aufgekommenen Augustwärme wurde ihm hier von Tag zu Tag kühler. Es war die innere Kälte, die ihn gefangen hielt, ihn umhüllte. Er merkte, wie ihn die Kraft immer mehr verließ. Er war alt. Hatte sich viel zu spät um diese Angelegenheit gekümmert. Er hätte eher zurückkommen sollen, sich früher trauen müssen. Er hatte oft überlegt, ob es wirklich die Gerechtigkeit war, die ihn umtrieb, oder ob doch abgrundtiefer Hass und Rache sein Handeln bestimmten. Er konnte sich diese Frage nicht vollständig beantworten. Es war ein Mosaik aus allem, ein wildes Durcheinander von widersprüchlichen Gefühlen, die ihn sein ganzes Leben davon abgehalten hatten, wirkliches Glück zu empfinden. Er gönnte sich diesen Luxus einfach nicht. Stets hatte er das Gefühl, es stehe ihm nicht zu. Er sei es nicht wert. Weil Anna es nicht hatte erleben dürfen. Was Anna nicht hatte, war auch für ihn nicht rechtens. Pawel fühlte sich so sehr als Teil seiner Schwester, die ihn von klein auf vor allem bewahrt hatte, das ihm hätte schaden können, dass er niemals frei sein konnte, ohne Anna zumindest ihr Leben, ihr Recht zurückgegeben zu haben. Es war wie ein Fluch, der schwer auf seinen Schultern lastete. Aber als Anna damals fortmusste, sie ihm zum letzten Mal die Hand auf die Schulter gelegt, ihn mit ihren unnachahmlich grün-braunen Augen angesehen hatte und es tatsächlich schaffte, ihm so etwas wie Zuversicht einzuflößen, da hatte er sich geschworen, sie nie wirklich sterben zu lassen.

In ihren zurückgelassenen Kleidungsstücken hatte Edda das Tagebuch gefunden. Danach war sie anders geworden. Strenger. Pawel hatte beobachtet, wie sie ihrem Vater begegnet war, als er das nächste Mal kam. Sie hatte ihm nicht die Hand gegeben, ihn nicht einmal angesehen.

Als Pawel später den Hof verließ, war Edda ihm nachgelaufen. Er spürte noch immer ihre rundlichen Arme um seinen schmalen Körper. Roch ihren Duft nach aufgeschnittenen Äpfeln. Und er fühlte den Packen mit den Tagebuchaufzeichnungen, den sie ihm zusteckte, hörte ihre geflüsterten Worte: »Lass sie niemals sterben, Pawel. Niemals.«

Er hatte damals genickt. Drei Bilder tanzten vor seinem Auge, drei Gesichter, die Anna so unendlich wehgetan hatten. Ein Gesicht hatte er gefunden. Es lachte nun nicht mehr, würde es nie wieder tun. Genau wie man es Anna verwehrt hatte. Sie, die so gern gelacht hatte. Laut und kehlig. Ein Lachen, das jeden in den Bann zog.

Pawel hatte versucht, Edda ausfindig zu machen. Sie war gestorben. Genauso wie ihr Vater und die Bäuerin.

Er stand allein vor der Aufgabe, der er sich hier stellen musste. Er wusste nicht, ob er wirklich in der Lage war, das alles durchzuhalten. Allein. Doch er musste es. Für Anna. Er hatte es ihr und auch Edda versprochen.

Pawel spürte jeden Knochen, jede Faser seiner Zellen. Er lief am Kanal zurück und bog nach links in Richtung Sander See ein. Ein bisschen am Wasser zu sitzen und den Vögeln zuzusehen, das würde ihm wieder Kraft geben. Von Ferne hörte er das Kreischen badender Kinder, die sich am Strand des Sees vergnügten. Das alles gab es damals hier nicht. Kein See und auch nicht das unbeschwerte Lachen von Kindern. Wenn sie einmal Freizeit gehabt hatten, waren sie in die Fluten des Kanals gesprungen.

Ein Schwanenpaar glitt lautlos über das Wasser. Beide hielten die Köpfe in der typischen Rundung gebogen, blickten weder nach rechts noch nach links. Einzig die leicht krause Wasseroberfläche, die sie beim Durchschwimmen hinterließen, zeugte von der Kraft ihrer Bewegungen. Pawel ließ sich am Ufer ins Gras fallen und duldete es, dass ein paar Ameisen über seine Beine krabbelten. Als er wieder aufsah, war das Schwanenpaar bereits in der nächsten Bucht verschwunden, das Wasser lag spiegelglatt vor ihm.

Pawel sog die Luft ein. Er glaubte bereits, den Herbst zu spüren. Oder war es die eigene Vergänglichkeit, die ihm diese Assoziation vorgaukelte? Sein Herz war alt und müde; wenn es morgens in seiner Lunge brodelte, schluckte er ein paar Tabletten und hoffte, das Ganze hier noch eine Weile durchzuhalten. Er war noch lange nicht am Ziel.

* * *

Petra hatte nach dem Gespräch mit der alten Frau lange nachgedacht. Ihre Beobachtung konnte durchaus mit der Tatzeit übereinstimmen. Sie dachte mit Schaudern an das Martyrium, das Maja hatte erleiden müssen. Die Verletzungen der jungen Frau sprachen eine sehr eindeutige Sprache.

Sie wollte den Kerl erwischen, der ihr das angetan hatte und damit vermutlich den Mord an Hartmut Meckenwald vertuschen wollte.

Schon früh am Morgen hatte sie Kollegen losgeschickt, nach einer Prostituierten zu suchen, die Maja nahestand.

Die Tür öffnete sich einen Spalt. Ein junger Kollege steckte den Kopf zur Tür hinein. »Hier ist jemand, der Sie sprechen möchte, Frau Erdmann. Eine Bekannte dieser Prostituierten.« Petra zog die Brauen hoch und nickte. Der Kollege drehte sich um und kam kurz darauf mit der jungen Frau zurück.

Das Mädchen war nur unmerklich älter als Maja. Sie hatte rot gefärbtes Haar, das am Scheitel in ein quietschiges Orange überging. Petra erinnerte es an ihre eigene missglückte Färbeaktion. Sieht aber schlimmer aus als bei mir, dachte Petra und beschloss dennoch, so bald wie möglich einen Friseur aufzusuchen. Das gesamte Äußere der jungen Frau machte einen eher verwahrlosten Eindruck. Die Jeans wirkte verwaschen, an den Enden war sie ausgefranst. Darüber hing ein lila gefärbtes T-Shirt. Ihre Füße steckten in offenen Sandalen, die Fußnägel hatte sie angemalt, aber der Lack bröckelte an den Rändern bereits großflächig ab.

Sie stand etwas verloren im Raum und wusste augenscheinlich nicht, wohin sie blicken sollte. Ihre Zehen krallten sich in die Sohlen der Sandalen. Petra wies mit der Hand auf einen Stuhl, der auf der anderen Seite ihres Schreibtisches stand. Sie selbst lehnte sich mit dem Gesäß ans Fensterbrett. Hin und wieder zog sie es ohnehin vor zu stehen und dabei die Situation von einem erhöhten Standpunkt im Blick zu haben.

»Sie kennen Maja Kosloff? Wie ist denn Ihr Name?«

»Wir waren Kolleginnen.« Das Mädchen sah zu Boden, schabte mit der Fußspitze immer wieder darüber. »Ich bin Janina Petrov. Ich weiß aber nichts.«

Petra ignorierte den letzten Satz. Sie beschloss, behutsam von ganz vorn zu beginnen. »Wissen Sie, ob Maja in der

Nacht des Mordes an Hartmut Meckenwald bei ihm in der Firma gebucht war?«

Janinas Kinn zitterte unmerklich. Sie verschränkte ihre Hände ineinander. Auch an den Fingernägeln bröckelte der Lack. Maja und Janina waren einander recht ähnlich gewesen, beide eher scheu, unsicher und in ihrem Milieu mit Sicherheit völlig deplatziert. Dieser Wagenknecht musste ein seltsames Regiment in seinem Club führen, so verschüchtert wie Maja und Janina waren – beziehungsweise im Fall von Maja gewesen waren. Doch Petra war sich sicher, dass Janina reden würde, man musste ihr nur die Zeit geben, sich zu sortieren, ihre Worte zu formulieren.

Schließlich antwortete Janina: »Kann ich mir nicht vorstellen. Der Meckenwald hatte so seine Vorlieben. Und das hat Maja nicht gemacht. Dabei musste sie immer ko… sich immer übergeben. Empfindlicher Rachen, verstehen Sie. Das kann nicht jede.«

Petra nickte. Abwartend sah sie Janina an.

»Kann ich jetzt gehen?« Janina schabte noch immer mit der Sandale über den Boden. »Robin ist es sicher nicht recht, dass ich hier bin.«

»Robin Wagenknecht hat nicht zu bestimmen, wer hier auf dem Kommissariat eine Aussage macht oder nicht.« Petras Stimme klang schärfer, als sie es beabsichtigt hatte. Wenn sie so weitermachte, würde Janina gleich ganz auf stur schalten. Das konnte Petra ganz deutlich in dem jungen Gesicht lesen. Ein Gesicht, das es einfach noch nicht gelernt hatte, seine Gefühle zu verbergen. »Wissen Sie denn, von wem Maja an ihrem letzten Lebensabend gebucht war?« Petra sprach jetzt leise. Sanft. Fast wie mit einem Baby.

Janina zuckte mit den Schultern. »In jedem Fall war sie im Club. Ganz bestimmt war sie Dienstag da. Aber wer bei ihr war«, Janina zog die mageren Schultern hoch, »das ist ja spontan, nicht wahr? Es fällt den Männern ein, dann kommen sie zu uns. Diskret, rasch und ohne Verpflichtungen.« Janina redete so emotionslos, als erzähle sie, dass sie gleich einen Kaffee trinken gehe. Petra wunderte sich immer wieder darüber, wie ein Mensch mit der Sexualität so distanziert umgehen konnte. Aber wahrscheinlich war es nur Selbstschutz.

Janina schaute nicht auf. Nicht ein einziges Mal hatte sie der Kommissarin in die Augen gesehen. Als Petra Janina so vor sich sitzen sah, wusste sie, dass auch sie in Gefahr war. Wie Maja. Es war ein heikles Unterfangen, Janina hier zu befragen. Nach einer ähnlichen Aktion hatte Maja sterben müssen. Petra entfuhr ein Seufzer. »Also, keine Ahnung?«

»Es waren ein paar Stammkunden da. Aber ich weiß nicht, wer bei Maja gewesen ist. Wirklich nicht. Kann ich jetzt gehen? Bitte?« Janina zitterte. »Darf ich vorher noch was trinken?«

Petra nahm ein sauberes Glas vom Tablett und hielt es unter den Wasserhahn. Janina trank mit großen, geräuschvollen Schlucken. Das Zittern hatte nachgelassen.

»Hatte Maja auch Frauen als Kunden?«

»Ja, aber nur eine. Die ist zweimal oder so da gewesen. Jedenfalls hab ich sie nicht öfter gesehen. Trug Perücke, Brille. Eben, was man trägt, wenn man lieber nicht erkannt werden will.«

Hier merkte Petra, dass Janina log. Vermutlich, weil die Antwort eine Spur zu rasch heruntergesagt wurde, wie auswendig gelernt.

»Kannten Sie andere Kunden von ihr?«

Janina hielt jetzt kurz inne. Es schien, als halte sie die Luft an. »Ich kenne nur einen der Männer. Der fand Maja auch toll.«

»Wer?«

»Der Mann arbeitet bei Meckenwald. Im Büro.« Janina schabte lauter mit den Fußspitzen.

»In Meckenwalds Büro? In welcher Abteilung?« Petra schob ihr Gesäß von der Fensterbank weg. Woher wusste Janina, wer in der Firma arbeitete?

»Keine Ahnung. Habe nur mal gehört, dass er das am Tresen erzählt hat. Der kommt ab und zu in den Club. Dienstags. Der ist geil auf Maja gewesen. Wollte nie eine andere.«

Wieder floss diese Erklärung eine Nuance zu rasch aus ihrem Mund, wieder glaubte Petra nicht, dass diese Aussage wirklich der Wahrheit entsprach.

»Ist Ihnen der Name bekannt?«

Janinas Kinn zitterte, ihre Stimme wurde ganz leise. Petra musste ganz dicht an sie herangehen, um zu verstehen, was sie sagte. Janina schien zu wissen, dass sie sich um Kopf und Kragen redete, und doch tat sie es. Wahrscheinlich, um ihre Kollegin zu sühnen. Mit der geschehen war, was ihnen allen blühen würde, wenn nicht eine von ihnen den Mund auftat. »Keine Ahnung. Wir haben ihn immer ›den Schönen‹ genannt. Weil er eben so schön, so gut aussehend war.«

»Und Sie würden ihn bei Meckenwald jederzeit wieder erkennen?«

Janina nickte. »Das schon, aber ich geh da nicht hin.«

Petra war versucht, ihr beruhigend über das Karottenhaar zu streichen, doch sie ließ es sein. »Das brauchen Sie auch nicht. Wir besorgen Fotos der Mitarbeiter. Aber«, sie hielt kurz inne, »ist es ein großer Mann?«

Janina nickte. »Ziemlich groß.«

10. Kapitel

Carsten hatte nicht gut geschlafen. Die ganze Nacht war Birthe unruhig gewesen, hatte sich hin und her gewälzt und etwas von einer Anna gestammelt. Carsten kannte keine Anna. Und doch schien diese Person seine Frau sehr zu belasten. Sie hatte im Schlaf geweint, um sich geschlagen. Es war ungewöhnlich für Birthe, die sonst meist sehr ruhig schlief. Er hatte irgendwann nach ihrer Schulter gefasst, sie leicht gerüttelt, bis Birthe schließlich ruhiger geworden war.

Danach hatte er allerdings wach gelegen. Er litt darunter, dass sie den Leichnam seines Großvaters noch immer nicht freigeben wollten. Er konnte und wollte sich den von Organen leer geräumten Körper seines Großvaters in diesen Blechwannen, wie es immer in Fernsehkrimis gezeigt wurde, gar nicht vorstellen. In seinen Träumen begleitete ihn stets das Bild des aufgeschnittenen Leibes, dem alles, was das Leben einmal ausgemacht hatte, entnommen worden war. Carsten wäre froh, wenn Hartmut Meckenwald endlich in seinem Eichensarg, mit den gesondert gefertigten Beschlägen, die er sich schon immer gewünscht hatte, liegen würde und der Deckel endgültig über ihm geschlossen würde. Denn nur dann wäre diese Sache endlich irgendwie vorbei, abgeschlossen. Carsten hasste es, ständig wie auf dem Präsentierteller zu sitzen und von allen Seiten betrachtet zu werden.

Als wenn er nicht schon Sorgen genug hätte, beschäftigte sich Birthe nun auch noch mit einer Fremden, mit deren Namen er nichts anfangen konnte, die aber wahrscheinlich die Ursache für die seltsame Entfremdung von seiner Frau war, die er seit dem Tod seines Großvaters mehr und mehr bemerkte.

Am nächsten Morgen hatte Birthe den Frühstückstisch mehr als nachlässig gedeckt. Dabei wusste sie genau, dass Carsten Wert auf Stil und Behaglichkeit legte, es mochte, wenn auf dem Tisch auch Kerzen brannten. Aber nichts dergleichen hatte Birthe getan. Er konnte sich fast glücklich schätzen, dass sie überhaupt Teller hingestellt hatte. Sie saß ungekämmt am Tisch, kaute zerstreut auf der Ecke ihres Toastbrotes herum. Sie hatte sich nicht einmal angezogen.

»Wer ist Anna?« Carsten schlug mit dem Löffel gegen das Ei.

»Anna? Welche Anna?« Birthe lief gerade das Eigelb über die Fingerspitzen, die sie mit spitzen Lippen ableckte. Sie schien um Normalität bemüht.

Carsten glaubte ihr nicht. »Du hast in der Nacht von einer Anna erzählt.« Er pulte die Schale ab. Das Ei roch fischig. Angewidert stand er auf und warf es in den Müll. Birthe antwortete nicht.

»Ich habe dich nach einer Anna gefragt.« Der Stuhl gab ein knarrendes Geräusch von sich, als Carsten ihn über das Parkett zog und sich wieder hinsetzte.

Birthe lachte. Etwas schrill vielleicht. Birthe lachte nie schrill. Sie war ein ausgeglichener Mensch. Eigentlich. Aber jetzt war ihr Lachen, ihre ganze Art anders. Carsten spürte das. Gerade als er zu einer weiteren Frage ansetzen wollte, klingelte das Telefon. Carsten schluckte, umklammerte das Handy. »Ja, ja. Ich komme.«

Birthe sah ihren Mann an. Aber weniger neugierig oder wirklich interessiert, sondern eher, als sei es eine Frage der Höflichkeit, sich nach dem Telefonat zu erkundigen. »Was ist los? Was Schlimmes passiert?«

»Weiß noch nicht. Die Kommissarin will unbedingt zu mir in die Firma kommen.«

Birthe runzelte die Stirn, wirkte aber noch immer abwesend. »Warum denn das?«

»Ich weiß es nicht. Ich fahre jetzt dorthin. Du hast heute Spätschicht?« Er angelte nach seinem Jackett, warf es sich über und steckte sich beim Weggehen noch das letzte Stück Toastbrot in den Mund. »Du solltest dich noch etwas zurechtmachen vorher«, sagte er. Das Stück Brot schien sich noch während des Sprechens im Hals breit zu machen.

Carsten hatte noch nie so sehr das Gefühl gehabt, in einer Situation dermaßen die Kontrolle zu verlieren. Birthe war dabei, sich jeden Tag ein Stück weiter von ihm zu entfernen. Dass die Kommissarin jetzt sogar vorbeikommen wollte, setzte ihm ebenfalls zu. Er wusste noch nicht, was es genau bedeutete. Irgendetwas in der Stimme der Erdmann hatte aber triumphierend geklungen. So als habe sie ihn in der Falle. Gefangen wie eine Maus, auf die nun die Katze wartet.

Es konnte aber auch bedeuten, dass er jetzt endlich seinen Großvater beerdigen durfte. Er wunderte sich selbst, wie ungeheuer wichtig es ihm war. Früher hatte er über das ganze Theater mit Beerdigungen und so weiter gelacht, es als Gefühlsduselei abgetan.

Doch irgendetwas sagte ihm, dass es Petra Erdmann nicht um das Thema Beerdigung ging.

Vor der Firma rannte die Kommissarin auf und ab. Sie war Carsten von Anfang an unsympathisch gewesen. Sie war eine selbstbewusste, fast überhebliche Frau, die es verstand, Menschen zu manipulieren und nach ihrem Gutdünken dorthin zu lenken, wo sie sie haben wollte. Carsten wusste, dass sie es auch mit ihm versuchen würde, doch er wollte ihr diese Chance nicht einräumen. Schließlich unterschied er sich ja in dieser Hinsicht nicht sehr von der Kommissarin.

»Da sind Sie ja endlich.« Petra Erdmann warf einen demonstrativen Blick auf die Uhr. »Fangen Sie immer so spät an?« Ihre Stimme klang merkwürdig dumpf. Sie hatte etwas Siegessicheres. Er hatte sich nicht getäuscht. Die Kommissarin machte den Eindruck, als habe sie einen Trumpf im Ärmel, den sie dann herausholen und ihm unter die Nase reiben würde, wenn sie glaubte, ihr Opfer fest im Griff zu haben.

Carsten verkniff sich einen Kommentar. Erst einmal abwarten, was sie wirklich wollte. Vielleicht ging es ja tatsächlich nur um die Freigabe des Leichnams. Wieder krampfte sich Carstens Magen zusammen. Leichnam. Das klang widerlich. Dem Wort haftete etwas von Verwesung an. Er schüttelte den Kopf, um die sofort aufkommenden Bilder zu vertreiben. Carsten wies mit der Hand in Richtung Eingangstür. »Lassen Sie uns oben alles besprechen.«

Er spürte den prüfenden Blick der Kommissarin, der über die zahlreichen Skulpturen glitt. Dem Ganzen haftete so viel Geringschätzung an, dass Carsten die Lippen aufeinanderpresste. Die Frau hat kein Kunstverständnis, dachte er. Sie würde einen Rembrandt nicht von einem Picasso unterscheiden können. Wahrscheinlich dachte sie sogar, die Mona Lisa sei eine Apfelsorte.

Als sie in Carstens Büro angekommen waren, wies er auf einen Stuhl. »Setzen Sie sich, Frau Erdmann!« Carsten lächelte scheinbar zuvorkommend. »Ich lasse Kaffee bringen.« Carsten wartete die Antwort der Kommissarin gar nicht ab, drückte auf die Lautsprecheranlage und wies Mechthild an, eine Kanne Kaffee und eine Schale mit Keksen fertig zu machen.

Seine Sekretärin sah schlecht aus. Sie würdigte Carsten keines Blickes. Mit einem Kopfnicken stellte sie die Tassen hin und brachte kurze Zeit später auch die Kanne und einen Teller mit Gebäck. Bei genauerem Hinsehen sah Carsten, dass ihre Hände leicht zitterten. Es tat ihm leid, falls er sie verletzt haben sollte. Aber sie wusste schließlich, wie die Situation war. Eine einfache Affäre wäre nicht möglich. Er würde Verpflichtungen eingehen müssen. Das war so ziemlich das Letzte, was ihm vorschwebte.

Als Mechthild das Büro verlassen hatte, wandte sich Carsten wieder der Kommissarin zu. Er schenkte ihr Kaffee ein. »Milch? Zucker?« Carsten reichte beides herum. »Was führt Sie zu mir? Ich hoffe auf die gute Nachricht, endlich meinen Großvater beerdigen zu dürfen.«

Petra schüttelte unmerklich, aber bedauernd den Kopf. Sie ging auf seine Bemerkung gar nicht erst ein. »Wie viele Mitarbeiter beschäftigen Sie, Herr Meckenwald? Männliche, meine ich.« Es schien Carsten, als habe ihm die Frau gar nicht zugehört. Sie verschwendete definitiv keine Zeit mit Nebensächlichkeiten, preschte vor wie ein Hund, der Witterung aufgenommen hat.

Carsten runzelte die Stirn. »Das weiß ich aus dem Stegreif nicht. Warten Sie …« Er versuchte, im Kopf nachzuzählen, entschied sich dann aber doch, den PC einzuschalten und es dort zu überprüfen.

»Da komme ich auf über zweihundert. Mit dem Hausmeister.« Letzteres sollte ein Witz sein, aber die Kommissarin verzog nicht einmal das Gesicht.

»Was wissen Sie über das Freizeitverhalten Ihrer Leute?«

Carsten richtete sich empört auf. »Das geht mich als Chef wohl nicht wirklich etwas an. Da kümmere ich mich auch nicht drum.«

»Nun ja, alles wird Ihnen ja nicht verborgen geblieben sein.« Petra durchbohrte ihn mit einem Blick, der es in sich hatte.

»Was sollen diese Fragen, Frau Erdmann?« Carsten nahm einen Schluck Kaffee. Er war heiß, brannte sich in seine Lippen ein.

Die Kommissarin schien plötzlich alle Zeit der Welt zu haben. Sie lehnte sich auf ihrem Stuhl zurück und schlug die Beine übereinander.

»Einer Ihrer Mitarbeiter war an dem Mordabend in dem Etablissement, in dem die verdächtige Prostituierte Maja gearbeitet hat, die am nächsten Morgen tot aufgefunden wurde. Es muss ein großer, kräftiger Mann sein.«

»Großer kräftiger Mann«, überlegte Carsten. Seine Hände wurden merklich feuchter. Um Zeit zu gewinnen, griff er wieder nach der Kaffeetasse. »Wer ist hier groß und kräftig?« Er legte die Stirn in Falten.

»Na, Sie zum Beispiel.« Petra Erdmann stellte während dieser Worte das Bein auf den Boden zurück. Als der Absatz aufschlug, knallte es wie ein Schuss.

* * *

Vor ihrem Dienst hatte Birthe die letzten Briefe bei der Übersetzerin abgeholt. Sie wollte sie später zu Hause in Ruhe lesen. Ganz zu Anna abtauchen, als nehme sie Kontakt zu ihr auf. Wenn sie still da saß, glaubte sie oft, ihre Stimme zu hören. Sie war hell und klar und doch von großer Festigkeit. Oft glaubte Birthe auch, Anna riechen zu können. Sie hatte einen frischen Duft. Ein bisschen wie das frisch gemähte Gras im Sommer, ein bisschen wie Haut, wenn sie viel Sonne gesehen hat. Annas Haar hatte einen besonderen Duft. Birthe stellte sich vor, es sei wohlriechend wie die Rosen, die sich in voller Pracht im Sommer am Spalier rankten. Üppig, voller Kraft und gleichzeitig so schön anzusehen, dass einem das Auge überging.

Birthe wusste selbst, dass sie Anna idealisierte. Aus ihr eine Frau machte, die es in der Vollkommenheit gar nicht gegeben haben konnte, weil es solche Menschen nur in Märchen gab. Obwohl ihr das klar war, ließ sie sich nicht davon abbringen, sich Anna weiter so zurechtzudenken. Und noch eins war ihr klar: Dass sie sich so davon ablenkte, sich Gedanken darüber zu machen, warum gerade sie die Briefe bekam und vor allem, was es mit ihnen auf sich hatte. Sie ahnte, dass es vielleicht in Zusammenhang mit dem Tod Hartmuts stand, doch sie ließ diese Gedanken nicht zu dicht an sich heran. Es erschien ihr zu gefährlich. Instinktiv wusste sie, dass diese Briefe vielleicht Licht in die Umstände des Todes von Hartmut bringen würden. Den ersten Brief hatte sie schließlich unmittelbar nach Hartmuts Tod erhalten. Wahrscheinlich war das der Grund, warum sie Carsten all das vorenthielt. Wenn die Hintergründe für Hartmuts Tod bei den Zwangsarbeitern in der Zeit des Krieges zu finden waren, würde Carsten versuchen, es zu vertuschen. Er war so. Niemals würde sich Carsten der Verantwortung stellen. Immer würde er versuchen, die Wahrheit so zu verbiegen, dass jeder ihr ausweichen konnte. Hauptsache, Hartmut und die Firma, jetzt unter seiner Leitung, standen gut da. Das hatte für Carsten oberste Priorität.

Immer wieder lief sie während der Arbeitszeit an ihrem Schrank vorbei, war in Versuchung den Brief herauszuholen und zu lesen, traute sich aber nicht, weil sie Angst hatte, zu sehr aufgewühlt zu werden und sich dann nicht mehr auf ihre Arbeit konzentrieren zu können. Sie war so froh gewesen, als vorhin das Telefon geklingelt hatte und Carsten nicht weiterfragen konnte.

Es fiel Birthe heute ohnehin unendlich schwer, sich auf die Arbeit zu konzentrieren. Immer wieder hörte sie nicht richtig hin, wenn eines der Kinder etwas zu ihr sagte, was ihr schließlich einen bösen Kommentar einbrachte. »Die Birthe mag uns heute gar nicht. Sie hat mir nicht zugehört.« Birthe mochte es nicht, wenn diese Kinderaugen so traurig blickten. Sie nahm den Jungen in den Arm, der sofort breit zu lächeln begann. In Gedanken trat sich Birthe selbst in den Hintern. Sie musste sich zusammenreißen. Das hier war das Leben. Anna war Vergangenheit. Anna war tot.

Und doch: Selbst dass die Kommissarin Carsten noch einmal aufsuchte, war momentan für sie nebensächlich, Hauptsache, sie konnte mehr von Anna erfahren. Es war, als sende Anna ihr Nachrichten aus dem Jenseits, um ihr irgendetwas mitzuteilen. Nur was? Was wollte Anna ihr sagen? Oder besser der Mensch, der ihr die Nachrichten zukommen ließ. Immer wohldosiert. In winzigen Dosen. Nur nicht zu viel auf einmal verraten.

Nach dem Dienst holte sie schon im Auto den Umschlag aus der Tasche, steckte ihn aber doch wieder zurück. Sie würde ihn erst zu Hause öffnen. In ihrem Zimmer.

Juni 1943

Eddas Cousins sind heute auf den Hof gekommen. In Uniform. Arrogant sehen sie aus damit. Ihre kurzen Haare lassen die Ohren viel zu groß erscheinen. Sie ragen dann unter dem Soldatenkäppi hervor. Wir haben darüber gelacht und ihnen zugewinkt, da sind die Ohren ganz rot geworden. Sie dürfen sich darüber nicht freuen. Wir sind für sie keine ehrenhaften Frauen. Nicht nur, dass wir nicht deutsch sind. Wir haben schwarzes Haar und dunkle Brauen. Unser Teint ist nicht weiß, sondern von der Sonne dunkel gebräunt, was die Zähne viel weißer erscheinen lässt als die der Menschen hier. Wenn man sie noch hat. Ich habe noch Glück, meine Zähne sind alle noch da. Wenn hier einer fault, muss er raus. Den meisten fehlen etliche, und für die Frauen ist es besonders schlimm, wenn es einer der Schneidezähne ist, weil es die Schönheit schmelzen lässt, weil man nicht mehr unbefangen lachen kann. Wobei wir alle ohnehin nicht mehr viel lachen. Zu viel passiert um uns herum, zu viel Angst haben wir. Natalia hat vorgestern etwas zum Lager bringen müssen. Sie hat Pawel mitgenommen. Der Junge war ganz verstört hinterher. Er sagt, die Bärte hätten ihn gekitzelt, und die Blechschüsseln für die Suppe waren so laut. Ich glaube, dass er etwas anderes gesehen hat, aber er redet nicht drüber. Das tun wir ja alle nicht. Was soll man auch schon erzählen. Wem soll man berichten, wie es einem hier ergeht? Besser man sagt nichts, sondern schiebt es ganz nach hinten, verschließt die Seele und alle Träume. Dabei liebe ich die Freiheit so sehr.

Hier bleibt eigentlich nicht einmal Raum zu träumen. Jede Sekunde muss ich achtsam sein, dass alles gerade läuft. Bei mir, bei Pawel. Jedes falsche Wort kann tödlich sein. Da passen Träume nicht.

Birthe legte das Papier einen Augenblick zur Seite. Eine Welt ohne Träume. Wie leer, wie armselig musste das gewesen sein. Es wunderte sie selbst, wie nah sie sich Anna fühlte, wie tief ihre Sehnsüchte sie berührten. Sie würde die halbe Welt nach Anna absuchen, wenn sie wüsste, dass sie noch lebte. Es gab nichts, was Birthe sich mehr wünschte, als diese Frau kennenzulernen. Sie griff wieder nach dem Papier.

Wie dumm ich war, die Freiheit nicht zu schätzen. Hier darf ich nicht einmal essen, wonach es mich gelüstet, selbst wenn es vor meiner Nase hängt. Ich darf in kein Wirtshaus gehen. Nicht einmal die Kirchen stehen uns offen. Obgleich doch derselbe Herrgott über uns wacht. Ich darf eigentlich gar nicht sein. Als wahrer Mensch meine ich.

Ich weiß von anderen Höfen, dass die Bauern viele Verbote ignorieren und es den Arbeitern gut geht. Sie gehen ein großes Risiko ein. Wenn das rauskommt, droht ihnen schwere Strafe. Aber da tickt scheinbar noch ein Herz in deren Brust, kein Stein, der so kalt und eingefroren ist wie das ewige Eis. Unsere Bäuerin will uns leiden sehen. Vor allem mich will sie leiden sehen. Sie spießt mich mit ihren Blicken auf. Irgendwann wird sie mich töten, das ist sicher.

Anna

* * *

Mechthild hatte die Tür nicht ganz geschlossen. Sie wollte hören, was die Kommissarin Carsten zu sagen hatte. Er hatte es nicht anders verdient. Genau wie der Alte. Carstens Kuss war wunderschön gewesen, noch immer brannten ihre Lippen wie Feuer, noch immer glühte ihr Körper, wenn sie an diese Berührung dachte. Aber er stellte sich der Sache nicht. Sie wusste genau, dass er eigentlich sie liebte. Auch wenn er sich darüber noch nicht im Klaren war.

All ihre Strategien waren bislang nicht wirklich aufgegangen, nicht so, wie sie sich erhofft hatte. In ihr brodelte Wut. Wut über die Zurückweisung, Wut über die mögliche Niederlage. Carsten würde büßen müssen und dabei gleichzeitig erkennen, wie wichtig sie für ihn war. Vielleicht funktionierte ihr neuer Plan tatsächlich. Mechthild beglückwünschte sich zu ihrem brillanten Einfall. Sie glaubte nicht, dass Birthe mit einem vermeintlichen Mörder verheiratet sein wollte. Zwietracht und Misstrauen waren ein großartiger Ansatz, um eine Ehe zu zerstören. Zufriedenheit durchströmte sie warm. Selbst wenn Carsten für lange Zeit hinter Gitter musste, sie würde bei ihm sein. Ihm die Treue halten. Fünfzehn Jahre gingen vorbei. Birthe würde diese Geduld nicht haben. Sie schon. Hauptsache, Carsten gehörte ihr. Ob er nun bei ihr wohnte oder im Gefängnis. Das war völlig unerheblich.

Dann durchzuckte sie ein heißer Stoß. Was war, wenn man Carsten nicht mitnahm? Dann gab es für sie nur eine Möglichkeit. Der heiße Stoß ebbte merklich ab, ihre kurzfristig gestiegene Herzfrequenz senkte sich wieder. Mechthild spürte, dass der Gedanke ihr keine Angst machte. Für seine Ziele musste man Opfer bringen. Sie fühlte sich wie in einem Kokon, der verhinderte, dass die Dinge sie zu stark berührten. Sie würde ihn auch erst wieder verlassen, wenn die Dinge geklärt waren und der Weg zu Carsten endlich frei war. Sie hatte diesen Weg begonnen und würde ihn zu Ende gehen. Ohne Rücksicht zu nehmen. Das hatte sie schon viel zu lange getan. Wie viele Jahre stand sie jetzt bereits in dieser Warteposition. Warten war ihr zum Tagesinhalt geworden. Nach Carstens Kuss jedoch hatte sich etwas verändert. Ihr war bewusst geworden, dass sie des Ausharrens überdrüssig war.

* * *

Pawel war müde. Aber er war noch nicht fertig. Er war sich im Augenblick nicht mehr sicher, ob Birthe den Weg wirklich so gehen würde, wie er es vorgesehen hatte. Er hoffte so sehr, dass Anna Birthes Innerstes treffen würde. Nur dann würde sie verstehen und letztlich sicher richtig handeln. Sie musste es einfach. Es war seine einzige Chance.

Pawel spürte, dass sein Atem schneller ging. Seine Uhrzeiger hielten gnadenlos auf die endgültige Zwölf zu, waren nicht zu stoppen. Warum nur war er zu schwach gewesen, es rechtzeitig in die Wege zu leiten? Ja, er war ein Schwächling. Damals hatte er nichts für Anna tun können. Tatenlos mit angesehen, wie sie niedergemacht und ihrer Seele beraubt wurde. Es hatte sogar Augenblicke gegeben, wo er sie dafür gehasst hatte, dass sie sich nicht wehrte, alles mit sich machen ließ. Obwohl er genau gewusst hatte, dass es für sie kein Entrinnen gab, nie gegeben hatte. Sie war eine Puppe in ihren Händen gewesen, die so spielen musste, wie der Puppenspieler es plante. Doch dessen Hände spielten nicht mehr.

Pawel ballte die Faust, spürte die Kuppen seiner Nägel am Handballen. Er schloss die Hand fester, spürte den Schmerz. Er musste durchhalten. Um alles in der Welt. Für Anna.

* * *

»Ich war nicht in dieser Bar.« Carsten Meckenwalds Frisur hatte in der letzten halben Stunde merklich gelitten. Sein Gel hielt das Haar nicht mehr dort, wo es hingehörte. Petra hatte in seinem Büro nicht lange gefackelt, ihn gleich mit auf das Revier genommen. Ihre Überlegung, dass sich ein Typ wie Carsten Meckenwald in den eigenen Wänden viel zu sicher fühlen würde, hatte sich nämlich in seinem Büro schon sehr bald bestätigt. Hier dagegen schrumpfte der Mann zusehends. Petra liebte das. Das war das Schöne an ihrem Beruf. Wenn sie Tatverdächtige kleinkriegen konnte, wenn sie unter ihren Fragen immer mehr einbrachen. Das stärkte Petra, ließ sie über sich hinauswachsen. Menschen wie Maja und Janina dagegen taten ihr leid. Sie waren unverschuldet in ihre Lage geraten. Das Leben hatte sie dorthin getrieben. Bis zur Ausweglosigkeit.

Bei Carsten verhielt es sich anders. Solche Menschen morden aus purer Berechnung. Doch sie musste aufpassen, dass sie sich nicht vorschnell auf ihn als Verdächtigen einschoss. Petra konzentrierte sich wieder auf den vor ihr sitzenden Mann.

»Ich war nicht in dem Club. Soll diese Frau doch behaupten, was immer sie will.«

»Sie hat Sie anhand eines Fotos erkannt, Herr Meckenwald.«

»Eine Nutte«, Carsten spuckte das Wort förmlich aus, »ist weder glaubwürdig noch seriös, sondern allenfalls käuflich.« Mit dieser Bemerkung bekam er anscheinend seine Fassung zurück. Er saß wieder gerader auf dem Stuhl, und auch seine Frisur ordnete sich zusehends, als er mit den Händen hindurchstrich und die Haare in die richtige Form brachte. Nun war er wieder ganz der erfolgreiche, jung gebliebene Geschäftsmann.

»Herr Meckenwald. Prostitution ist ein Beruf, der sicher nicht jedem schmeckt. Aber er ist ein Bestandteil der Gesellschaft, ob es Ihnen passt oder nicht. Schließlich wird er ja auch von Ihresgleichen genug genutzt. Es gibt keinen Grund, die Glaubwürdigkeit der Frau infrage zu stellen. Sie ist mit Sicherheit nicht korrupter als Angehörige anderer Berufsstände.«

Petra versuchte erneut, Carsten Meckenwald zu verunsichern, aber der hatte sich wirklich wieder gefasst. Der Moment der Schwäche war vorüber.

»Ich war nicht dort, und ich habe auch diese Nutte nicht über den Südstrandkai getrieben. Ich kenne keine Maja, bin glücklich verheiratet, und mich zieht es nicht zu Prostituierten. Ob Sie es glauben oder nicht.« Über Carstens Gesicht glitt ein selbstgefälliges Grinsen. »Denn wenn ich Lust auf eine andere Frau als meine hätte, dann glauben Sie doch wohl, dass ich das umsonst kriegen würde.« Er lehnte sich in seinem Sessel zurück. »Und es nicht mit einer machen müsste, über die gerade zehn andere Männer gestiegen sind. Ganz abgesehen davon«, seine Stimme gewann an Lautstärke, »hätte ich mich in dem Fall eine Klasse höher bedient.«

Petra glaubte ihm diese Bemerkung aufs Wort, was ihn allerdings nicht unbedingt sympathischer machte. Es änderte auch nichts an der Tatsache, dass Janina ihn am Mordabend im Club gesehen haben wollte und die alte Frau später einen großen Mann beobachtet hatte, der mit an Sicherheit grenzender Wahrscheinlichkeit Majas Mörder war. Auch letztere Beschreibung könnte auf Carsten zutreffen. Doch die Argumente von seiner Seite waren nicht unplausibel. Andererseits hatte auch sein Großvater sich auf genau dem Niveau vergnügt.

»Warum haben Sie Maja getötet?« Petra versuchte, Carsten mit dem Frontalangriff zu überraschen. Es glückte nicht. Der Mann war so hart zu knacken wie eine Paranuss.

»Es reicht, Frau Erdmann.« Carsten fuhr vom Stuhl hoch. »Sie überschätzen Ihre Kompetenzen. Ich möchte meinen Anwalt sprechen.«

* * *

Birthe hatte die Nacht nicht geschlafen. Sie hatten Carsten tatsächlich auf dem Kommissariat behalten. Ganz kurz war sie zu ihm durchgelassen worden, bevor er nach Fedderwardergroden in seine Zelle gebracht wurde. Er schien jedoch ganz entspannt. Carsten ließ sich durch nichts so schnell aus der Ruhe bringen. Irgendwie hatte Birthe das beruhigt. Wenn er sich nicht aufregte, was sollte dann Schlimmes geschehen? Er war mit Sicherheit nicht der Mörder dieser Prostituierten. Warum auch? Es gab doch gar keinen Grund dazu. Selbst wenn die junge Frau Hartmut getötet hatte, warum sollte Carsten sie dann im Gegenzug umbringen? Es hätte doch genügt, sie in dem Fall der Polizei auszuliefern, wo sie der gerechten Strafe nicht entronnen wäre. Birthe verfluchte aber insgeheim Hartmut, der sie durch seine Vorlieben erst in diese Situationen hineinmanövriert hatte.

Ihre eigene Aussage war für die Polizisten nur reine Routine gewesen. Birthe hatte aber in ihren Blicken durchaus lesen können. Sie waren gleichzeitig mitleidig und geringschätzig gewesen. Nicht einer hatte sie normal angesehen. Hinter jeder Gesichtsfassade war zu erkennen, was die Männer dachten. Sie bedauerten die dumme junge Ehefrau eines reichen Mannes, deren Mann augenscheinlich im Rotlichtmilieu verkehrte und dabei eine junge Prostituierte auf dem Gewissen hatte. Das Schlimmste war, dass sie gar nichts zu Carstens Entlastung beitragen konnte. Sie hatte Dienstagabend gearbeitet, war nicht zu Hause gewesen. Wenn sie Spätdienst hatte, schlief sie in ihrem eigenen Schlafzimmer. Sie wollte ihn nicht wecken, da sie die Angewohnheit hatte, nach dem Dienst stets lange zu lesen, um zur Ruhe zu kommen. So konnte sie natürlich nicht sagen, ob Carsten in der Nacht noch einmal losgefahren war.

»Obwohl ich das normalerweise hören würde, Frau Erdmann«, hatte sie gesagt. Und auch, dass Carsten bei ihrer Rückkehr von der Arbeit schlafend in seinem Zimmer gelegen hatte. »Ich schaue doch immer, ob er da ist. Aber ich will ihn dann nicht wecken. Gerade jetzt braucht er seinen Schlaf, das verstehen Sie doch, oder?« Es hatte aber nichts genützt. Carsten musste dort bleiben.

»Mein Anwalt holt mich hier raus«, hatte er gesagt und unbeirrt wie immer geklungen. Birthe war sich sicher, dass er die Sache im Griff hatte. Carsten hatte immer alles im Griff. Im Gegensatz zu ihr. Birthe hatte das Gefühl, als entglitte ihr im Augenblick alles. Seit Hartmuts Tod war ihr Leben gekippt wie eine Nussschale auf dem Wasser. Sie schaukelte hilflos durch die Fluten und hoffte darauf, heil irgendwo einzutreffen. Das große Problem war nur, dass sie diese Schale eben nicht steuern konnte, ihr passiv ausgeliefert war. Und das gefiel ihr gar nicht.

Heute war der nächste Briefteil angekommen. Es schockierte Birthe, wie begierig sie auch jetzt, in ihrer Lage, auf die Fortsetzung von Annas Tagebuch war. Sie konnte einfach nicht anders, sie musste nach dem Brief greifen, sich an das Geschriebene klammern und es in sich aufsaugen.

Juni 1943

Ich weiß nur, dass ich alles ertragen werde, wenn das hier vorbei ist. Weil ich mein Innerstes nicht weggeworfen, sondern nur eingeschlossen habe. Ich bin immer noch ich. Anna Dzierwa. Ich werde nicht mit hohlem und leerem Blick hier herumlaufen, egal was geschieht. Ich lasse mich nicht unterkriegen.

Edda hat von der Bäuerin Schläge bekommen. Weil sie Pawel Brot gegeben hat. Weil sie mit mir spricht. Sie schaut nur kurz zu mir. Formt mit den Lippen so etwas wie »Entschuldigung«. Sie traut sich nicht mehr in meine Nähe. Der einzige Mensch, der hier auf dem Hof Mensch ist, traut sich nicht mehr.

»Wundere dich nicht, Anna«, hat Natalia mir zugeraunt. »Die dürfen nicht mit uns reden. Auch Edda nicht. Es könnte sie alles kosten. Das riskiert sie nicht.«

Ich denke, dass ihre eigene Mutter sie sicher nicht verraten wird, aber kann ich mir bei der Bäuerin wirklich sicher sein? Hass ist der Tod aller Liebe, vielleicht auch zu der eigenen Tochter.

Ich schließe die Augen, träume mich weg von hier. Weit weg, dann kann ich alles besser ertragen.

Meine Würde habe ich auf dem Bahnsteig in meiner Heimatstadt abgegeben und alles trotzdem mit meinem in mir wohnenden Stolz ertragen. Auch wenn Mutter mir stets beibringen wollte, Stolz sei nicht gut, mache hochmütig und kühl, so bin ich doch froh, ihn mir erhalten zu haben. Er lässt mich Dinge anders sehen – und gibt mir Kraft, für Pawel zu kämpfen, weil er seinen Stolz nie verlieren darf. Denn wenn einem alles genommen wird, so bleibt doch dieses eine

Gefühl. Es tut gut, es zu haben. Es gehört mir. Es gibt mir eine Macht, die sie nicht bezwingen können.

Meine größte Prüfung war der Bauer. Dieses eine Mal im Heu. Ich könnte es melden. Sie dürfen das nicht, auch wenn sie es hin und wieder tun. Sie würden verurteilt werden. Aber nur, wenn man mir glaubt. Wenn nicht, kann es schlimm für mich enden. Ich denke, mir würde es niemand abnehmen. Sie würden den Spieß umdrehen und mich damit erdolchen. Die Familie hier ist hoch angesehen. Es bleibt also an mir, mit dem Schmerz und der Erniedrigung zu leben. Doch ich bin stark. Ich werde trotz der Sache meinen Stolz bewahren, auch wenn ich mich nicht mehr aufsparen kann für den, den ich einst lieben wollte. Jetzt bin ich frei, all die Dinge zu tun, die mir gefallen. Bin frei zu entscheiden, was ich mit mir machen lasse und was nicht. Weil er mir alles genommen hat, was einer jungen Frau wichtig ist.

Es ist merkwürdig, dass mir das jetzt eine gewisse Unabhängigkeit beschert. Es ist aber keine glückliche Art der Selbstbestimmung. Es ist die Logik des Krieges, die uns Menschen von einer Sekunde auf die andere verändert. Glück werde ich erst wieder empfinden, wenn ich über die Wiesen der Heimat hüpfen, meine eigenen Kühe melken und meiner kleinen Katze übers Fell streichen kann.

Bis dahin werde ich alles ertragen. Ein anderer Mensch sein als der, der aus Polen von der Familie weggegangen ist. Weil ich in der kurzen Zeit hier gelernt habe, was ich aushalten kann. Und was ich vergessen oder so weit nach hinten schieben kann, dass ich es ertrage.

Gerade sind die jungen Männer wieder hier herumgestromert. Sie ziehen uns regelrecht mit ihren Blicken aus. Der eine sieht auch richtig gut aus. Trotz der Ohren, die das Käppi umschließen. Aber was rede ich. Es sind die Söhne der Bauern hier ringsherum. Söhne des Landes, das uns behandelt wie Dreck.

Anna

11. Kapitel

Petra war nicht zufrieden. Sie würde Carsten Meckenwald laufen lassen müssen. Sie hatte nichts gegen ihn in der Hand. Weder im Mordfall Maja noch im Falle seines Großvaters, bei dem sie ihn aber ohnehin nie im Verdacht gehabt hatte. Natürlich waren seine Fingerabdrücke im Zimmer seines Großvaters zu finden gewesen. Natürlich gab es überall Spuren von ihm. Aber eben auch von anderen Personen wie der Sekretärin oder Maja.

Carsten stritt weiterhin ab, im Club gewesen zu sein, und sie konnte ihm nicht das Gegenteil beweisen. Auf weiteres Nachfragen hatte sich Janina in kleinere Unregelmäßigkeiten verstrickt, die ihre Glaubwürdigkeit infrage stellten.

Petra schlug mit der Faust auf den Tisch. Der Milchschaum ihres frisch gebrühten Cappuccinos spritzte über die Akte Meckenwald. Warum zum Teufel kam sie nicht weiter? Sie hatte noch nie einen Fall gehabt, der so eindeutig und gleichzeitig so hoffnungslos war. Wäre Maja noch am Leben, wäre das Ganze einfacher. Aber sie war tot und würde das große Geheimnis mit ins Grab nehmen, so ihr Leichnam denn in der nächsten Zeit freigegeben würde. Denn dass sie aus irgendeinem Grund wegen Hartmut Meckenwald sterben musste, daran bestand für Petra einfach kein Zweifel.

Dann trat Carsten Meckenwalds Anwalt in ihr Büro ein und forderte die Freilassung seines Mandanten. Obwohl Petra mit seinem Auftauchen gerechnet hatte, ärgerte sie sich jetzt doch, dass sie dem Juristen nicht einfach ins Gesicht grinsen und ihm neue überzeugende Erkenntnisse präsentieren konnte, die eine Freilassung leider unmöglich machten. Aber Carsten wäre ein Bauernopfer gewesen, und Petra wollte den oder die echten Täter. Sie wollte wissen, warum sie es getan hatten. Nichts war für sie so wichtig wie die Hintergründe eines jeden Mordes. Es war eben nicht nur die Tatsache, der Gerechtigkeit Genüge getan zu haben. Es war für sie genauso wichtig, mehr über die Täter und ihr innerstes Motiv zu wissen. Auch wenn ein Mord für sie nie nachvollziehbar war, so wollte sie zumindest versuchen zu verstehen. Verstehen, was die Menschen dazu brachte, ein Leben als nicht mehr lebenswert zu betrachten. Sich über die Schöpfung und das Schicksal zu stellen und oft binnen einer Sekunde die Entscheidung über Leben und Tod zu treffen.

Der Anwalt räusperte sich. Er selbst hatte noch einmal mit der Prostituierten gesprochen. Sie wirke verunsichert und wie fremdgesteuert, er sei nicht sicher, ob sie wirklich die Wahrheit sage. Die alte Frau habe auf das Foto nur mit einem Schulterzucken reagiert, Herrn Meckenwald keinesfalls erkannt. »Das bedeutet im Klartext, Frau Erdmann: Selbst wenn mein Mandant an dem Abend im Eros Club gewesen ist, was ich absolut anzweifle, da der Mann glücklich verheiratet ist, so muss er keineswegs Kontakt zu Maja gehabt haben. Vor allen Dingen gibt es keinerlei Beweise, dass er es war, der sie über den Südstrandkai getrieben hat. Wenn das überhaupt stimmt. Die alte Dame kam mir doch etwas verwirrt vor«, schloss der Anwalt seine Ausführungen, rückte die Brille zurecht und schaute Petra über den Rand hinweg herausfordernd an. Er wirkte dabei furchtbar selbstherrlich.

Petra hatte schon in der Schulzeit mit Menschen dieser Art gehadert. Es waren diejenigen, die sich immer pünktlich zum Unterricht eingefunden, die nie das Schulgelände verbotenerweise verlassen hatten und in deren wohlgepflegtem Gesicht natürlich auch nie eine Zigarette gesteckt hatte. Carstens Anwalt passte genau in das Schema.

Petra zuckte mit den Schultern. Sie empfand sein Gehabe im Augenblick als pure Provokation, wusste aber gleichzeitig, dass sie dem nichts entgegenzusetzen hatte.

»Ich lasse ihn holen«, sagte sie schließlich.

Als Carsten Meckenwald dann schließlich vor ihr stand, die Hände in den Taschen seiner Jeans, das Haar perfekt gegelt und mit einem Lächeln im Gesicht, das die Augen nicht erreichte, war sie sich nicht sicher, ob sie jetzt nicht gerade doch einen schwerwiegenden Fehler beging, wenn sie den Mann laufen ließ. Auf der anderen Seite musste sie dem Anwalt in jedem Punkt recht geben. Es gab tatsächlich keine konkreten Verdachtsmomente und Motive, die ihn auch nur für einen der Morde in Betracht kommen ließen. Und wie groß war die Wahrscheinlichkeit wirklich, dass er sich nachts noch aus dem Haus geschlichen hatte, um in den Eros Club zu gehen und später Maja zu ermorden? Er wäre dabei ein großes Risiko eingegangen. Denn es bestand immer die Möglichkeit, dass seine Frau das Verschwinden doch bemerkt hätte.

Resigniert verabschiedete sich Petra von Meckenwald, entschuldigte sich förmlich für die Unannehmlichkeiten, auch wenn es ihr im Prinzip völlig egal war, ob Carsten nun welche gehabt hatte oder nicht. Sie fragte ja auch keiner.

* * *

Pawel schlich um das kleine Haus. Immer genug Abstand haltend, immer darauf achtend, dass der Hund keine Witterung bekam. Er durfte nicht auffallen. Er wollte ihn nur sehen. Schauen, was er so tat. Pawels Anrufe hatten ihn nicht beeindruckt. Er war ein starker Mann. Stolz. Ließ sich nicht durch anonyme Telefonate von seinem Leben ablenken. Johann Claaßen war ein geradliniger Typ, hatte sich in den Wirren des Lebens behauptet. Das sah Pawel schon an seiner Haltung, der Art, wie er den Kopf hielt. So klein und schmächtig er körperlich auch schien, so stark waren sein Geist, seine Seele.

Wenn sich Pawel auf etwas verstand, dann darauf, abzuschätzen, was für ein Mensch vor ihm stand. Das hatte er damals, während seiner Zeit auf dem Hof, schnell gelernt. Denn es war überlebensnotwendig, ein paar Dinge rasch zu erfassen. Ein kurzer Blick in die Augen, eine Einschätzung der Körperhaltung und das Beobachten von Gestik und Mimik, was fast nie täuschte. Spätestens, wenn der Mensch seinen Mund öffnete und die ersten Silben über seine Lippen kamen, wusste Pawel, mit was für einem Menschen er es zu tun hatte.

Johann Claaßen war ein gestandener Mann, genauso, wie Pawel es immer vermutet hatte. Er war sich zeitlebens sicher gewesen, dass Johann seinen Weg gemacht hatte. Genau wie Hartmut. Zwei so unterschiedliche Charaktere, aber doch zielstrebig und jeder auf seine Art in der Gewinnerspur.

Jetzt schlenderte Johann durch den Garten, schmauchte seine Pfeife, hielt immer wieder an, zupfte an ein paar Blüten herum oder bückte sich, um einen überflüssigen Grashalm aus dem Braun des Ackers zu entfernen. Er wirkte wie ein Mann, den es nicht störte, in einer hektischen Welt Zeit für das Schöne im Leben zu haben. Hin und wieder sah Johann zum Himmel, sog die klare Morgenluft ein, schien den süßlichen Duft des Sommermorgens in sich aufzunehmen, um sich vielleicht in schlechteren Zeiten daran zu erinnern.

Pawel musste einen Weg finden, an diesen Mann heranzukommen, falls es mit der jungen Frau nicht so laufen sollte, wie er es sich erhoffte. Nicht zum ersten Mal verfluchte er die Gabe, den Charakter eines Menschen so schnell und so gut einschätzen zu können, hinderte es ihn doch auch manchmal daran, Dinge einfach zu versuchen und sie nicht schon von vornherein als aussichtslos zu betrachten. Das hatte er von Anna. Sie hatte ihn geprägt in den ersten elf Jahren seines Lebens. Sie waren sieben Kinder gewesen. Mutter hatte damit zu tun, das tägliche Essen heranzubringen. Vor allem, als Vater nicht mehr lebte. Anna war für die Kleinen zuständig. Sie kümmerte sich um alles. Und die Geschwister liebten sie. Anna war es, die ihm die Tränen getrocknet hatte, wenn er von der Schaukel gefallen war. In Annas Bett war er gekrochen, wenn die bösen Traumdämonen die Nacht unerträglich gemacht hatten. Und Anna war es, die ihm diese Menschenkenntnis eingepflanzt hatte. Unter ihrer Beobachtungsgabe war sein Auge für die kleinen Nuancen in den Gesichtern der Menschen geschult worden. Ihr Blick für die wesentlichen Dinge war scharf, sicher und immer richtig gewesen. Bis auf ein einziges Mal. Da hatte sie geirrt. Dieser eine Irrtum war tödlich gewesen.

* * *

Mechthild sah erstaunt von der PC-Tastatur auf, als die Tür klackte und in der für Carsten charakteristischen Weise aufgestoßen wurde. Mit dem Erscheinen ihres Chefs hatte sie nicht gerechnet. Sie erhob sich, umrundete den Schreibtisch und ging auf Carsten Meckenwald zu. Sie bemühte sich um ein überraschtes und freudiges Lächeln, war sich aber nicht sicher, ob es ihr wirklich gelang.

»Ich hatte große Sorge, dass man Sie dabehalten würde, Carsten«, setzte sie an. »Möchten Sie Kaffee?« Mechthild hoffte, dass wirklich eine Spur Anteilnahme in ihrer Stimme zu finden war.

Carsten schüttelte den Kopf und Mechthild sah mit Genugtuung, wie sich eine leichte Blässe über sein Gesicht zog. Sie vermutete, dass er sich auf dem Revier recht cool gegeben hatte. Und anscheinend war er noch nicht zu Hause bei seiner Frau gewesen, denn er sagte: »Ich möchte erst telefonieren.«

Das war typisch für die Meckenwalds – die Firma kam immer zuerst. Er wurde seinem Großvater immer ähnlicher.

Als Carsten in seinem Büro verschwunden war und die Tür mit Nachdruck geschlossen hatte, griff sie zum Telefon. An der Telefonanlage konnte Mechthild erkennen, dass Carsten telefonierte, ihr also jetzt nicht in die Quere kam. Sie tippte die Zahlen ein. Es dauerte eine ganze Weile, bis der Hörer am anderen Ende abgenommen wurde. Die Stimme klang zunächst verwaschen, langsam. Eben wie sich ein Mensch anhört, den man sehr abrupt aus dem Tiefschlaf gerissen hat. Doch als Mechthild sich zu erkennen gab, klang die Stimme mit einem Schlag hellwach und vor allem sehr, sehr wütend. Bevor der Hörer aufgeknallt wurde, kam Mechthild noch ein hasserfülltes »Lass mich in Ruhe! Lass mich einfach in Ruhe, okay?« entgegen.

Mechthild starrte auf den Hörer, drehte ihn, wendete ihn, bis sie ihn auf die Station zurücklegte. Ihr Herzschlag hallte in Mechthilds Ohren. Dumpf. Tödlich.

Carsten war wieder da, saß nicht im Knast, wie sie es erhofft hatte. Zumindest hatte sie auf eine etwas längere Einweisung gebaut. Es war nicht nur der Keil, den sie zwischen die Eheleute Meckenwald hatte schieben wollen. Sie hatte in der vergangenen Nacht auch so etwas wie Genugtuung gegenüber Carsten empfunden. Tief in ihren düsteren Fantasien hatte sie ihn dort leiden lassen wollen. Er sollte Angst haben. Um seinen guten Ruf. Um seine Firma. Um seine Ehe.

Bei den Gedanken glitt unwillkürlich ein gehässiges Lächeln über Mechthilds Gesicht. Sie hatte seine veilchenblauen Augen, die Wärme vorgaukelten und Kälte schenkten, düster und leer vor sich gesehen. Sie hatte Birthes Blick vor ihrem inneren Auge gehabt. Wie sie Carsten anblickte. Verächtlich. Nicht begreifend. Ihr Mann, der Mörder einer Prostituierten, mit der er es erst getrieben und sie dann achtlos am Südstrand entsorgt hatte. Das waren ihre Bilder gewesen, Bilder voller Genuss. Aber Carsten war wieder da, den Fängen der Polizei scheinbar entkommen. Keines ihrer Bilder war Wirklichkeit geworden. Alles war wie immer.

Mechthild hörte Carstens sonore Stimme von nebenan. Er sprach wie immer leise und präzise. Sein warmherziger Ton zog sie, trotz all der Wut, noch immer in den Bann. Er telefonierte mit großer Sicherheit mit seiner Frau. Mechthild glaubte, ihre Brust würde zerspringen.

Sie würde nicht aufgeben, würde Carsten Meckenwald schon kleinkriegen. Eine Frau wie Mechthild Driefel durfte man so nicht kränken. Nicht, nachdem sie so viel für die Meckenwalds geopfert hatte. Mechthild merkte, wie sich ihre Gesichtszüge entspannten, ihre Hände aufhörten zu zittern und der Knoten im Bauch mit einem Mal weniger schmerzte. Sie hatte alle Fäden in der Hand. Ihre Finger begannen sich zu bewegen, so wie ein Marionettenspieler die Fäden seiner Puppen tanzen ließ.

* * *

Carsten ließ den Hörer sinken. Mit Birthe stimmte etwas nicht. Sie war zwar überrascht über seine Freilassung, aber nicht wirklich erfreut gewesen. Es schien ihm, als sei sie furchtbar abgelenkt und gar nicht bei der Sache. So unabhängig seine Frau auch immer gewesen war, so sehr hatte sie sich doch stets für ihn interessiert, sich Sorgen um sein Wohlergehen gemacht. Doch seit Hartmuts Tod schien sie ständig mit anderen Dingen beschäftigt zu sein. In Carsten verstärkte sich das Gefühl, dass das aber nicht ausschließlich mit dem Tod seines Großvaters zu tun hatte. Ihm war sogar schon der Gedanke gekommen, Birthe könne sich verliebt haben. Nur erschien ihm in dieser Zeit der Trauer die Idee eigentlich absurd. Birthe litt unter Hartmuts Tod, war er doch für sie viel mehr ein Großvater gewesen als für ihn. Während Carsten sich abends am liebsten zurückzog, war sie noch oft zu Hartmut ins Zimmer gegangen, hatte von ihrer Arbeit berichtet und ihm zugehört. Carsten schluckte. Sein eigener Großvater war seiner jungen Frau näher gewesen als er. Ein seltsamer Zustand, der ihm erst jetzt bewusst wurde.

Carsten holte tief Luft, entschied dann, noch einmal mit seiner Frau zu reden. Er würde schon herausfinden, was sie im Augenblick so geheimnisvoll machte und davon abhielt, ihn zumindest als einen ihrer Lebensmittelpunkte zu sehen. Carsten war sich dessen bewusst, dass es egoistisch war, diese Aufopferung von seiner Frau zu verlangen, wusste, wie sehr es sie auf Dauer einengen würde. Birthe war einfach kein Mensch, der sich in irgendeiner Form zwingen ließ. Auf der anderen Seite war gerade ihr Freiheitsdenken das, was ihn anzog und sie für ihn so interessant machte.

* * *

Janina griff unter ihr Kissen und holte das kleine bunte Säckchen mit dem Geld heraus. Sie hätte sich auf die Sache nicht einlassen sollen. Was zum Teufel hatte sie geritten, es doch zu tun? Geld war nicht alles auf dieser Welt, und sie hätte andere Möglichkeiten, es sich zu verdienen. Sie war so weit unten, tat ohnehin Dinge, die sie nie für möglich gehalten hätte. Warum nun auch noch das? Die Alte hatte sie vorhin einfach abwürgen müssen. Was interessierte es Janina, ob dieser Immobilienhai wieder auf freiem Fuß war oder nicht? Sie konnte sich ohnehin nicht vorstellen, was die Frau mit der ganzen Aktion bezweckte. Schon als sie das zweite Mal im Club auftauchte, die anzüglichen Blicke der anderen Mädchen ignorierend, hatte sie eine solch negative Ausstrahlung gehabt, dass Janina sich gleich von ihr abgewendet hatte. Diese Frau war Majas Kundin gewesen. Sie, Janina, hatte auf solche Spielchen keine Lust. Doch die Frau war nach Majas Tod direkt auf sie zugesteuert. Zielstrebig, keinen Zweifel daran lassend, wen sie hier auserkoren hatte, jetzt zuständig zu sein. Janina hatte nur die Türsteher verflucht, die sich augenscheinlich auch von ihr hatten kaufen lassen. Niemals hatte eine Frau hier Zutritt gehabt, das war ein ungeschriebenes Gesetz, und doch war die Alte bereits das zweite Mal hier. Ein absolutes Ding der Unmöglichkeit, ein Tabubruch, den auch Robin tolerierte. Es musste um viel Geld gehen.

Mechthild hatte Janina zugenickt, und ein Blick zu Robin sagte ihr, es sei besser, sich nicht zu widersetzen. Im Zimmer oben hatte die Frau mit einem dicken Bündel Scheine gewedelt.

»Ich will keinen Sex mit dir, keine Sorge. Ich stehe weder auf Frauen noch auf Prostituierte. Ich will dir einen Deal vorschlagen.«

Janina war erst ein Stück abgerückt. »Und Maja?«

»Nachhilfe«, sagte die Frau, recht kurz angebunden. Sie hatte kalte Augen, ein Gesicht, das zwar an Makellosigkeit nicht zu überbieten war, aber keinen Liebreiz besaß, fehlte ihm doch jegliche Wärme.

Eine innere Stimme warnte sie, sagte ihr leise, sie solle die Frau hinauskatapultieren, sich nicht mit ihr einlassen. Aber dann hatte Janina das Geld kurz durchgezählt und genickt. Es war verdammt viel Kohle. So verdammt viel …

Maja war tot. Jetzt war es egal. Sie, Janina, konnte es nicht mehr ändern. Sie musste nun sehen, wo sie blieb. Dieses Bündel war ein großes Stück Freiheit, die ihr keiner mehr nehmen konnte. Wenn sie zugriff. Ohne Skrupel. Egal, was die Frau von ihr wollte. Für diese Summe würde sie alles tun. Und da hatte sie genickt. Erst nur zögerlich, dann heftiger. Sie hatte den Duft der Wiesen in Russland in der Nase gehabt, an ihre Mutter gedacht, die wahrscheinlich jeden Morgen vor Janinas Foto um ihre Rückkehr betete. Es war ohnehin egal, was sie tat. Maja war tot. Ausgelöscht. Keiner aus dem Milieu hatte nachgefragt, warum und weshalb. Niemand wollte es wirklich wissen. Weil es besser war, wenn man von einigen Dingen einfach keine Ahnung hatte. Denn Ahnungen konnten hier tödlich sein.

Sie war mit dem Handel einen Schritt zu weit gegangen, hatte sich nicht an gängige Spielregeln gehalten, konnte nur hoffen, dass es niemals herauskam. Sie würde sonst wie Maja enden. Janina spürte, wie sich ihr der Hals zuschnürte. Sie hatte sich des Geldes wegen zu weit aus dem Fenster gelehnt. Sie hatte sich mit dem Teufel angelegt. Der Teufel, von dem sie gar nicht wusste, wer das genau war. Weil es für Janina sehr viele davon gab. Nicht nur einen. Der Satan war ihr bereits in so vielfältiger Form erschienen, dass sie nicht mehr unterscheiden konnte, wer nun der richtige war. Oder ob es tatsächlich nur den einen gab und alle anderen nur seine Handlanger waren. Vielleicht gehörte auch diese Frau dazu. Sie war das weibliche Pendant zu all dem männlichen Bösen, das um sie herum war und das täglich ein Stück mehr wucherte.

Majas Tod war nur ein Teil, ein selbstverständliches Stück Alltag, das ihr Leben eingrenzte. Was war schon ein Menschenleben wert, in einer Welt, in der es keine Würde, kein Mitleid und keine Mitmenschlichkeit gab. Nur eines war hier wichtig: Geld. In jeglicher Form.

Das hatte sie auch gedacht, als die Frau dort gesessen hatte. Ob sie eine Aussage machen könne? Bei der Polizei. Gegen Bares. Mehr hatte sie nicht gewollt. Eine einfache Aussage. Janina hatte nicht lange gefackelt. Die Summe war in der Tat groß gewesen, dafür hätte sie drei Nächte hart arbeiten und von dem Geld Robin noch sehr viel abgeben müssen. So jedoch konnte sie alles in ihr kleines Säckchen unter dem Kopfkissen packen und weiter vom Geruch Russlands, ihrer Mutter und deren Tränen träumen. Träumen, bald dorthin zurückzukehren.

Es war ein Traum. Denn eines war Janina bewusst: Eine Flucht vor Robin Wagenknecht würde im schlimmsten Fall einen Schritt in Richtung endgültige Grube bedeuten. Man konnte hier nicht einfach sagen: »So, Jungs, das war es. Ich geh dann mal!« Sie wusste zu viel, hatte zu viel gesehen, als dass sie ihren Job wie ein normaler Arbeitnehmer einfach so kündigen konnte.

Wenn jemand aus dem Milieu mitbekam, was sie getan hatte, war sie hier nicht mehr sicher. Auch wenn sie keinen verraten hatte, war doch die Kooperation mit der Polizei Frevel genug. Selbst wann man nur einen x-beliebigen Freier ans Messer lieferte. Ein Freier, der gar keiner war. Sie hatte den Kerl hier noch nie gesehen, er war eigentlich keiner, der in solchen Etablissements verkehrte. Für Menschen wie ihn gab es bessere Clubs. Sein Vater war ein anderes Kaliber. Er brauchte die Erniedrigung, das Billige, was die Mädchen hier umgab.

Sie griff nach dem Säckchen, erspürte das Knistern der Scheine. Sie konnten ihren Tod bedeuten. Sie musste bald handeln, wenn sie Maja nicht folgen wollte. Musste irgendetwas tun. Janinas Hände begannen zu zittern. Sie hatte einen Fehler begangen. Einen riesengroßen Fehler. Es ging eben um den Mord an einer von ihnen. Da hielt man die Klappe, zog einfach sein Ding durch. Ohne nach rechts oder links zu sehen. Sie hatte diese unausgesprochene Regel gebrochen. Janina steckte das Säckchen zurück, strich noch einmal darüber. Ihr blieb nichts anderes übrig als zu hoffen, dass sie dafür nicht würde büßen müssen.

* * *

Birthe hatte die Aus-Taste ihres Handys rasch gedrückt und damit die letzte Silbe von seinem »Ich liebe dich« weggedrückt. Carsten war also frei, hatte anscheinend nichts mit dem Mord an der Frau zu tun. Eigentlich waren Birthe da auch nie Zweifel gekommen. Carsten war Geschäftsmann, konnte knallhart sein, aber zu so etwas war er nicht fähig.

Wobei Birthe schon etwas schockiert über die Gleichmütigkeit war, mit der sie seine Verhaftung hingenommen hatte. Es war nicht so, dass es sie nicht belastete. Und tief in ihr hatte sich auch durchaus die Frage aufgetan, ob Carsten sich nicht wirklich hin und wieder im Rotlichtmilieu vergnügte. Es wäre so erniedrigend gewesen. Sex ohne Gefühl, ohne jegliche menschliche Nähe, einfach nur um der Befriedigung willen. Allein die Vorstellung schmerzte Birthe dermaßen, dass sie den Gedanken einfach nicht zu Ende denken wollte. Sie hatte sich abgeschottet, um den vielleicht aufkommenden Schmerz dann später besser aushalten zu können. Birthe war selbst erstaunt über diese Art des Verdrängens, die eigentlich gar nicht zu ihrer sonstigen Art passte, alles bis ins Detail zu hinterfragen. Gefühle änderten Menschen, verschoben rationale Gedanken.

Und Carsten reagierte ja auch höchst merkwürdig. Birthe mochte die Verletzung, die die Tatsache, dass er nach seiner Entlassung nicht gleich zu ihr, sondern sofort in sein Büro gefahren war, in ihr ausgelöst hatte, vor sich selbst nur ungern zugeben. Seit Hartmuts Tod war Carsten anders geworden. Er überspielte vieles, schlüpfte immer stärker in die Rolle seines Großvaters. Immer öfter kreiste das selbstgefällige Hartmut-Grinsen über sein Gesicht, immer häufiger senkte er seine Stimme in ebensolche Tiefen ab, wie es sein Großvater mit Vorliebe getan hatte.

Die Herzlichkeit, die Hartmut ihr entgegengebracht hatte, hatte Carsten von ihm nie zu spüren bekommen. Nicht als kleiner Junge und auch später nicht als erwachsener Mann. Niemals war über Hartmuts Lippen ein Wort der Anerkennung für Carstens Arbeit in der Firma gekommen. Das höchste Lob hatte Hartmut am Tag ihrer Hochzeit ausgesprochen. Es regnete in Strömen, nicht eine Sekunde war die Sonne hinter den dichten friesischen Wolken hervorgekommen. Hartmut Meckenwald hatte Carsten die Hand auf die Schulter gelegt. Eine Geste, die eine ungeahnte Nähe zwischen den beiden herstellte und die Birthe danach auch nie wieder gesehen hatte. Dazu flossen herzliche Worte über seine Lippen: »Carsten, deine heutige Tat ist die beste, die du je in deinem Leben vollbracht hast. In jeglicher Hinsicht!«

Hartmut hatte gelächelt dabei. Fast liebevoll hatte er Birthe mit seinem Blick gestreichelt, und sie glaubte damals, einen großen Schmerz darin zu erkennen. Auch das wiederum war eine Regung, die nicht zu ihm passte. Aber Birthe hatte auch Mechthild Driefels' Blick gesehen. Sie stand gar nicht weit entfernt, musste Hartmuts Worte gehört haben. Noch immer lief es

Birthe bei der Erinnerung daran eiskalt den Rücken herunter. In Mechthild hatte sie definitiv keine Freundin gefunden.

Jetzt, wo Hartmut tot war, versuchte Carsten die Art seines Großvaters zu kopieren, um so dessen Rolle, dessen Macht, perfekt ausüben zu können.

Sie hörte das Brummen eines Motors. Carstens Wagen fuhr vor. Ihr Mann sah erbärmlich aus. Das Gesicht voller Bartstoppeln, die Augen in tiefen Höhlen. Er wirkte unendlich müde. Wahrscheinlich hat er die ganze Nacht nicht geschlafen, dachte Birthe. Diese Zellenpritschen hatten den Komfort und den Charme eines Plumpsklos. Sie hatte einmal am Tag der offenen Tür einen Blick hineinwerfen dürfen.

»Hallo Birthe!« Carsten strich ihr mit dem Zeigefinger die kurzen Strähnen aus der Stirn, hauchte ihr dann einen flüchtigen Kuss auf die Wange. Birthe spürte seine Lippen kaum, es war eher die leichte Bewegung, die ihr die Berührung bestätigte. »Wie geht es dir?«, fragte Birthe. Sie hielt Carsten am Ärmel fest, suchte Blickkontakt, den er ihr offenbar verwehren wollte.

»Wie soll es mir schon gehen, wenn ich eine Nacht in dieser Zelle verbringen musste und wegen nichts als Schwerverbrecher behandelt werde? Nach Polkatanzen ist mir nun nicht gerade zumute.« Seine Stimme brach beim letzten Satz. Carsten ging es nicht gut. Es war nicht zu übersehen.

»Hatte ich auch nicht erwartet, Carsten. Ich wollte dir nicht zu nahe treten.« Birthe hielt kurz inne. »Ich«, sie suchte nach Worten, »ich war etwas enttäuscht, dass du erst ins Büro gefahren bist.«

Carsten wandte sich ab. Und mit dieser Bewegung schien es, als hätte sich eine unsichtbare Mauer zwischen die beiden geschoben. Birthe hob vorsichtig die Hand, als könne sie diese Mauer überwinden. Das Einzige, was sie spürte, war Distanz.

»Ich dachte, dich interessiert das alles nicht«, murmelte Carsten schließlich.

Birthe ahnte die Sinnlosigkeit, ihm jetzt zu widersprechen. Er würde ungehalten reagieren. Carsten erschien ihr meilenweit weg. Er ging an den Kühlschrank, schenkte sich aus der angebrochenen Weißweinflasche ein. Ein ungewöhnlicher Akt am helllichten Tag. So gern Carsten Wein trank, er tat es nie tagsüber. Und er trank schon gar nicht aus einem Wasserglas wie jetzt. Er leerte es in einem Zug. Noch bevor Birthe etwas dazu sagen konnte, hatte er es ein zweites Mal gefüllt und wieder hinuntergestürzt. Die leere Flasche stellte er auf die Küchenanrichte. Birthe folgte Carsten noch bis zur Schlafzimmertür. Er drehte sich nicht mehr um, sondern schloss sie nachdrücklich hinter sich.

Ein Blick auf die Uhr zeigte Birthe, dass es Zeit war, sich zum Dienst fertig zu machen. Sie hatte sich, trotz Carstens Inhaftierung, nicht abgemeldet, wollte ihre Arbeit durchziehen. Sie merkte, dass sie am Ende ihrer Kraft war, und doch gestand sie sich diese Schwäche nicht zu. Sie musste weitermachen, am wirklichen Leben teilhaben. Sonst lief sie noch Gefahr, ihre Ehe, ihr ganzes Lebenskonzept aufs Spiel zu setzen, weil sie dem Leben um sie herum nicht genügend Bedeutung beimaß. Sie wollte sich nicht ausschließlich ihren Gefühlen und dem Schicksal Annas hingeben. Einerseits empfand sie diese Flucht zu Anna als erstrebenswerten Zustand, andererseits fürchtete sie sich vor dem, was sie in deren Leben noch entdecken würde. Instinktiv wusste sie, dass Anna der Schlüssel zu all den Ereignissen der letzten zwei Wochen war. Obwohl sie das dazugehörige Schloss noch nicht gefunden hatte.

* * *

Pawel hatte seinen Blick noch immer nicht von Johann Claaßen abwenden können. Der saß jetzt auf der Bank seiner Gartenlaube, sah den Schmetterlingen bei ihrem Reigen zu und erfreute sich an den herumhüpfenden Vögeln auf der Suche nach Regenwürmern und Insekten. Hin und wieder glitt ein Lächeln über das zerfurchte Gesicht. Immer dann, wenn eines der Tiere erfolgreich war. Aber es wirkte verloren, hatte den Anschein, als sei es gleich nach dem Erscheinen irgendwohin verschwunden. Ein Lächeln, das nicht von Dauer war, sondern flüchtig wie eine Wasserperle. Pawel registrierte es erfreut. Er hatte den Punkt gefunden, der Johanns Verletzlichkeit offenbarte. Echtes Lächeln hielt sich nämlich immer in dem Menschen auf, der lächelte, verflüchtigte sich nicht ins Universum, weil es zu dem Menschen gehörte. Johann gehörte aber das Lachen nicht. Es wohnte nicht in ihm. Und wenn er nicht im Besitz des Lachens war, war er auch kein glücklicher Mensch.

Pawel versuchte, sich Johanns Aura bewusst zu machen. Wie lange hatte er das nicht mehr getan? Er kniff die Augen zusammen. Heutzutage gab es sogar Kameras, die diese Farben deutlich machten. Er benötigte das nicht. Mit etwas Konzentration würde er die Farbe Johanns erkennen und dann wissen, wie er zu handeln hatte. Denn dass er handeln musste, daran gab es keinen Zweifel. Johann war ein weiterer Meilenstein in seinem Spiel. Er war dran. Aber er wusste es noch nicht.

Pawel sog die Luft des vergehenden Sommers in sich auf, mit dem tiefen Wissen, dass es der letzte Sommer seines Lebens war. Hinter Johann tauchte jetzt eine gestreifte Katze auf, die ihren Kopf an seiner Schulter rieb. Johann saß da, genoss die Berührung mit dem weichen Fell, neigte dem Tier seinen Kopf mit geschlossenen Augen entgegen. Dann sah Pawel sie. Die Farbe, die Johann umgab. Er war in Orange getaucht. Orange, die Farbe der Kreativität und Unabhängigkeit. Das hatte Pawel nicht erwartet. Er kniff die Augen fester zusammen. Es war kein klares Orange. Ein matter Hauch legte sich über die Farbe und vermischte sich mit dem Orange zu einer unendlichen Traurigkeit. Johann Claaßen wirkte nur äußerlich wie ein zufriedener Mann. Verheiratet, eine Tochter, ein schönes Zuhause. Alles gut eigentlich. Doch schob man den Deckmantel beiseite, konnte man es spüren. Pawel glaubte den unendlichen Schmerz, der in Johann schlummerte, fast körperlich wahrzunehmen. Sein Herz begann zu rasen, der Druck im Bauchraum nahm zu. Dann kam das Messer. Dieses grausame Messer, das in den Gedärmen stocherte und so furchtbar wehtat. Es grub die verletzte Seele frei, schaufelte sie an die Oberfläche. Ausgebreitet lag sie vor ihm.

Johann durfte nicht einfach in seinem geschaffenen Kokon weiterleben und so tun, als sei nichts. Es war etwas. Er wusste es genau, wollte es sich aber nicht eingestehen. Er hatte Angst vor der Wahrheit. Angst vor dem, was daraus folgen würde.

Pawel hatte sich selbst den Auftrag gegeben, dass Johann Claaßen von allem erfuhr. Denn ohne dieses Wissen durften weder er noch Johann je diese Welt verlassen. Sie hatten diese Verantwortung. Es hatte bereits zwei Tote gegeben. Wenn sie nicht aufpassten, würde das Morden weitergehen. Solange, bis Anna endgültig nicht mehr leben durfte. Nicht mal in der Erinnerung. Johann musste sich der Sache stellen. Ob er es wollte oder nicht. Er hatte Verantwortung, auch wenn er sich dessen gar nicht bewusst war. Deshalb war Pawel zurückgekommen. Um ihn davon in Kenntnis zu setzen, ihm deutlich zu machen, dass sein Leben nicht so war, wie es schien. Pawel würde Wege finden. Danach wäre aber nichts mehr so, wie es gewesen war.

12. Kapitel

Carsten war schon weg, als Birthe am nächsten Morgen aufstand. Sie hatte wider Erwarten geschlafen wie ein Stein. Nichts hätte sie wecken können in dieser Nacht. Die Anspannung der letzten Tage hatte ihre Energie so stark gedämpft, dass sie nach dem erlösenden Schlaf gelechzt hatte, der ihre Gedanken zur Ruhe brachte.

Sie brühte sich am Kaffeeautomaten einen Espresso, genoss den würzigen Duft, der sich in einer kleinen, sich kräuselnden Dampfsäule aus der Tasse nach oben schlängelte. Sie vermisste Carsten nicht, war beinahe froh, dass er sich so früh auf den Weg gemacht hatte. Es hatte sie wirklich tiefer getroffen, als sie gedacht hatte, dass er nach seiner Freilassung nicht gleich zu ihr gekommen war. Dass er dachte, sie interessiere sich nicht für ihn, hatte sie als Ausrede angesehen. Carsten entfernte sich von ihr, und sie hätte zu gern gewusst warum.

Birthe wühlte im Brotfach und fand noch einen Rest Toastbrot, dessen Rand allerdings schon leicht angetrocknet war. Sie musste dringend einkaufen gehen. Die Zugehfrau hatte sich von der Arbeit bis auf Weiteres abgemeldet. Sie könne im Augenblick den Haushalt nicht führen, wo doch der gnädige Herr … Ihre Stimme war erstickt abgebrochen und da Birthe keine Lust auf Tränenausbrüche hatte, hatte sie der Frau auf unbestimmte Zeit freigegeben. Es war ihr im Augenblick auch ganz recht, war sie so wirklich allein im Haus, niemand, der sie in ihren Gedanken störte oder womöglich über Annas Botschaften stolperte. Birthe glaubte nicht an die vollständige Loyalität von Angestellten. Sie waren auch nur Menschen.

Als der Postbote klingelte, war es für Birthe ganz natürlich, dass er weitere Aufzeichnungen von Anna brachte, dass sie sich auf diese Weise weiter in ihr Leben schlich. Einem Besuch gleich, der zwar nicht angekündigt, aber doch willkommen war. Eine klammheimliche Freude über den Gast, dem man gern ein Bett zur Verfügung stellte, in der Hoffnung, er möge so bald nicht wieder abreisen.

Annas Brief war diesmal nicht auf Polnisch verfasst.

Juni 1943

Ich schreibe jetzt auf Deutsch. Es muss unter den sich verändernden Umständen sein. Ich bin einfach nicht mehr fremd.

Er hat mich angesehen, dass es mir durch Mark und Bein ging. Das darf aber nicht sein. Wir können uns so nicht ansehen. Wir dürfen es auch nicht. Und tun es doch. Können nichts dagegen machen.

Obwohl das noch schlimmer ist als die Sache mit dem Bauern. Gefühle sind ein Tabu. Zwischen Deutschen und Polen. Wir dürfen uns nicht lieben. Ist Liebe denn steuerbar? Ich versuche dagegen zu kämpfen. Will vor allem Pawel nicht gefährden.

Seine Ohren glühen, wenn er mich ansieht. Seine Augen sprühen Funken. Ich habe noch nie Augen gesehen, die mich so in den Bann gezogen haben. Sie sind so lebendig, so tief und warm, dass mir das Herz aufgeht. Weiß auch nicht, was mit mir ist. Ich darf das nicht denken. Darf es nicht fühlen.

Ich habe mich weggedreht, ihm den Rücken zugewandt. Es hat aber nichts genützt. Seine Blicke haben sich in meinen Rücken gebohrt, mir Wärme gegeben und die Beine zum Zittern gebracht. Mir haben wegen eines Mannes noch nie die Beine gezittert. Ich will das auch nicht. Meine Füße sollen mich zeitlebens so tragen, dass ich bestimme, wo es langgeht, und kein Beine-Zittern darf mich daran hindern.

Doch wie inkonsequent bin ich. Ich habe mich umgedreht. Er hat mir sein Lächeln geschenkt. Seine Zähne sind ebenmäßig und aufgereiht wie weiße Perlen. Beim Lachen bekommt er Grübchen in den Wangen. Ich konnte nicht anders. Habe zurückgelächelt. Unsere Blicke haben sich ineinander verhakt. Ich fürchte, so schnell werden sie sich nicht mehr lösen. Träume sind schön.

Birthe ließ den Zettel sinken. Anna hatte sich also verliebt.

Bevor sie weiter darüber nachdenken konnte, klingelte das Telefon. Es hörte rasch zu läuten auf, und kurze Zeit später betrat Carsten ihr Schlafzimmer ohne anzuklopfen.

Birthe schrak zusammen. »Du bist gar nicht im Büro?«, fragte sie und kam sich selbst bei dieser Frage richtig dämlich vor. »Ich dachte, du bist weggefahren.«

»Sieht wohl nicht so aus.« Carsten warf einen Blick auf den Brief, den Birthe verkrampft umfasst hielt. »Post?«

Birthe nickte. Mehr nicht. Sie hoffte inständig, dass Carsten nicht weiterfragte. Er schien etwas durcheinander zu sein, sah blass aus, hatte sich noch nicht einmal rasiert.

»Wo warst du denn so früh?«, fragte Birthe. »Ich habe doch gehört, dass du weggegangen bist.«

»Spazieren. Den Kopf frei kriegen.«

Wahrscheinlich war er mit schnellen Schritten durch die Straßen des Viertels gelaufen, hatte die Situation analysiert. Dabei leise mit sich selbst geredet. Genauso, wie Hartmut es in einer solchen Lage getan hätte. Carsten, der Hartmut-Meckenwald-Verschnitt. Birthe wunderte sich über die Abfälligkeit, mit der sie dies dachte.

»Wir dürfen Großvater beerdigen«, sagte Carsten. »Sie haben eben angerufen. Er darf endlich wirklich tot sein.«

* * *

Mechthild sah auf die Uhr. Carsten hätte längst im Büro sein müssen. Ihn hatte der kurze Aufenthalt im Gefängnis wohl doch stärker mitgenommen als gedacht. Es geschah ihm recht. Trotz allem sehnte sie sich nach seiner Stimme, seiner Nähe. Vielleicht war es ein Fehler gewesen, ihn hereinlegen zu wollen. Sie blickte aus dem Fenster. Auf dem Firmenparkplatz war weit und breit nichts von Carsten zu sehen. Sie hatte also noch etwas Zeit, ein paar Dinge zu regeln, durfte sich jetzt nicht von Sentimentalitäten leiten lassen.

Mit dieser Prostituierten hatte sie noch ein Hühnchen zu rupfen. Aufgelegt hatte sie gestern einfach, ihr, der großen Geldgeberin, gar nicht zugehört. Mechthild hatte die ganze Nacht darüber nachgesonnen, wie sie auf diese Abfuhr reagieren sollte. Das konnte sie sich schließlich nicht gefallen lassen. Von einer kleinen Nutte. Mechthild nahm das Telefon und gab die Nummer erneut ein. Sie musste nicht einmal überlegen; wie von selbst bewegten sich ihre Finger über die Tastatur. Doch das Mädchen nahm nicht ab. Mechanisch sprang ihr die Stimme der Mailbox entgegen, leierte in ihrem typisch unverfänglichen Ton ihre Ansage herunter. Wahrscheinlich schlief das Miststück noch. Wie gern hätte Mechthild sie aufgesucht, ihr die Hölle heiß gemacht. Das ganze Geld hatte sie eingesackt, ihr sauer verdientes Geld. Und was war dabei herausgekommen? Nichts, überhaupt nichts. Carsten Meckenwald war frei wie die Spatzen, die tschilpend über den Gehweg hüpften und sich um so nichtssagende Dinge wie heruntergefallene Brotkrümel stritten. Das Mädchen hatte kläglich versagt. War ihr Geld nicht wert.

Mechthild sah hinaus. Noch immer war der Wagen ihres Chefs nicht zu sehen. In ihr kochte die Wut hoch. Eine Wut, die zunehmend außer Kontrolle geriet. Nichts lief so, wie sie es sich vorgestellt hatte. Jedes gebrachte Opfer war vergebens.

Rastlos hastete sie in ihrem Vorzimmer auf und ab. Das Telefon hatte sie auf die Mailbox umgestellt. Sie konnte jetzt unmöglich mit jemandem reden. Ihre sonst so perfekte Fassade war in diesem Moment dahin. Sie spürte nur Hass. Kälte. Wut. Unvergleichliche Wut. Mechthild riss ihre Jacke vom Haken und stürmte aus dem Büro.

* * *

Pawel hatte gut geschlafen. Jetzt war er sich sicher, dass seine Kraft reichen würde, sein Werk zu vollenden.

Er war wieder auf den Weg zum Ems-Jade-Kanal. Hier fühlte er sich Anna nah, tankte die Energie, die er für sein Vorhaben brauchte. Da ihn der gestrige Tag viel Kraft gekostet hatte, verspürte Pawel das dringende Bedürfnis, sich buchstäblich wieder zu erneuern.

Er ließ sich am Wegrand inmitten der hohen Grashalme nieder. Ein Grashüpfer sprang über sein Hosenbein, hielt kurz inne. Dann machte er sich wieder auf den Weg, hatte im selben Augenblick vermutlich schon wieder vergessen, wo er sich eine Sekunde vorher aufgehalten hatte. Wie Pawel ihn darum beneidete. Ein paradiesischer Zustand. Einfach durch die Welt hüpfen, ohne sich an Dinge erinnern zu müssen. Der kleine grüne Kerl musste um niemanden trauern. In ihm, Pawel, steckte dagegen seit Jahrzehnten ein Dolch. Jeden Tag bohrte er sich ein Stück tiefer in sein Fleisch, jeden Tag spürte er den unendlichen Schmerz, den er nur deshalb aushielt, weil er es sich zum Ziel gemacht hatte, die Sache in Ordnung zu bringen. Irgendwann. Irgendwann war jetzt. Er war mitten drin im Geschehen, war derjenige, der die Rädchen drehte, die Sache ankurbelte oder stoppte.

Die Meckenwalds würden schon sehen …

* * *

»Ich habe jetzt den Kopf für die Beisetzung nicht frei, Carsten. Ich kann einfach nicht.«

»Trotzdem werden wir Hartmut so bald wie möglich beerdigen. Ich kann den Gedanken nicht mehr ertragen, dass er dort in dem Kühlfach liegt. Ausgeräumt. Und viel toter, als er zuvor war.«

Birthe konnte Carstens Gedanken ja nachvollziehen, aber im Augenblick spielten ihre eigenen Gedanken mit sich selbst Fangen und ließen sich nicht in eine Richtung steuern.

»Kannst du dich um alles kümmern? Ich kann es einfach nicht.« Birthe sah den fassungslosen Blick ihres Mannes, ignorierte ihn aber einfach. Sie war im Augenblick völlig aus dem Tritt. Es war, als laufe sie über weichen Sand, in den sie immer weiter einsank, wo jeder Schritt ein Stückchen schwerer wurde. So schwer, dass sie schon bald ganz darin verschwinden würde. Sie konnte aber darüber einfach nicht mit ihrem Mann sprechen. Es ging nicht.

Carsten stand am Fenster und ließ seinen Blick über die kaum befahrene Straße gleiten. Die Hände hatte er auf dem Rücken verschränkt, die Daumen kreisten umeinander. Seine ganze Haltung drückte Abwehr, Distanziertheit aus.

»Ich geh dann mal«, sagte sie.

Carsten antwortete nicht. Er neigte lediglich kurz den Kopf zum Zeichen, dass er verstanden hatte.

Birthe schloss die Tür hinter sich. Sie wollte kurz ans Wasser fahren, die klare Nordseeluft tanken und hoffentlich wieder einen klaren Kopf bekommen. Sie fuhr rasch, parkte das Auto auf dem Firmenparkplatz. Von dort war es nicht weit zum Südstrand, sie musste lediglich die Kaiser-Wilhelm-Brücke überqueren.

Es hatte wieder begonnen zu regnen. Wie an dünnen Schnüren aufgefädelt nieselte das Wasser aus den grauen Wolken, die sich zu bizarren Gebilden über dem Jadebusen aufgetürmt hatten. Trotz ihres Kummers konnte Birthe nicht anders, sie musste kurz stehen bleiben und versuchen, eine Form der Wolken zu erkennen. Je länger sie in das verhangene Grau starrte, desto klarer sah sie einen alten Mann über den Himmel schweben. Vor ihm tanzte eine junge Frau im Rock. Birthe kniff die Augen zusammen. Nun drehte sie völlig ab. Sie war kein kleines Mädchen mehr, das Wolkengebilde zum Leben erweckte, indem sie Figuren hineinzauberte.

Nachdem sie eine Weile den Deich auf- und abgelaufen war, machte Birthe kehrt. Auf dem Parkplatz zog sie den Schlüssel aus ihrer Tasche. Er glitt ihr aus der Hand und landete im Schotter. Erst jetzt bemerkte sie das Zittern ihrer Hände. Sie hob den Schlüssel auf, wischte den Dreck ab und wollte gerade auf ihren Wagen zugehen, als sie in der Bewegung innehielt. Aus dem Augenwinkel sah sie einen Mann. Dünne Beine, Bart, verhärmtes Gesicht. Ihre Augen tasteten sich unwillkürlich zu den seinen vor. Er hielt ihrem Blick stand. Aber was Birthe darin sah, ließ ihr das Blut in den Adern gefrieren.

* * *

Janina zitterte. Sie war dabei, ihre Sachen zu packen. Das Pflaster, auf dem sie sich bewegte, war zu heiß geworden, brannte unter ihren Sohlen. Sie stopfte das Geld in den Rucksack, warf immer wieder einen Blick zur Tür, voller Furcht, dass sich die Klinke nach unten bewegen und der Racheengel vor ihr stehen könnte. Oder Robin. Sie wusste nicht, wen sie mehr fürchtete. Erst gestern hatte der Zuhälter sie wieder geschlagen und sich dann an ihr befriedigt. Schnell, heftig und gefühllos. Daran hatte Janina sich in der Zeit auch schon gewöhnt. Es belastete sie nicht sonderlich. Sie nahm es hin wie jeden Verkehr mit den Freiern. Augen zu, abschalten. Sie nannte das Totstellen. So wie früher, als sie dieses Spiel immer wieder gespielt hatten. Damals war es ein Spaß gewesen, und Janina hätte sich nie träumen lassen, wie wichtig es einmal für sie sein würde, dass sie es bis zur Perfektion beherrscht hatte.

Wenn aber Robin mitbekommen würde, dass sie plante abzuhauen, dann würde das Totstellen nichts mehr nützen. Oder wenn der Racheengel merkte, dass er sein Geld nie zurückbekommen würde, auch wenn sie, Janina, ihre Seite der Abmachung nicht eingehalten hatte. Sie hatte zwar ihre Aussage gemacht, aber nichts erreicht. Das würde der Frau nicht genügen. Kein Stück würde ihr das reichen.

Janina schnürte den Rucksack zu. Ihr ganzes armseliges Leben passte in den Traveller-Rucksack, den sie sich zu Beginn ihres großen Abenteuers einmal gekauft hatte. »Mein Hauptgepäck sind Mut und Zuversicht«, hatte sie zu ihrer Mutter gesagt. »Von Mut und Zuversicht kannst du nicht leben, Mädchen«, waren ihre Worte gewesen, »und Geld haben wir nicht.«

Janina hatte ihre Mutter umarmt, in ihrem immer leicht ranzig riechenden Haar geschnüffelt und versucht, den Duft in sich aufzusaugen. »Dafür fahre ich ja nach Deutschland. Ich werde in einem Hotel arbeiten und euch Geld schicken! Damit du hier besser leben kannst. Warte es ab, in einem Jahr bin ich zurück.«

Das Jahr war lange herum, und Janina hatte so viele Tränen geweint, dass sie vermutlich für den Rest ihres Lebens keine mehr hatte. Sie wusste nicht, ob ihre Mutter noch lebte und was ihre drei kleinen Geschwister machten. Irgendwann hatten Maja und sie aufgehört, Briefe zu schreiben, waren das Lügen leid gewesen und hatten es vorgezogen, einfach abzutauchen. Immer in der trügerischen Hoffnung, all dem hier irgendwann entfliehen zu können.

Die Flucht war ihr gemeinsames Ziel gewesen. Was hatten sie beide oft davon geträumt. Maja war es schlechter gegangen als ihr, sie konnte das mit dem Totstellen einfach nicht so gut, auch wenn Janina oft versucht hatte, es ihr zu beizubringen. Doch so etwas lernte man nicht einfach so. Das war ein Gefühl. Ein Abtauchen in eine andere Sphäre. Maja hatte viel zu sehr in der Realität gelebt. Die hatte sie dann ja auch eingeholt. Der große gefährliche Schlund, vor dem sie sich immer so sehr gefürchtet hatte, war ihr am Ende mit weit aufgerissenen Zähnen begegnet, und sie war hintenüber hineingefallen. »Dieser Meckenwald wird eines Tages mein Tod sein, Jani«, hatte Maja immer gesagt, aber sicher nicht wirklich gewusst, dass es genauso kommen würde. Als es dann so weit war, hatte Janina keinen anderen Ausweg gewusst. Sie musste sich mit den Aasgeiern verbünden, wenn nicht auch sie so sang- und klanglos von der Bildfläche verschwinden wollte. Maja würde demnächst ein anonymes Grab irgendwo in Wilhelmshaven bekommen, dort verrotten, und außer ihr und Majas Mutter würde niemand um sie trauern. Wobei Majas Mutter ja nicht einmal von ihrem Tod wusste und auch nie davon erfahren würde. Wenn nicht sie zurück nach Russland fahren würde. Nach Hause. Es ihr sagen. Sie wollte selbst etwas anderes für sich. Liebe. Familie. Vielleicht auch einen Mann, dem sie aber nie von ihren Erfahrungen hier erzählen würde. Überhaupt würde das in ihrem ganzen Leben nie jemand erfahren. Es war ein Geheimnis, das sie mit ins Grab nehmen würde. Sie wusste, dass sie das konnte. Wer so gut im Totstellen war, hatte auch das Zeug zu schweigen. Seelenschubladen zu öffnen und Dinge auf Nimmerwiedersehen dort hineinzupacken.

Janina ging zur Tür. Langsam, Schritt für Schritt. Sie umfasste die Klinke und drückte sie herunter. Sie war kalt. Kälter als sonst. Es erschien ihr wie eine Warnung. Auf dem Flur war es ruhig. Noch schliefen die meisten ihrer Kolleginnen. Es war ein günstiger Zeitpunkt, das Gebäude zu verlassen. Viel günstiger als am Abend, wenn das Milieu erwachte, wenn die Mäuse mit den Katzen zu tanzen begannen.

Ihre Schritte waren auf den gelben Fliesen viel zu laut, hallten. Aber Janina ging weiter. Sie musste nur aus dem Gebäude herauskommen. War sie erst um die Ecke, war die größte Gefahr gebannt. Eine Tür ging. Stimmen wurden lauter. Janina hörte ihren Atem, der sich hechelnd von einer Flurwand zur nächsten wand. Sie stellte den Rucksack in der Ecke ab, wo es zu den Fahrstühlen ging. Dort befand sich ein abgeschabter Kiefertisch, auf den eine mitleidige Seele einen künstlichen Farn gestellt hatte, der etwas Grün in die graue Tristesse bringen sollte.

Die Stimmen gehörten zwei Kolleginnen, die sich mit ein paar Kleinigkeiten zu essen eingedeckt hatten. Sie berichteten ihr von einer Art Trauerfeier, die am Abend für Maja veranstaltet werden sollte, schließlich müsse man sich ja irgendwie von ihr verabschieden. Janina nickte. Klar würde sie rüberkommen, damit sie mit den anderen um ihre Freundin trauern konnte.

Dann verschwanden die Mädchen. Kichernd. Albern. Sie waren nur froh um etwas Abwechslung heute Abend. Um

Maja würde es nur am Rande gehen. Gefühle leistete sich hier keiner mehr. Janina griff nach dem Rucksack. Sie wollte durchs Treppenhaus gehen und nicht den Fahrstuhl benutzen. Wenn sie dann unten angekommen war, hatte sie das Schlimmste geschafft. Es waren dann nur noch ein paar Schritte bis zur Haustür und etwa zehn Meter bis zur Ecke, wo sie fast unbemerkt im Getümmel der Stadt untertauchen konnte. Noch drei Stockwerke und zehn Meter Straße bis zur Freiheit.

Janina wusste, dass sie sich etwas vormachte. Spätestens in dem Augenblick, als sich eine Hand auf ihre Schulter legte und jemand mit ganz ruhiger Stimme fragte: »Wohin des Weges?«

* * *

Der Blick des Mannes auf dem Parkplatz hatte Birthe regelrecht aufgespießt, sodass ihr für einen Moment die Luft weggeblieben war. Als sie sich wieder gefangen hatte, war der Alte bereits verschwunden, so rasch, dass Birthe sich nicht sicher war, ob sie ihn wirklich gesehen hatte oder ob sie von einer ihrer Wolkenfantasien genarrt worden war.

Sie brauchte eine Weile, bis sie sich wieder gefangen hatte. Dann stieg sie ins Auto und fuhr nach Hause zurück. Carsten war im Bad, Birthe hörte es dort rumoren. Das Rauschen der Dusche erklang. Nachdem kurz darauf der Föhn ausging, klapperte schließlich die Tür und er stürmte die Treppe nach unten. Sein Auto fuhr mit durchdrehenden Reifen davon. Er hatte sich nicht einmal verabschiedet. Was war nur mit ihnen los?

Als es still im Haus geworden war, angelte Birthe erneut nach dem Brief, den sie vorhin unauffällig beiseitegelegt hatte. Sie war sicher, dass Carsten dem Ganzen keine tiefere Bedeutung beigemessen hatte. Er würde sie weder verdächtigen, dass es ein Liebesbrief war, noch verlangen, dass sie ihm Auskunft über den Inhalt gab, wenn er annahm, dass es der Brief einer Freundin war. Birthe schätzte es sehr, dass Carsten ihre Privatsphäre so achtete. »Ich finde es wichtig, dass jeder so seine kleinen Geheimnisse hat«, hatte er zu Beginn ihrer Liebe einmal gesagt. »So viel Vertrauen muss sein. Es geht mich ja nichts an, was du mit deinen Bekannten austauschst.« Birthe fand diese Einstellung wundervoll. Aus diesem Grunde glaubte sie auch nicht, dass Carsten nachforschen würde, was für einen Brief sie eben in den Händen gehalten hatte.

Birthe faltete das Papier wieder auseinander.

Immer wieder kommt er auf den Hof. Ich glaube, meinetwegen. Jedenfalls sieht er mich an. Vorhin stand er mit einem Mal hinter mir. Ich habe seinen Atem an meinem Hals gespürt. Er hat frischen Atem, angenehm. Er riecht nach Seife. Frisch gewaschen. So riecht hier kaum jemand. Ich auch nicht. Ein bisschen habe ich mich geschämt, dass ich wahrscheinlich nach Wiese, nach Heu und nach Kuh rieche. Er ist mir trotzdem immer näher gekommen. Es war wie ein Zauber. Ich konnte nicht weichen, habe die Wärme seiner Haut durch mein Kleid genossen. Wie ich es genossen habe. Wie sehr! Ich habe mich aber immer wieder umgesehen, ob die Bäuerin mich nicht beobachtet. Nach einer Weile ist er einen Schritt zurückgetreten. Ich fand es sehr schade. Ob ich am Abend zum Kanal käme, hat er gefragt. An die Brücke. Er warte dort. Um sechs.

Ich weiß nicht, ob ich mich das traue. Es darf keiner merken. Auch Pawel nicht. Aber ich kann mich gar nicht wehren. Ich will ihn sehen. Ich will!

Birthe wendete das Blatt. Anna hatte noch am selben Abend weitergeschrieben.

Meine Wangen glühen wie der Scheit eines Feuers. Wir haben lange nebeneinander gesessen. Zugeschaut, wie die Sonne sich hinter den Wiesen langsam schlafen legt. Wir haben den Reiher beobachtet, wie er einen Fisch aus dem Kanal gefangen und hinuntergeschluckt hat. Und wir haben den Mücken beim abendlichen Reigen zugeschaut und uns vorgestellt, es gäbe keinen Krieg und wir dürften miteinander tanzen, wann immer wir wollen. Er hat eine schöne Stimme. Dunkel, sanft und von einer unglaublichen Stärke, die mich mitreißt. Er sagt das Gleiche von mir. Ich sei die schönste Frau, die ihm je begegnet sei. Er liebe meine Art zu lachen und die Freiheit, die aus meinen Augen springt, obwohl ich hier alles andere als frei bin.

Als die Nachtigall ihren Gesang angestimmt hat, hat er mich geküsst. Erst nur ganz sacht auf die Wange. Vorsichtig ist er gewesen, hat erst geschaut, ob ich das auch alles will. Dann sind seine Lippen tiefer geglitten, haben meine gestreift. Er hat zärtliche Lippen. Weich. Sanft. Ich werde seinen Blick nicht vergessen. Seinen tiefen dunklen Blick, in dem sich alle Gefühle für mich gespiegelt haben, obwohl er sie nicht ausgesprochen hat. Er darf sie auch nicht aussprechen. Es ist alles zu gefährlich, ohne Zukunft. Ich weiß das. Trotzdem habe ich jede Sekunde genossen. Jede einzelne. Habe seinen Geruch in mich aufgesogen, werde ihn in meinem ganzen Leben nicht mehr vergessen.

Er hat mich angesehen und ich glaube, seitdem bin ich in ihm gefangen. »Du bist nicht geschaffen für das Leben hier, Anna«, hat er gesagt. Seine Zunge hat nach meiner gesucht. Sie haben miteinander getanzt, gespielt und sich ineinander verschlungen. Er hat eine kleine Zunge, beweglich. Ich habe vorher noch nie so geküsst. Es war wunderschön, ich will es wieder tun. Wieder und wieder.

In dem Augenblick habe ich vergessen können, wo ich bin. Warum ich hier bin, und selbst der Gestank des Bauern war nicht mehr vorhanden. Es gibt nur noch ihn. Und mich. Wie er heißt, habe ich ihn gefragt. Ein bisschen muss ich lachen bei der Frage. Eigentlich fragt man das vorher. Es hat sich aber nicht ergeben. Zu kurz waren die Augenblicke der Nähe.

Er hat meinen Kopf zwischen den Händen gehalten, als er mir seinen Namen gesagt hat. Jetzt kann ich ihn flüstern, wenn die Sehnsucht zu stark wird. Das kann so sehr trösten. Ich weiß ja nicht, wann wir uns wiedersehen können. Bald muss er zurück an die Front. So viele kehren nicht zurück von dort.

Wenn ich aber jetzt allein auf meinem Strohlager liege, habe ich diese paar Buchstaben, um mich daran festzuklammern. Jeden Abend werde ich daliegen, mir seinen Namen auf der Zunge zergehen lassen. Obwohl es ein deutscher Name ist, mag ich ihn so sehr. Weil er zu ihm gehört. Weil es seiner ist. Hartmut.

Birthe ließ den Brief sinken. Anna hatte also Hartmut gefunden. Als große Liebe. Sie wusste, von welchem Hartmut sie sprach. Es gab nur den einen, der infrage kam. Erneut fragte sich Birthe, warum gerade sie dafür ausgewählt worden war. Sie hob die Hand, tastete sich mit den Augen wieder zu dem Stück Papier. Ein bisschen verschwammen die Buchstaben vor ihren Augen.

Ich weiß, dass er Eddas Cousin ist. Seine Abreise rückt jeden Tag, jede Stunde ein Stück näher. Wir treffen uns noch immer an der Brücke. Er sagt, dass meine Augen dem Sternenhimmel gleichen, meine Stimme so zart wie Watteflaum sei, ihr aber trotzdem die Sicherheit nicht fehle.

Bei unserem letzten Treffen hat er seine Hand auf meine Brust gelegt und sie leicht gestreichelt. Ich habe auch das geschehen las-

sen. Es ist so gut, wenn er das tut. Es fühlt sich richtig an, obwohl es falsch ist. Weil es uns in Gefahr bringt. Wir dürfen uns nicht lieben. Nur, was tut man gegen die Liebe? Sie raubt den Verstand, lässt in dem Augenblick, in dem sie geschieht, alle Gefahren außer Acht. Mir ist alles so verdammt egal. Auch wenn es meinen Tod bedeutet, will ich mit diesem Mann zusammen sein. Einem Mann, von dem ich nur den Namen kenne, von dem ich lediglich weiß, dass er ein deutscher Soldat und der Cousin von Edda ist. Der von Staats wegen mein Feind sein muss. Der mich nicht lieben darf, weil es ihn seinen Kopf kosten kann. Den ich unter Lebensgefahr nicht einmal ansehen dürfte. Doch seine Küsse sind süß, schmecken nach mehr. Nach so viel mehr.

Er hat mir auch unter den Rock gefasst. Mir ist so warm geworden. Es ist so gut, wie es ist. In der Ferne haben Kinder gerufen. Die Stimmen sind lauter geworden. Wir mussten aufhören. Er liebt mich, hat er gesagt. Egal, was bei der Sache rauskommt. Er liebt mich. Er hat es tatsächlich gesagt. Worte, die einer Frau so ungeheuer wichtig sind, wenn sie liebt. Ohne die die Liebe nur unvollständig sein kann. Diese drei Worte sind die wichtigsten überhaupt. Weil man sie nicht einfach so sagt.

Als die Stimmen ganz nah waren, hat er mich ein letztes Mal geküsst und sich dann seitlich der Brücke davongeschlichen. Es ist ein komisches Gefühl geblieben. Die Kinderstimmen sind danach verschwunden gewesen, als seien sie nie auf dem Weg zu uns gewesen, um das zu zerstören, was ich so gern heute vollendet hätte. Ich glaube, ich hätte mich ihm hingegeben. Es ist ohnehin egal. Meine Ehre hat mir der Bauer genommen. Meine Freiheit ist jetzt die Liebe. Ob sie erlaubt ist oder nicht. Ich werde sie leben und wenn es das Letzte ist, was ich in diesem Leben tue.

An der Stelle brach der Brief abrupt ab, am unteren Rand war die Schrift verwischt, als sei Wasser darauf gekommen. Oder Tränen.

Birthe schluckte. Anna war verliebt. Glücklich und gleichzeitig auch nicht. Weil es eine Liebe ohne Zukunft war. Sie wusste jedoch genau, was sie tat. Sie spielte mit ihrem Leben, konnte sich der Versuchung, dem Bann nicht entziehen.

* * *

Janina blieb das Herz stehen. Zumindest fürchtete sie das. Diese Stimme kannte sie nur zu gut. Sie hatte sich in ihren Gehörgang geschraubt und sie Nacht für Nacht malträtiert. Es war die Stimme der Rachegöttin. Ihre langen Fingernägel hielten Janinas Haar umfasst, rissen daran. »Wolltest du türmen, du falsche Schlange? Du schuldest mir noch was. Gib es mir! Dann kannst du gehen, wohin du willst. Ich will nur mein sauer verdientes Geld zurück.«

Janina entfuhr unwillkürlich ein Schmerzenslaut, als die Rachegöttin ihren Kopf nach hinten riss. Es knackte im Nacken.

»Du kleine Schlampe. Er ist frei, verstehst du? Frei! Eigentlich sollte er im Gefängnis schimmeln. Wenn du nicht versagt hättest!«

Janina traten die Tränen in die Augen. Sie hatte keine Wahl, sie musste der Frau das Geld zurückzahlen. Wie sie dann allerdings zurück nach Hause kommen sollte, war ihr ein Rätsel. Vielleicht würde es mit dem Straßenstrich klappen. Illegal. An den richtigen Stellen würde es funktionieren. Männer gab es überall. Dort gab es dann keine Robins, die alles kontrollierten. Sie würde der Rachegöttin ihr Geldsäckchen geben. Dann wäre sie endgültig frei. Sie musste weg. Um jeden Preis. Nicht nur ihretwegen. Auch wegen Maja. Sie musste zu ihrer Mutter. Damit sie endlich um ihre Tochter weinen durfte.

* * *

Als Carsten in der Firma eintraf, war von seiner Sekretärin weit und breit nichts zu sehen. Auf dem Anrufbeantworter waren zahlreiche Nachrichten eingegangen. Der PC war nicht heruntergefahren, also war sie hier gewesen.

Carsten ging in sein Büro, riss als Erstes das Fenster auf und sog gierig die klare Luft des späten Vormittags in sich auf. Das Kreischen der Möwen war Musik in seinen Ohren. Er betrachtete ihre weißen Schwingen, die sich wie zwei Sicheln gegen den klarblauen Himmel abhoben. Zwei der Vögel stritten sich auf dem Hafengewässer um etwas Essbares. Deren Sorgen wollte er gerne haben. Nicht nur, dass sein Großvater ermordet worden war. Nun benahm sich auch seine Frau höchst seltsam. Sie hatte vorhin einen Brief in der Hand gehalten. Ja, Birthe hatte sich verändert. Sie war kühler, zurückhaltender. In Carsten begann sich etwas zu regen. Eine innere Unruhe, die er nicht erklären konnte. Er hätte nun doch zu gern gewusst, was sich hinter diesem Brief verbarg, den Birthe vorhin eine Spur zu lässig auf den Tisch gelegt hatte, als dass er ihr diese Gleichgültigkeit abnehmen konnte. Er musste herausfinden, um was es ging. Es könnte existenziell sein, und Birthe wusste es nicht. Vielleicht war das Wissen um den Inhalt für ihn so wichtig, dass er die Gesetze der Privatsphäre seiner Frau brechen musste, wenn sie ihm nicht selbst davon berichtete. Etwas in ihm flüsterte ununterbrochen, dass es wichtig war, davon zu wissen. Damit er das Zepter in der Hand behielt. Denn es wurde schwerer und schwerer. Carsten richtete sich auf.

Nun galt es zunächst, die Beisetzung seines Großvaters zu organisieren. Es war gut, wenn er unter der Erde war. Ein Stück Erleichterung. Danach würde er weitersehen. Seine Frau genau beobachten. Notfalls gegenlenken.

Er nahm den Hörer in die Hand und wählte die Nummer eines stadtbekannten Beerdigungsinstituts. Noch während des Telefonats kam Mechthild zurück.

»Sie waren weg?«, fragte Carsten und merkte, schon während er die Frage stellte, wie überflüssig sie war. Natürlich war seine Sekretärin weg gewesen, warum sonst schälte sie sich aus dem Mantel, warum sonst brachte sie den frischen Wind der Nordsee mit hinein?

»Ich hatte etwas zu erledigen, Herr Meckenwald. Private Dinge.«

»Während der Arbeitszeit?« Carsten kam sich selbst etwas albern vor. Aber er hatte das Gefühl, er müsse jetzt durchgreifen, wenn ihm nicht auch diese Sache entgleiten sollte.

»Wir können meinen Großvater beerdigen. Am Montag um 14 Uhr. Bitte leiten Sie alles für die Geschäftspartner, Kunden und so weiter in die Wege. Bestellen Sie großzügig Kränze, Blumen, alles. Viel Brimborium, dem Anlass entsprechend.« Carsten begann sich langsam wieder zu regenerieren, in den Griff zu kriegen. Die Beerdigung seines Großvaters hatte absolute Priorität.

13. Kapitel

Es war still auf dem Friedhof *Heilig Land*, zumindest, wenn man in der Lage war, den Autolärm der beiden Verkehrsadern, die sich in die Wilhelmshavener Innenstadt ergossen, auszuklammern. Auf einer Erle saß eine Amsel und sang eine kurze Strophe, nicht vergleichbar mit dem Gesang, der im Frühjahr aus ihren Kehlen drang.

Birthe sah zu dem Vogel auf, nicht zu den Tauen, die den Sarg mit den Überresten Hartmut Meckenwalds Zentimeter für Zentimeter tiefer in der Grube versenkten.

Die Amsel flog auf, verschwand hinter einem Busch, sodass Birthe ihre Aufmerksamkeit nun ihrem Mann zuwandte. Carstens Gesicht war versteinert, nicht eine Regung darauf zu erkennen. Diese Erstarrung löste in Birthe den Knoten. Sie konnte die Tränen nicht mehr zurückhalten, endlich war es ihr möglich zu weinen. Es war wie ein Fluss, bei dem alle Dämme brachen. Nichts konnte die Fluten mehr aufhalten.

Birthe selbst hätte nicht erwartet, wie stark sie ihre Gefühle hier bei der Beerdigung übermannen würden. Im Grunde hatte sie geglaubt, durch die Geschehnisse der letzten Tage zu einem Stein erstarrt zu sein, der durch nichts mehr erschüttert werden konnte. Tatsache aber war, dass mit jedem weiteren Orgelstück ihr Innerstes zum Schmelzen gebracht wurde. Anfangs waren ihr nur zaghafte Schluchzer entschlüpft, aber nun quollen ihre Gefühle wie Lava aus ihr heraus. Sie weinte hemmungslos.

Der Sarg kam mit einem leichten Ruck unten an. Er wackelte nur kurz, als die Stricke darunter fortgezogen wurden. Die schwülstigen Worte des Pastors verpufften wie Seifenblasen in der Sommerluft, erreichten Birthe nicht wirklich.

Sie stand mit Carsten vor Hartmuts Grab. Der nahm die erste Schaufel Sand, hielt sie für einige Sekunden fest in der Hand, als zögere er noch wegen der Endgültigkeit dieser Geste. Dann warf er den Sand abrupt hinunter. Er prallte mit einem dumpfen Geräusch auf dem Sargdeckel auf. Birthe suchte nach Carstens Hand. Er entzog sie ihr, wandte sich ab. Ihr Mann wollte mit seinem Schmerz allein sein, sie nicht teilhaben lassen. Ein Schmerz, den er niemandem zeigte, der aber irgendwo tief in seinem Inneren schlummerte.

Allein stand Birthe da, griff nach den Rosenblättern, die in einem Korb neben dem offenen Grab standen. Sie wollte sich lieber so verabschieden, mochte das Geräusch des Sandes auf Holz nicht. Birthe verbeugte sich kurz, sah sich dann nach Carsten um. Er stand vor einer Ansammlung von Thujabäumen, um die Kondolenzbekundungen entgegenzunehmen. Gerade Haltung, kein Verziehen des Gesichts. Nicht eine Nuance von Berührtheit glitt über seine Gesichtszüge. Carsten hatte sich im Griff. Ein echter Meckenwald eben.

Birthe stellte sich neben ihn, schüttelte unzählige Hände, ließ sich in den Arm nehmen und wusste oft gar nicht, von wem. Die ganze Zeit weinte sie.

Nach einer Weile erkannte Birthe auch die Kommissarin, die versuchte, sich möglichst unauffällig unter die Trauernden zu mischen. Das war ein leichtes Unterfangen. Hartmut hatte viele Geschäftspartner gehabt, viele Menschen, die ihn als Unternehmer fürchteten, aber es gab kaum jemanden, der ihn als Freund gemocht hatte. Sie schien tatsächlich die Einzige unter all den Trauergästen zu sein, die aufrichtig um ihn weinte. In dem Augenblick erst wurde ihr die ganze Tragik seines Lebens, die ganze Einsamkeit, die ihn begleitet hatte, bewusst. Was um alles in der Welt hatte Hartmut Meckenwald zu dem Mann gemacht, der er am Ende gewesen war? Ein Mann, dessen einzige Bestimmung seine Firma und deren Geschäfte waren? Nichts hatte man zum Schluss von dem Hartmut erkennen können, den Anna mit so warmen Worten beschrieben hatte. Am Ende des Lebens war von dieser Seite des Menschen nichts mehr übrig geblieben. Sie allein hatte das Privileg gehabt, zumindest für eine kurze Zeit den menschlichen Hartmut sehen zu dürfen.

Sie sah sich um. Überall gefasste Mienen. Und doch ließ sich die Verunsicherung in den Gesichtern nicht übersehen. Eine Verunsicherung, die daraus resultierte, dass hier, unter ihnen, vielleicht auch Hartmuts Mörder weilte und die Zeremonie genüsslich betrachtete.

Birthes Schluchzen wurde lauter. Sie konnte nicht anders. Sie weinte um den Hartmut, der schon vor so langer Zeit gestorben war. Warum auch immer. Die Antwort würde sie von Anna bekommen. Nach und nach. Da war Birthe sich ganz sicher.

Carsten hatte sich bereits abgewendet und unterhielt sich mit einer Gruppe von Männern, die Birthe nicht bekannt waren. Immer wieder blieb ihr verschleierter Blick an Hartmuts offener Grabstelle hängen. Ihr lautes Weinen klang unter der Gleichgültigkeit der anderen hier merkwürdig fehl am Platz. Als sei es ein Frevel, um Hartmut Meckenwald zu weinen.

Nach und nach verlor sich die Trauergemeinde, machte sich auf den Weg zur Kaffeetafel. Birthe bedeutete Carsten, dass sie noch kurz allein sein wollte, und setzte sich auf eine Bank hinter einem Busch.

Sie wusste nicht, wie lange sie dort gesessen hatte. Sie fröstelte. Ein Rascheln drang zu ihr herüber. Sie hob die Augen von den Spitzen ihrer schwarzen Schuhe. Neben dem Busch stand ein alter Mann. Sie fuhr zusammen. Es war der Alte, der schon auf dem Firmenparkplatz herumgestanden hatte.

Mit seiner schäbigen Kleidung wirkte er auf einer Beisetzung dieses Kalibers völlig deplatziert. Das Gesicht strahlte eine Tragik aus, die Birthe einen Augenblick den Atem nahm. Der alte Mann hatte ebenfalls Tränen in den Augen, und der Schmerz, der ihn umgab, war unermesslich. Als er bemerkte, dass Birthe ihn gesehen hatte, wandte er sich ab und verließ den Friedhof. Sein Schritt war schleppend, die Schultern gebeugt, als trügen sie eine Last, unter der er bald zusammenbrechen würde.

* * *

»Der Meckenwald ist der abgebrühteste Typ, der mir je begegnet ist«, sagte Petra. »Nicht eine Miene hat er verzogen«, resümierte sie weiter. »Nicht eine.« Für Petra passte dieses Verhalten einfach nicht. In der Todesnacht war Carsten Meckenwald völlig zusammengebrochen. Danach hatte er scheinbar einen inneren Schalter umgelegt, wenn er nun in der Lage war, ein solch kühles und überlegenes Gebaren an den Tag zu legen.

Sie legte den Finger an die Lippen und runzelte angestrengt die Stirn. Ihre Lippen kräuselten sich, wie immer, wenn Petra einer Idee nachspürte, von der sie nicht sicher war, ob sie die richtige Spur verfolgte. Sie überlegte weiter, ob sie die Einzige war, die den alten Mann auf der Beerdigung gesehen hatte. So gesehen hatte. Mit ihrem Blick. Diesen Mann, der nicht zu den kühlen Trauernden zählte. Nicht zu denen, die in Anzügen steckten. Der einzige Mann, der irgendwie getrauert hatte. Auf eine seltsame Art und Weise.

Petra wusste, dass es fatal sein würde, diese Erkenntnis an ihre Mitarbeiter weiterzugeben. Diese Beobachtung musste sie mit sich selbst ausmachen. Sie konnte das breite Grinsen auf den Gesichtern ihrer Kollegen förmlich sehen. »Frau

Erdmann, wir wollen Ihnen ja nicht zu nahe treten, aber wir waren auf einer Beisetzung. Da haben wohl doch eine Menge Menschen sehr getrauert, oder?«

Petra ließ sich gegen die Stuhllehne zurückfallen. Keiner hatte genau hingesehen, nicht in den Gesichtern gelesen. Nicht so genau, wie man hinschauen musste, wenn man etwas erkennen wollte, was jenseits dessen lag, was einem die Bilder vorgaukeln wollten.

Denn eines war für Petra klar wie nur was: Auf der Beerdigung Hartmut Meckenwalds waren nur zwei Menschen wirklich ergriffen gewesen. Der eine war definitiv Birthe und der andere dieser alte, leicht verwahrloste Mann, den sie zuvor noch nie gesehen hatte, der aber eine Verbindung zu der Familie haben musste. Warum sonst kreuzte er bei einer solchen Gelegenheit auf und wirkte wie ein Tier, dem man zu viel Last auf den Rücken gepackt hatte? Wer war dieser Mann und was tat er hier? Petra hatte beobachtet, wie der Alte die junge Frau Meckenwald angesehen hatte, und auch den Schrecken erkannt, mit dem Birthe ihn bemerkt hatte. Und doch war es ihr so vorgekommen, als wüsste auch sie den Mann nicht einzuordnen.

»Warum sollte nicht ein alter Mann zu einer Beerdigung erscheinen?«, dachte Petra laut. »Auch wenn wir ihn nicht kennen? Vielleicht ist es ein entfernter Verwandter oder ein Bekannter?«

Petra beschloss, die Identität des Mannes herauszufinden und ihn dann genauer unter die Lupe zu nehmen. Mit etwas Glück hatte er sich sentimentalerweise in die Kondolenzliste eingetragen. Der alte Mann musste einen besonderen Grund gehabt haben, auf der Beerdigung zu erscheinen. Da war sie sich ganz sicher.

* * *

Mechthild hatte die Kaffeetafel nach der Beisetzung mit Anstand hinter sich gebracht, war nun froh, dass es vorbei war. Hartmut Meckenwald war unter der Erde und konnte sich in die Ereignisse der Realität nicht mehr einmischen. Allein deswegen hatte sie sich durchgerungen, an der Beerdigung teilzunehmen. In ihrem momentanen Zustand war das keine Selbstverständlichkeit. Schließlich hatte sie vor ein paar Tagen erst beschlossen, sich mehr um ihre Bedürfnisse zu kümmern. Auch wenn sie dabei über Leichen gehen musste. Sie begann zu kichern. Im wahrsten Sinne des Wortes. »Über Leichen gehen«, lachte sie weiter. Ihr Heiterkeitsausbruch klang schief, eher verzweifelt. Sie wusste das selbst. Doch sie konnte ihn nicht stoppen. Immer wieder kicherte sie den Ausdruck »über Leichen gehen« und stellte sich vor, wie es sich wohl anfühlen möge, über mehrere Leiber toter Menschen zu steigen, in ihre hohlen Augen zu sehen.

Sie lachte, bis ihr Gesicht tränennass war. Danach brach sie völlig erschöpft auf dem Sofa zusammen, krümmte sich vornüber. Sie war ein Wrack, sie konnte es drehen und wenden, wie sie wollte. Sie hatte alles verspielt. Alles. Niemals würde sie Carstens Liebe erringen können.

Sie dachte an den Augenblick zurück, als sie an die offene Grabstelle von Hartmut Meckenwald getreten war. Es war eine Genugtuung gewesen, keine Frage. Sie hatte auch nicht auf das wohltuende Geräusch des Sandes, der auf den Sargdeckel spritzte, verzichten wollen. Es war eine Art Triumph gewesen, der sie in dem Moment beflügelt hatte, den eingeschlagenen Weg zu Ende zu gehen. Zu Hause hatte es dann plötzlich anders ausgesehen. Mechthild stellte sich vor den Spiegel. Er schleuderte ihr das Gesicht einer nicht mehr ganz jungen, verhärmt wirkenden Frau entgegen. Sie betrachtete ihre tief liegenden, vom verwischten Mascara schwarz umrandeten Augen. Sie musterte jede Falte, die sich am heutigen Tag noch tiefer eingebrannt hatte als sonst, was sicher auch am verwischten Make-up lag. Ihre Lippen waren von winzigen, fast senkrecht stehenden Einkerbungen umfasst. Sie formte einen Kussmund, der das noch deutlicher machte. Mechthild benetzte ihren rechten Mittelfinger mit Spucke und versuchte, den verschmierten Mascara zu entfernen. Als sie sich wieder etwas menschlicher fühlte, wagte sie den Gang vor den Spiegel erneut. »Hartmut Meckenwald ist tot«, sagte sie zu ihrem Abbild. Dabei formte sie jede Silbe wie eine Schauspielerin beim Sprechtraining. Sie sagte es noch einmal. Sehr deutlich. Es klang zu gut. »Hartmut Meckenwald ist mausetot«, sagte sie und begann dabei erneut hysterisch zu kichern. Mausetot, wie albern das klang. Warum mausetot und nicht rattentot? Oder hundetot? Mausetot. Ihr Kichern schwoll an, hallte grell. Es klang richtig blöd, wenn ein erfolgreicher Geschäftsmann, der zeitlebens glaubte, alle Fäden in der Hand zu haben, alle Menschen steuern und lenken zu können, wie es ihm beliebte, mit dem Attribut mausetot degradiert wurde. Ein Abstieg. Was für ein Abstieg.

* * *

Carsten rollte sich von Birthe herunter. Sein Atem ging noch schnell, stoßweise. Sein Herz musste erst den normalen Rhythmus wiederfinden. Er würde heute nicht mehr in die Firma gehen. Die Beerdigung war ihm sehr unter die Haut gegangen. Als Birthe vorhin so verletzlich vor ihm gestanden hatte, konnte er seinen aufgestauten Drang nicht zügeln und war ausgehungert über sie hergefallen. Er wusste selbst, dass es kein glücklicher Zeitpunkt war. Es war eher ein Akt der

Verzweiflung als der Lust. Er klammerte sich mit seiner Begierde an sie, konnte dadurch die sein Hirn zermarternden Gedanken verdrängen.

Birthe hatte den Akt über sich ergehen lassen, war aber mit den Gedanken anscheinend ganz woanders gewesen. Ihre Regungen waren verhalten, sie gab nur leise Seufzer von sich, die weit von dem entfernt waren, was er eigentlich von ihr kannte. Er sah auf sie herunter. Birthe hatte die Augen geschlossen, als sei ihr gar nicht bewusst, dass es bereits vorbei war. Er tippte sie an. »Ich bin fertig«, sagte er. Birthe schlug die Augen auf, sah ihm ins Gesicht. »Schön, Carsten.« Dann wand sie sich an ihm vorbei und ging wortlos ins Badezimmer. Der Toilettendeckel klapperte. Carsten hörte den Wasserhahn, dann das Plätschern von Wasser. Birthe duschte. Lange und ausgiebig. Carsten kam es so vor, als müsse sie sich von ihm reinwaschen. Er schlug mit der Faust auf die Decke. Seine Frau entzog sich ihm. Von Tag zu Tag ein Stückchen mehr. Sie war unendlich weit weg. Er wusste selbst, dass er nicht unmaßgeblich dazu beigetragen hatte. Er hätte nach seiner Freilassung sofort zu ihr fahren sollen. Carsten sah zur Decke.

Das Plätschern des Wassers versiegte, die Tür der Duschkabine knackte. Eine Weile hörte er nichts. Als Birthe den Raum wieder betrat, erschrak er bei ihrem Anblick. Um ihre Augen herum zeichneten sich tiefe dunkle Ringe, auch hatten sich Falten um ihren Mund gebildet, die er vorher noch nie bei ihr gesehen hatte. Birthe sah ziemlich fertig aus.

»Bei Hartmuts Beerdigung war niemand traurig. Außer mir«, sagte sie. Ganz ruhig kam ihr der Satz über die Lippen. Sie wirkte abwesend, als habe sie gar nicht bemerkt, dass sie überhaupt gesprochen hatte. Carsten wollte ihr entgegnen, wie nahe ihm Hartmuts Tod ging, wollte auf die Größe der Trauergesellschaft hinweisen, die würdevolle Bestattung, als

Birthe hinzufügte: »Nur noch einer war traurig. Ein alter, verwahrloster Mann, den ich nicht kannte.«

Carsten schloss den Mund, wusste seine Argumente nicht mehr vorzubringen. »Ein alter Mann?«, fragte er.

Birthe nickte. »Carsten, mir war der Mann unheimlich. Er hat mich beobachtet. Er ist komisch, macht mir Angst.« Sie zögerte. »Ich habe ihn aber schon einmal gesehen. Letzten Donnerstag. Er stand auf dem Firmenparkplatz. Als ich spazieren war.«

»Vielleicht ein alter Freund meines Großvaters, der in der Zeitung davon gelesen hat?« Carsten versuchte ruhig zu bleiben. Es konnte Zufall sein. Ein ganz einfacher Zufall.

»Er hat mich angestarrt, Carsten. Der Blick hat mich durchbohrt, dass mir die Luft weggeblieben ist.« Die letzten Worte hauchte Birthe beinahe.

»Vielleicht mochte der Mann dich einfach.« Carsten lächelte seine Frau an. »Du bist einfach jemand, nach dem man sich umdreht.«

Birthes Augen waren geweitet, drückten tatsächlich Angst aus. »Ich weiß nicht, Carsten. Aber hier geschehen seit dem Tod deines Großvaters Dinge, die ich nicht erklären kann.«

Carsten sah Birthe fragend an. »Was für Dinge? Verheimlichst du mir was?« Er sah, dass sie kurz nachdachte, ihre Gedanken ordnete. Insgeheim hoffte er, dass sie ihm nun vielleicht die Erklärung dafür gab, warum sie nachts hochschreckte, fremde Namen rief und weshalb sie sich jede Minute weiter aus seinem Radius entfernte.

Aber Birthe verneinte seine letzte Frage. Dabei schlug sie die Augen nieder. Sie, die einem immer direkt ins Gesicht sah. Sie, bei der er stets in dem Glauben war, sie könne ihn gar nicht anlügen, konnte ihm nun nicht in die Augen sehen.

* * *

Birthe war gleich in ihr Zimmer gehuscht. Sie hatte vor der Beisetzung wieder Post erhalten, die sie rasch in ihrem Zimmer hatte verschwinden lassen. Irgendwie wurde ihr jeden Tag klarer, dass es tatsächlich keine gute Idee wäre, Carsten davon zu erzählen. Wer weiß, wie empfindlich er auf die Enthüllungen reagieren würde. Denn dass diese Liebesgeschichte nicht das vorrangige Thema war, war Birthe ziemlich klar.

Juni 1943

Wir haben uns wieder getroffen. Ich wollte es eigentlich nicht, es ist viel zu gefährlich. Aber ich kann ihm einfach nicht widerstehen. Dieses Mal musste ich mich heimlich wegschleichen. Die Bäuerin bewacht jeden meiner Schritte. Sie ist wie ein Raubvogel, der seine Beute fast ununterbrochen anvisiert. Überall sehe ich ihre spitze Nase, ihren ausladenden Hintern, der sich um irgendwelche Ecken schiebt.

Ich habe Glück gehabt, dass sie heute von ihrer Nachbarin eingeladen worden ist. Als ihr Rockzipfel endgültig hinter der Kurve verschwunden war, habe ich mich davongeschlichen.

Pawel hat mich ganz komisch angesehen, als ich mich heimlich gewaschen habe. Ich habe meinen Zeigefinger auf den Mund gelegt, die Brauen hochgezogen und mit dem Kopf geschüttelt. Ich hoffe, er hat verstanden. Er wirkte ein bisschen verschreckt.

Auf dem Weg zu ihm habe ich die gedanklichen Eiszapfen verdrängt, nur noch seinen Namen geflüstert. Das hat mich angetrieben weiterzugehen, den Mut zu haben, ihm zu folgen. Bin mir vorgekommen wie in einem Spinnennetz gefangen.

Ich kenne mich so nicht. Willenlos. Ist das Liebe? Ich hoffe es einfach. Weil ich ihn nicht vergessen kann. Nicht eine Sekunde des Tages vergeht, in der ich nicht an ihn denke, in der mein Herz nicht für ihn schlägt. Sein Geruch geht mir nicht aus der Nase, seine

Stimme singt ununterbrochen in meinem Ohr. Sie hat einen leicht sonoren Klang, darunter schwingt eine Nuance, die unendliche Liebe verheißt. Ich bilde mir ein, mit ihm von hier fortzugehen. Auch wenn ich weiß, dass es völlig unmöglich ist. Aber träumen darf ich. Jede Frau träumt von der unsterblichen großen Liebe, die alles überwindet. Das ist das Märchen, an das wir alle glauben, wenn wir der großen Liebe begegnen. Er soll der Prinz auf dem weißen Pferd sein, der uns aus dem Turm holt und in den unendlichen Reichtum der Liebe führt. Wie ein Märchen eben.

Aber warum gerade ich an solchen Blödsinn glaube, der der Realität niemals standhalten wird, weiß ich nicht. Ich bin doch Anna Dzierwa. Ich stehe mit beiden Füßen fest auf dem Boden. Eigentlich. Im Moment glaube ich eher, dass ich fliege.

Ich will einfach, dass er mich mehr liebt, als die irdischen Dinge es von ihm verlangen. Ich glaube an seinen Mut. Wenn er ihn nicht hat, ich habe ihn.

Birthe brauchte wieder eine Pause. Hartmut und Anna. Ob er sie wirklich so geliebt hatte, wie sie es sich erhoffte? Birthe fiel der Gedanke schwer. Hartmut war kein Mensch, der wahre Liebe verschenkte. Oder war er früher anders gewesen? Ein anderer Mensch als der, den sie, Birthe, kennenlernen konnte? Der nur unterschwellig Gefühle zeigte, Regungen, die man nur erahnte, wenn man ihn gut kannte. War er erst nach Anna zu dem Menschen geworden, der andere beherrschte und nach seinen Vorstellungen formte?

»Du bist der einzige Mensch, der mir etwas sagen darf, kleine Birthe«, hatte er mal gesagt. »Du bist wie sie.« Danach hatte er sich auf die Lippen gebissen, war aufgestanden und hatte Birthe einfach so stehen lassen. Damals hatte Birthe nicht gewusst, wer mit »sie« gemeint war. Jetzt wusste sie es.

Hartmut hat schon auf mich gewartet. Er stand im Licht der Abendsonne, die ihn mystisch wirken ließ. Mystisch wie unsere Liebe. Und strahlend. Wir haben uns nur kurz angesehen. Ein einziger Blick, der mir durch und durch ging, alle Zweifel beiseitewischte, meine Mitte wie ein Pfeil traf, und ich wusste, dass ich ihn niemals wieder herausziehen würde.

Es war schön. Strahlend. So wie es sein sollte. So, wie ich es mir mit dem Mann vorgestellt habe, für den ich mich aufsparen wollte. Ich möchte es wieder tun. Wieder und wieder und wieder. Ich möchte ihn heiraten, Kinder haben. Glücklich sein und weiß doch, dass ich diese Wünsche nicht einmal denken darf. Niemandem kann ich davon erzählen. Ein Wort, und Hartmut ist tot und mir kratzt der Strick am Hals. Ich will aber nicht über diese Sachen nachdenken. Ich will glücklich sein. Nicht an ein Ende denken. Mein Herz klopft, als galoppiere eine Herde Pferde darin herum.

Es ist so gefährlich. So furchtbar gefährlich. Doch ich kann nicht anders. Ich, Anna, ich lebe wieder. Seit es ihn gibt.

Birthe ließ das Stück Papier sinken. War das wirklich Hartmut Meckenwald, der Anna den Kopf so verdreht hatte? Der abgebrühte Hartmut, vor dessen Augen nur die Eurozeichen tanzten, der noch im hohen Alter Prostituierte empfing und dem man auch unlautere Geschäfte nachsagte? Carstens Großvater, der mit seinem Enkel nie in den Wald gegangen war. Der nie Steine übers Wasser hatte tanzen lassen oder mit seinem Enkel Hand in Hand am Deich entlangspaziert war. Dieser Mann sollte also für Anna wirkliche Liebe empfunden haben. Oder war er schon damals derselbe berechnende Typ gewesen, für den Worte nur Worte waren? Rasch ausgesprochen und genauso schnell verflüchtigt. Worte als Mittel, um rasch ans Ziel zu kommen. Birthe hatte Hartmut wirklich gemocht. Aber zu wirklicher Liebe fähig hatte sie ihn nicht gehalten. Trotz seiner warmen Worte, die er indirekt zu ihr über Anna gesagt hatte. Birthe kam ein scheußlicher Verdacht.

* * *

Über Mechthilds Gesicht rollten Tränen. Sie bahnten sich ihren Weg über die geschwungenen Wangenknochen bis zum Mundwinkel, der tiefe Einkerbungen aufwies. Seit Hartmut Meckenwalds Tod hatten sich die Falten tief in ihre Haut eingegraben. Ihre Energie, immer angetrieben von dem sicher geglaubten Ziel, ließ jetzt zusehends nach, machte ihr jede Sekunde, die sie nicht schlief, zur Hölle. Im Wachzustand begann sie zu denken. Und sie wollte es nicht mehr. Nie mehr. Das Bedürfnis zu schlafen wurde immer stärker. Als diese arrogante Kommissarstussi sie vorhin noch einmal hier in ihrer Wohnung aufgesucht hatte, war sie völlig aus dem Konzept geraten. Sie war fast nicht in der Lage gewesen, ihre Fragen zur Genüge zu beantworten. Mit dieser Frau Erdmann kam sie ohnehin nicht zurecht. Sie strahlte eine solche Kälte und Selbstherrlichkeit aus, der Mechthild nur die eigene Arroganz entgegensetzen konnte. Gott sei Dank hatte die Frau sich rasch wieder vom Acker gemacht. Mechthild wandte sich wieder ihrem Gedankenkarussel zu.

Carsten war sie nicht einen Schritt nähergekommen. All ihre Opfer waren vergebens gewesen, sie hatte alles auf eine Karte gesetzt und haushoch verloren. Sie, die immer auf Nummer Sicher gegangen, nie ein Risiko eingegangen war, hatte bei dem ersten gewagten Einsatz ihres Lebens alles verwirkt.

Die letzte Aktion, sich für Carstens Missachtung zu rächen, hatte ihr die Beine völlig weggezogen. Ihr wurde übel, wenn sie sich im Spiegel betrachtete. Mechthild konnte ihr eigenes Gesicht, ihren Blick nicht mehr ertragen. Es war nicht mehr Mechthild, die sie ansah. Es war eine fremde Frau. Ohne Stolz. Ohne Profil. Mechthild musste ein Würgen unterdrücken.

Birthe dagegen hatte Stolz, hatte Charakter. Wieder verspürte Mechthild grausame Wut in sich brodeln, wieder wollte sie nichts lieber, als Birthe aus dem Weg zu räumen. Doch dann würde Carsten sie wie ein Mysterium auf einen Sockel stellen, sie noch mehr vergöttern.

Mechthild kam sich vor wie ein Hamster im Laufrad. Ihre Gedanken kreisten und kreisten, waren nicht zu stoppen. Sie war bereits am Ende ihrer Kraft, aber sie musste mit ihnen rennen und rennen und rennen. Alles war umsonst gewesen. Alles, was sie getan hatte. Umsonst.

Vor ihr lagen drei Schachteln Tabletten. Immer wieder glitten ihre Finger darüber, genossen die ebene Oberfläche der Schachteln. Dabei fragte sich Mechthild, ob der Tod genauso glatt werden würde, wie die Verpackung es vorgaukelte. Sie kratzte mit dem Nagel daran, aber es erschien nur eine winzige Einkerbung, das Weiß blieb erhalten. Das war ein gutes Omen. Ein sehr gutes. Sie würde ihre Schuld mit den drei Packungen tilgen. Niemand würde je etwas erfahren. Wie sollte man auch auf sie kommen? Sie, die unauffällige Sekretärin. Immer zu Diensten, immer da, aber nicht präsent. Es war nicht immer ein Segen, über alles informiert zu sein. Es konnte auch ein Fluch sein. Ein Fluch, der, wenn er mit Hass in Berührung kam, zu einer nicht kalkulierbaren Waffe wurde. Mechthild spürte den Vulkan, der in ihr brodelte, der ihre ganzen negativen Gedanken kochte, bis er sie hoch zum Himmel hinausspie. Sie hatte dem Ausbruch Raum gegeben, ihn zugelassen. Hinterher war sie über die Wucht der Zerstörung erschrocken gewesen.

Sie war eine einsame vierzigjährige Jungfer, die in ihrem Leben nichts Besseres zu tun gehabt hatte, als den Juniorchef anzuschmachten und zum Erreichen ihres Ziels über Leichen gegangen war und weitergehen würde, wenn sie sich nicht selbst stoppte. Und zwar sofort.

Sie öffnete den Pappfalz, zog das Plastik heraus, in dem die Tabletten eingeschweißt waren. Langsam drückte sie eine nach der anderen heraus, genoss den wachsenden rötlichen Berg, der ihr die Unendlichkeit versprechen sollte.

14. Kapitel

Können wir das Mädchen jetzt auch freigeben?« Petra sah fragend zum zuständigen Pathologen, der abwiegelnd mit dem Kopf wackelte. »Im Prinzip schon, Frau Erdmann. Es ist alles geklärt«, er blickte provokativ zur Kommissarin, »bis auf den Mord an sich. Das ist Ihre Aufgabe. Ich habe alles getan, was in meinen Bereich fällt.«

Petra runzelte die Stirn. Sie schätzte solche Anspielungen nicht besonders, fühlte sich immer gleich persönlich angegriffen. Doch sie schluckte den Ärger hinunter. Es brachte nichts, sich mit dem Kollegen anzulegen. Das Problem war ja auch, dass sie wirklich im Dunkeln tappte. Gestern hatte sie die Sekretärin noch einmal aufgesucht. In ihren eigenen vier Wänden. Sie musste doch irgendetwas mitbekommen haben. Sekretärinnen waren in der Regel die am besten informierten Menschen jeder Firma.

Diese Frau brachte Petra allerdings an ihre Grenzen. Ihr war noch nie eine weibliche Person begegnet, die von sich so überzeugt und gleichzeitig so verunsichert war. Eine seltsame Kombination. Noch etwas war Petra in dem Gespräch bewusst geworden: Sie mochte diese Frau nicht. Petra dachte an ihre unsteten Augen, die es scheinbar nie schafften, lange an einem Punkt zu verweilen und dabei doch ihr Gegenüber gleichzeitig beinahe festnagelten. Mechthilds Gestik, die von ausschweifenden Bewegungen geprägt war, als brauche sie Raum, um die Worte darin einzusperren, die sonst ohne Widerhall verklungen wären. Mechthild Driefel war eine Person, die ihr Innerstes versteckte, sich hinter Konventionen verbarg und ihre Fassade doppelt und dreifach abgesichert hatte. Wenn man eine Schicht abgetragen hatte, war man vielleicht gerade auf eine andere Hülle gestoßen, die wiederum eine weitere umschloss. So wie diese Russenpüppchen, die in ihrem Innersten immer noch ein weiteres Ich versteckt hatten. Petra war sich sicher, dass die Frau etwas verbarg, etwas, das sie gefährlich machte. Es musste schon mit dem Teufel zugehen, wenn sie von allem nichts mitbekommen hatte. Petra fühlte so etwas.

Sie konnte nicht weiter nur um die Theorie kreisen, dass Maja den Immobilienhai getötet und deren Zuhälter später ihren Mord als Vertuschung in Auftrag gegeben hatte. Es wäre die einfachste, die vernünftigste Lösung, aber irgendetwas in Petra wehrte sich gegen diese Theorie. Irgendetwas sagte ihr, dass es einfach nicht so war. Mechthild Driefel und der Alte vom Friedhof hingen in der Sache drin. Und zwar tiefer, als es irgendwer für möglich hielt. Sie, die Kommissarin Petra Erdmann, würde die Zusammenhänge erspüren, die Verknüpfungen finden und die beiden Fälle klären.

Petra las sich die Aussage Mechthilds bereits ein drittes Mal durch. Sie hatte die Firma offiziell mit Carsten verlassen. Das hatte der auch bestätigt. Sie war aber noch einmal umgekehrt, weil sie ihren Schirm vergessen hatte. Was aber war, wenn der Schal nicht Maja, sondern Mechthild gehörte? Das Motiv könnte in einem ganz persönlichen Bereich liegen. Eine Verletzung, irgendwo in einem ihrer Russenpüppchen verborgen und aus einem Grund plötzlich durch eine nicht verschlossene Ritze hervorgeschnellt. Sie würde diese Verletzung finden, würde jedes einzelne der ineinanderverschachtelten Püppchen auseinandernehmen.

Petra verschränkte die Finger ineinander, drehte sie, dass die Gelenke knackten. Sie sortierte die Fakten in ihrem Kopf erneut. Der alte Meckenwald war nirgendwo wirklich beliebt gewesen. Das war sehr eindeutig an den Gesichtern der Menschen abzulesen gewesen, die ihm das letzte Geleit erwiesen hatten. Wer wusste schon, was Hartmut Meckenwald Mechthild Driefel angetan hatte. Bewusst oder nicht.

* * *

Pawel hatte sich seit der Beerdigung nicht mehr aus dem Pensionszimmer getraut. Birthes Blick hatte ihm gestern förmlich die Füße weggezogen. In dem Augenblick hatte er geglaubt, sie habe ihn erkannt, wobei das ein Ding der Unmöglichkeit war. Es gab keine Bilder, die ihn ihr hätten zeigen können. Nichts. Sie konnte nicht wissen, wer er war. Vielleicht war das alles eher sein Problem. Er hatte sie erkannt, nicht umgekehrt.

Die direkte Nähe zu Birthe war wie ein Déjà-vu gewesen. Sie war es. Anna war wieder auferstanden. Sie lebte, als wären all die schrecklichen Dinge nie passiert. Birthe hatte denselben Gang, dieselbe Anmut und den störrischen Blick, der aller Welt unmissverständlich zu verstehen gab, dass man diese Frau in kein Schema pressen konnte. Sie würde alle Fesseln sprengen, wann immer ihr es beliebte. Auch, wenn es ihren Tod, ihr Verderben bedeutete. Er hatte Birthe Meckenwald gut ausgesucht. Sie würde sein Werk vollenden, wenn es so weit war. Sie würde seine Wege gehen. Anna Dzierwa lebte wieder. Birthe wusste es nur noch nicht.

* * *

Als Mechthild erwachte, war ihr hundeelend. Sie hatte gestern Abend eine Flasche Riesling getrunken und dann nicht mehr gewagt, mehr als drei Tabletten zu schlucken. Als die Müdigkeit sie in der Nacht davongetragen und wer weiß wohin katapultiert hatte, war sie fest davon überzeugt gewesen, nun am Ziel und damit aus der Verantwortung zu sein. Sie hatte diese Chance aber vertan. Durch ihre eigene Feigheit, ihr Unvermögen.

Jetzt hasste sie sich dafür. Sie könnte längst alles hinter sich haben. Kein Mensch hätte sie hier gefunden. Bis Carsten jemanden geschickt hätte. Vielleicht wäre er sogar selbst zu ihr gekommen, wenn sie längst auf dem Weg zu den Sternen gewesen wäre. Zu spät. Vergeigt. Nichts ging mehr. Ob sie ein zweites Mal den Mut haben würde, wusste Mechthild nicht. Es war nicht so einfach, mal eben aus dem Leben zu scheiden, alles Irdische hinter sich zu lassen. Sie wusste nicht, was genau es am Vorabend gewesen war, das sie schließlich von ihrem Vorhaben abgebracht hatte. Es war nur dumm gewesen, den einmal gefassten Entschluss nicht in letzter Konsequenz zu verfolgen.

Jetzt stieg ihr der saure und ekelerregende Geruch von Erbrochenem in die Nase und holte sie von Sekunde zu Sekunde stärker in die Realität zurück. Sie war wirklich nicht tot. Sie hatte es nicht hinbekommen mit dem Selbstmord. Nicht einmal das war ihr gelungen. Selbstmord. Wie das klang. Sie wollte wieder gutmachen, indem sie ging. Aber das hatte nicht funktioniert. Eine bittere Erkenntnis.

* * *

Pawel konnte nicht anders. Er musste Birthe wiedersehen. Seit er ihren Blick auf dem Friedhof eingefangen hatte, war sie ihm nicht mehr aus dem Kopf gegangen. Je länger er darüber nachdachte, desto stärker glaubte er an Seelenwanderung, an Wiedergeburt. Er hatte es schon immer geahnt. Anna war nicht tot. Würde nie tot sein. Sie war unsterblich.

Für ihn, für die ganze Welt. Birthe Meckenwald war nicht Birthe. Es war ein trügerischer Irrtum. Sie war Anna. Es musste Intuition gewesen sein, dass er gerade sie erwählt hatte, sein Spiel zu spielen. Schon, als er sie das erste Mal gesehen hatte, war ihm klar geworden, dass sie genau die richtige Frau für sein Vorhaben war. Doch nun hatte sich diese Idee, dass Anna tatsächlich wieder auferstanden sei, so sehr in seinem Kopf festgesetzt, dass sie sein ganzes Denken, Fühlen und Handeln besetzte. Es war nicht mehr nur eine fixe Idee, es war eine unwiderrufliche Größe, die er nicht mehr aufgeben würde. Jede Sekunde seiner Zeit hatte er nach dem Krieg auf die Wiederauferstehung Annas gehofft, aber nie gedacht, wie real seine Träume einmal werden würden. Jede Sekunde war er damit beschäftigt gewesen, einen Plan zu schmieden, der nachträglich Gerechtigkeit in Annas Leben brachte. Wenn er sein Werk vollendet hatte, würde er endlich sterben können, seinen müden Körper zur ewigen Ruhe betten.

Ob er seine Pläne nun ändern würde, wenn er erst mit Birthe gesprochen hatte, das wusste er noch nicht. Pawel fuhr sich durchs Haar. Es fühlte sich hart an. Schon damals auf dem Hof hatte es die feine Weichheit, die Kinderhaar ausmachte, verloren. Es war ihm vorgekommen, als verhärte sein Schopf parallel mit der Abstumpfung seiner Seele. Und die Farbe war zunehmend zu einem Nichts verblasst. Ein Nichts … Wie viele Jahre war Pawel sich ohne Anna, nur mit der Erinnerung an sie, so vorgekommen. Und in diesen Jahren war ein Gefühl gewachsen. Es gab Menschen, die würden es Hass nennen. Pawel bezeichnete es als Sehnsucht. Er wusste selbst, dass es keine gesunde Sehnsucht, kein Streben nach einem befriedigenden Zustand war. Es war das Sehnen nach Gerechtigkeit, nach dem Zustand der Befreiung, den er sich nur dadurch erhoffen konnte, indem er in die Vergangenheit zurückging und nach der Rekapitulation der Geschehnisse dort weitermachte, wo er vor über sechzig Jahren aufgehört hatte, als wirklich lebendiger Mensch zu existieren. Dazu bedurfte es der Person von Hartmut Meckenwald. Doch der war gestorben, ungeplant und etwas zu früh.

Pawel musste Birthe wiedersehen. Um jeden Preis. Er musste wissen, ob sie auch nur den Hauch des Duftes von Anna hatte.

* * *

Petra hatte ungeheuer schlechte Laune. Sie war zum Staatsanwalt zitiert worden. Der hatte ihr mächtig den Marsch geblasen. Den Fall Meckenwald betrachtete er mit dem Tod von Maja als gelöst, hatte er ihr erklärt. Der Schal, die Fingerabdrücke an dem Sektglas, alles sprach gegen sie. Nun sollte Petra sich auf den Mord an der Prostituierten konzentrieren. So viele Möglichkeiten könne es in der Richtung ja nun nicht geben.

»Aber dieser Tod …«, hatte Petra begonnen, war aber mit einer Handbewegung mundtot gemacht worden. Der Mann wollte nicht diskutieren, sondern Ergebnisse sehen.

Es klopfte. Petra war drauf und dran, »draußen bleiben« zu rufen, ließ es dann aber, weil ein solches Verhalten ihr Ansehen hier schwächen würde. Die Kollegen mussten von ihrer Niederlage vorhin ja nichts wissen. Sie setzte sich also gerade auf, holte tief Luft und strich ihr Haar glatt. »Ja?« Sie legte all ihre Autorität in dieses eine Wort.

Der Beamte räusperte sich. »Ich habe da wen, der dringend mit Ihnen sprechen will.« Auch er stellte sich gerade hin. »Es ist kein schöner Anblick, Frau Erdmann. Aber ich glaube, es ist besser, wenn Sie sich darum kümmern.«

Petra hörte das Heulen schon von Weitem. Es klang wie das Schluchzen eines kleinen Kindes. Der Mann hing in den Armen von zwei Beamten, die vor Anstrengung keuchten. Als sie ihn auf den Stuhl vor Petras Schreibtisch hievten, entfuhr ihnen ein gleichzeitiges Stöhnen.

»Es ist der Wagenknecht, Frau Erdmann. Er hat randaliert. Alkoholabusus, Blutprobe ist bereits entnommen. Er will aber nur mit Ihnen reden.«

Petra nickte und winkte ihre Kollegen mit der für sie typischen Handbewegung hinaus, von der sie wusste, dass sie ihr zwar Respekt, aber keine wirkliche Akzeptanz einbrachte. Frauen wie sie waren als Zicken verschrien. Petra lächelte, haftete ihr auf dem Revier sogar das Attribut »Oberzicke« an. Ihr war das egal.

Ein weiterer lauter Schluchzer riss sie aus ihren Gedanken. Robin Wagenknecht heulte wie ein kleines Kind. Sein Haar hing ihm strähnig und wirr ins Gesicht.

»Was ist geschehen?« Petra lehnte sich zurück. Zum einen verlieh ihr das eine gewisse Lässigkeit und zum anderen konnte sie so einen gewissen Abstand zu Robin bekommen, der von einer so starken Alkoholfahne umweht wurde, dass sie das Gefühl hatte, schon von den Dämpfen benebelt zu werden.

»Bin gefallen«, lallte er und begann erneut vor sich hinzuwimmern. Petra sagte nichts. Sie wusste, dass es in der Regel funktionierte, nicht allzu viel zu fragen, sondern in Ruhe abzuwarten, ob ihr Gegenüber nicht freiwillig etwas preisgab. Je mehr sie fragte, desto verstockter reagierten die meisten.

»Sie verfolgt mich.« Nach diesem einen Satz schien Robin noch mehr in sich zusammenzusinken.

Petra zog die Brauen nach oben, fixierte Robin Wagenknecht nur nach wie vor mit ihren kühlen Augen.

»Sie frieren mich ein mit Ihrem Blick«, sagte Robin. Dann wiederholte er den Satz: »Sie verfolgt mich!«

»Herr Wagenknecht«, begann Petra schließlich. »Würden Sie mir bitte sagen, wer Sie verfolgt?«

Robin antwortete nicht, er hatte wieder begonnen zu weinen. Petra beschloss erneut abzuwarten. Sie wandte sich ihrem PC zu und begann auf die Tastatur einzuhämmern. Zu tun hatte sie schließlich genug, und wenn Robin Wagenknecht es vorzog, noch ein bisschen die Mimose zu geben, dann sollte er es tun. Irgendwann würde er schon beginnen zu reden. Nach einer Weile hob Robin tatsächlich den Kopf. Seine Stimme hatte den Klang eines quengelnden Kindes, das das Gefühl hatte, nicht genug beachtet zu werden. »Wollen Sie gar nicht wissen, warum ich extra zu Ihnen gekommen bin?«

Petra sah kurz auf. »Ich dachte, Sie erzählen es mir schon, wenn Sie so weit sind.«

»Ich möchte ein Geständnis ablegen.«

Petra zog die Stirn kraus, hörte auf, die Tastatur zu bearbeiten und wandte Robin ihre volle Aufmerksamkeit zu. »Ein Geständnis«, wiederholte sie. Ohne die Stimme an irgendeiner Stelle anzuheben oder zu senken.

»Ja. Ich bin schuld.« Robin ließ seinen Kopf in seine Hände sinken, seine weiteren Worte drangen hohl und genuschelt zu Petra. »Ja, ich bin schuld. Total schuld.«

»Sie sprechen von Maja, Herr Wagenknecht?«, fragte Petra. Sie sprach leise, hatte das Gefühl, ein falscher Tonfall, auch nur die Spur verkehrt angesetzt, und Robin Wagenknechts Aussage würde versiegen. Vermutlich für immer. Er rang sich vielleicht einmal zu solch einem gravierenden Entschluss durch, würde aber bei einem Scheitern keinen zweiten Anlauf wagen.

Er nickte. Dann nuschelte er etwas, das Petra nicht verstand. Sie fragte aber nicht nach. Es war besser zu warten und ihm in dieser äußerst sensiblen Situation das Ruder zu überlassen. Petra hatte ihre eigene Art und Weise der Vernehmung, war deshalb schon oft mit Kollegen aneinandergeraten. Aber das Ergebnis hatte ihr in der Regel recht gegeben.

Nach einer Weile hob Robin tatsächlich den Kopf. Er schaffte es jetzt, Petra mit seinen blutunterlaufenen Augen direkt anzusehen. Sie sah sofort, dass er es nun wagen würde, das, was er sagen wollte, loszuwerden.

Petra gelang es, ein Lächeln auf ihre Lippen zu zaubern. Sie sah Robin für ihre Verhältnisse freundlich an, versuchte, das Stückchen Vertrauen, das in den letzten Minuten zwischen ihnen entstanden war, zu vertiefen. Er erwiderte das Lächeln und in dem Augenblick sah er nicht mehr aus wie der miese Kerl, der er war. Er wirkte nicht wie ein Mann, der ihr vielleicht gleich den Mord an Maja gestehen würde. Für den kurzen Augenblick haftete Robin Wagenknecht etwas Verletzliches, etwas direkt Sympathisches an, das Petra anrührte.

Robin schien die Veränderung zu bemerken, er entspannte sich zusehends. Gerade, als er den Mund öffnete, polterte es an der Tür. Robin sackte sofort in sich zusammen, sein Mund schloss sich zu einem Strich. Petra sah zur Tür. Die wurde aufgerissen, und ein junger Kollege stürmte herein.

* * *

Der Tag war für den August immer noch zu kalt. Birthe fröstelte, und sie überlegte tatsächlich, ob sie die Heizung anstellen sollte. Sie stand am Fenster und betrachtete die gegenüberliegende Straßenseite. Das Grau der Wolken warf ein eintöniges Bild auf die Stadt. Vereinzelt trieben sogar schon

Blätter in kleinen Strudeln über die Gehwege. Der Sommer, Hartmuts letzter Sommer, war einfach zu kurz gewesen. Birthe wollte sich gerade wegdrehen, ein Buch zur Hand nehmen und versuchen, darin wie in einer Traumwelt zu versinken, als sie innehielt und erneut auf die Straße blickte. Ein roter Golf preschte mit überhöhter Geschwindigkeit vorbei, die Nachbarin führte ihren rheumatischen Dackel Gassi und musste alle drei Meter stehen bleiben, weil das Tier vor Schmerzen nicht weiterlaufen konnte. Aber nichts von beidem hatte Birthes Blick ein zweites Mal nach draußen gezogen.

Es war der Mann. Der alte verwahrloste Mann, der sie schon auf dem Firmenparkplatz und auf Hartmuts Beerdigung mit seinen Blicken durchbohrt hatte. Er stand dem Haus gegenüber und betrachtete jedes einzelne Fenster der Fassade. So als suche er etwas. Sie trat unwillkürlich einen Schritt zurück, griff hinter sich auf den Schreibtisch und umklammerte den noch ungeöffneten Brief. Den neuesten Brief von Anna. Er knisterte überlaut, fast hämisch. Als freue er sich, nun doch wieder ihre volle Aufmerksamkeit erlangt zu haben. Denn Birthe hatte eigentlich gerade beschlossen, nicht lesen zu wollen, ob und wie Anna gestorben war. Und sie hatte Angst vor dem, was sie über Hartmut womöglich noch erfahren würde. Sie war sich so sicher, dass er mit Annas Tod zu tun hatte, dass sie die Wahrheit nicht mehr wissen wollte.

Aber jetzt stand dieser Mann dort unten. Wie der Erzengel, richtend. Mahnend. Als warte er darauf, dass sie endlich hineinsah, weiterlas und zu verstehen begann.

Der Brief in ihrer Hand knisterte lauter, als Birthe ihn zwischen den Fingern knetete.

Erneut schweifte ihr Blick aus dem Fenster. Sie schwankte zwischen der Hoffnung, der Mann würde einfach so verschwunden sein, und dem Verlangen, er möge dort noch stehen und ihr auf seine Weise Antworten geben. Antworten auf Fragen, die sich seit Hartmuts Tod aufgetan und jeden Tag ein Stück mehr potenziert hatten.

Er stand noch dort. Stocksteif. Nur seine Augen huschten unaufhaltsam über die Fassade. Ihm haftete etwas unglaublich Tragisches an. Etwas, das Birthe gleichzeitig anzog und abstieß. Während sie ihn von ihrem Versteck aus musterte, machte sich mehr und mehr ein Begreifen breit.

Birthe wusste plötzlich, wer der Überbringer dieser Botschaften war. Dieser alte verwahrloste Mann schusterte ihr die Botschaften aus der Vergangenheit zu. Wer war er? Und warum bekam gerade sie die Briefe? Warum nicht Carsten, der mit Hartmut doch verwandt war?

Birthe konnte nicht anders, sie wurde von dem unwiderstehlichen Drang getragen, den Umschlag aufzureißen und weiterzulesen, was mit Anna und Hartmut geschehen war.

Birthe setzte sich auf ihre Récamière und öffnete den Brief.

Er war anders. Verzweifelt. Anna musste etwas sehr Schlimmes erlebt haben. Birthe wurde unruhig.

September 1943

Ich bin schwanger. Ganz sicher. Ich weiß nicht, wie ich damit umgehen soll. Wie eine Gewitterwolke schwebt es über mir. Eine dicke, kräftige Gewitterwolke, bei der es gefährlich ist, wenn sie sich entlädt. Es ist mein Kind. Ein Kind der Liebe, des Glücks, das mich kurz gestreift hat und sich jetzt jäh abwendet. Es wird mein Tod sein. Ich spüre schon den Hauch seines kalten Atems, der meine Wange streift.

Habe lange überlegt, ob ich es Hartmut sagen soll, aber es wird sich ja nicht verbergen lassen. Diese Last muss ich nicht allein tragen. Da denke ich anders als die meisten Frauen.

Hartmuts Reaktion hat mich jedoch vernichtet. Mit jedem Wort, das meinen Mund verließ, hat er sich ein Stück mehr von mir entfernt. Ganz langsam, Zentimeter für Zentimeter Rückzug.

Es dürfe nicht sein, hat er gesagt. Ob ich sicher sei?

Ich konnte nur nicken, jedes Wort wäre zu viel gewesen. Jedes Wort hätte ihn noch weiter davongetrieben. Obwohl er schon so unaufhaltsam auf dem Rückzug war. Die Magie der vergangenen Treffen war nicht mehr zu spüren.

Es hat so wehgetan. Für den Moment hoffte ich, dass er mir mit dem Finger über die Wange streicht, sagt, dass alles gut sei. Er hatte die Hand auch kurz erhoben, aber wieder sinken lassen. Ganz langsam. Mit diesem Sinkenlassen hat er eine Wand zwischen uns hochgezogen. Danach hat er mich nicht mehr berührt. Es ist aus. Das Kind, das uns eigentlich verbinden soll, ist das Messer unseres Bandes.

Ich habe den Zwiespalt auf Hartmuts Gesicht tanzen sehen. Er hat Angst. Große, große Angst, spürt die Gefahr, die nun von mir ausgeht.

Ganz weiß ist er im Gesicht geworden. »Es geht nicht«, hat er gestammelt. »Mach es weg. Es ist … es ist unser beider Untergang!« Sein Kopf hat sich schnell von mir abgewendet. Er wollte nicht diskutieren. Er will eine einfache Lösung für etwas, das nicht einfach ist.

»Wenn ich es wegmache, ist es vielleicht mein Tod«, habe ich geflüstert. Er hat geweint. Lautlos, aber die Tränen sind ihm über das Gesicht gelaufen. Dann ist er gegangen. Einfach so, als habe es unsere Abende an der Brücke nie gegeben.

Birthe legte den Brief in das Versteck zu den anderen. Ihr liefen ein paar Tränen die Wangen herab. Hartmut war auch damals so gewesen wie heute. Er hatte Anna mit dem Kind sitzen gelassen. Mit dem sicheren Wissen, dass es keine

Lösung gab, die nicht ihren Tod bedeuten würde. Eine Abtreibung damals war lebensgefährlich. Das Kind eines Deutschen zu bekommen unter Umständen ein Todesurteil. Nicht immer, aber es konnte eines sein. Birthe kniff die Lippen zusammen, bis es schmerzte. In dem Augenblick hasste sie Hartmut, wie sie noch nie einen Menschen gehasst hatte. Er hatte ein reiches Leben in Saus und Braus gehabt. Auch nach Anna. Ihm war nichts passiert. Die Sache hatte ihn nur kurz gestreift, wie der Hauch des Sommerwindes. Da konnte man zeitlebens von der einzigartigen Liebe schwärmen, sie auf einen Sockel stellen und so tun, als käme nichts in der Welt an sie heran.

Es war so einfach, wenn man sich ihr nie stellen musste. So einfach, wenn man vor der großen Verantwortung schlichtweg davongelaufen war, sich vor lauter Feigheit gedrückt hatte.

Birthe schluckte, weil sich tief in ihrem Inneren der Gedanke aufdrängte, wie gerecht es war, dass Hartmut nicht mehr lebte. Sie empfand es auch für sich als große Erleichterung. Nie mehr hätte sie ihm in die Augen sehen können. Nicht mit dem Wissen, das sie nun hatte. Vermutlich hätte sie die Villa verlassen, um nicht weiter mit ihm unter einem Dach wohnen zu müssen. Hartmut war genau der egoistische Mensch gewesen, den alle in ihm gesehen hatten. Er war immer so gewesen. Birthe stand auf, bekam so besser Luft und beruhigte sich etwas.

Sie sah wieder aus dem Fenster. Der alte Mann trieb sich noch immer vor dem Haus herum. Er schaute weder nach rechts noch nach links, trat nur hin und wieder von einem Bein auf das andere.

Birthes Drang herauszufinden, wer der alte Mann wirklich war, verstärkte sich von Minute zu Minute. Sie überlegte, ob es sich um Annas späteren Mann handeln könnte. Falls sie den Krieg doch überlebt hatte. Wer eine Haarsträhne über so viele Jahre auf eine solch innige Art aufbewahrte, musste die Trägerin sehr lieben. Vielleicht mehr als sein eigenes Leben. Der Mann war der Schlüssel zu allem.

Ein unbestimmtes Gefühl sagte ihr, das der eben erhaltene Brief der letzte war, den sie bekommen hatte. Jetzt waren viele Fragen offen, denen sie nachgehen sollte. Alles war genau geplant. Sie war die Person, die reagieren sollte. Nach dem Plan eines anderen Menschen, der sie dirigierte, wie es ihm gefiel. Und sie spurte. Tat, was er wollte.

Es war nicht nur die Identität des alten Mannes dort unten, die sie durcheinanderbrachte. Es gab wahrscheinlich irgendwo auf dieser Welt ein Kind, das Anna als Mutter hatte. Sie, Birthe, hatte jetzt die Aufgabe herauszufinden, was aus diesem Kind und Anna geworden war. Sie spürte, dass es das war, was der Absender von ihr wollte. Es hatte mit Gerechtigkeit zu tun. Birthe wurde die Luft knapp. Sie würde im Dreck von Carstens Familie wühlen müssen, Dinge zutage bringen, die ihrem Mann sicher nicht gefielen. Vielleicht würde es ihre Ehe noch stärker belasten als zuvor. Und doch wusste sie, dass sie keine Wahl hatte, wenn sie den Rest ihres Lebens noch weiter in den Spiegel schauen wollte. Als sie erneut aus dem Fenster sah, war der alte Mann verschwunden.

* * *

Mechthild hatte sich wieder gefangen. Der den ganzen Tag kühl und eher herbstlich wehende Wind war abgeflaut, und mehr und mehr kämpfte sich nun auch die Sonne durch die Wolken, vertrieb die düstere Stimmung. Mit diesem Wetterumschwung hatte sich auch Mechthilds Laune erheblich verbessert. Sie begann wieder Lebensmut zu fassen. Den ganzen Tag hatte sie sich nicht in der Firma blicken lassen, sich krank gemeldet. Es war für sie im Augenblick ein Ding der Unmöglichkeit, Carsten in die Augen zu sehen. Sie schämte sich.

Während sie den Tag in einer Art Dämmerschlaf verbracht hatte, war in ihr ein folgenschwerer Entschluss gereift: Sie hatte den Alten gestern auf der Beerdigung gesehen. Im Gegensatz zu allen anderen hier wusste sie, wer er war, was er hier wollte. Das Einzige, was Mechthild nicht einschätzen konnte, war das Vorgehen des Mannes. Er war wie ein Schatten aus der Vergangenheit aufgetaucht und hatte Hartmut Meckenwald mit für ihn nicht angenehmen Erinnerungen konfrontiert. Hartmut hatte daraus Konsequenzen gezogen. Fatale Konsequenzen, die ihm den Tod gebracht hatten. Nicht immer konnte man eben schalten und walten, ohne Rücksicht nehmen zu müssen. Nicht immer hatte man im Leben die Bahn vor sich frei. Mechthild lächelte. Es gab eben Dinge, die blieben besser ungesagt und unter der Decke des Schweigens verborgen. Wenn sie aufgebrochen werden sollten, galt es, sie vor dem endgültigen Entweichen wieder zurück an Ort und Stelle zu bringen. Manchmal erledigte sich auch alles von selbst. Das waren die glücklicheren Umstände.

Mechthild hatte gedacht, der Alte würde nach Hartmuts Tod von allein wieder verschwinden und seiner Wege gehen. Er müsste eigentlich erreicht haben, was er wollte. Denn sie ging davon aus, dass er von Rache getrieben wurde, die er nun in vollem Umfang hatte auskosten können. Dem Alten ging es nicht ums Geld. Deshalb wunderte es Mechthild, dass er sich noch immer in der Stadt herumtrieb. Schon als er bei der Beerdigung wieder aufgetaucht war, hatte sie gewusst, dass es noch nicht vorbei war.

Nachdem Carsten sie nun so schnöde abgewiesen hatte, könnte ihr diese Erkenntnis eigentlich recht egal sein, doch sie fühlte immer stärker, dass dem nicht so war, ja, im Gegenteil: Sie verspürte plötzlich den unwiderstehlichen Drang, Carsten und den Namen seiner Familie zu schützen. Der Alte war eine Gefahr für die Firma, für Carsten. Wenn sie Carsten nun vor ihm retten könnte, würde ihm dieser Umstand vielleicht die Augen öffnen. Es war ihre Chance. Besser als der Vernichtungsfeldzug zuvor.

In Mechthild begann es zu rumoren. Hoffnung keimte in ihr auf. Es gab noch einen Weg. Sie war der Polizei, der ganzen Familie mit ihrem Wissen um Meilen voraus. Das würde sie nutzen. Und am Ende siegen.

Mechthild stand auf, stellte sich unter die Dusche und tankte mit jedem Wassertropfen, der auf ihrer Haut zerplatzte, neue Energie. Als sie sich schließlich angezogen hatte, schminkte sie sich sorgfältig und machte sich auf den Weg in die Firma. Ein Blick auf die Uhr sagte ihr, dass sie Carsten mit an Sicherheit grenzender Wahrscheinlichkeit nicht mehr antreffen würde, da er für heute Abend eine wichtige Sitzung beim Ausschuss für das Hotelwesen hatte. Mechthilds Vorhaben stand somit nichts im Weg. Schon als sie den Autoschlüssel umdrehte, beschlich sie das unglaubliche Gefühl von Macht. Sie würde dieses Mal gewinnen.

15. Kapitel

Der junge Polizist drehte die Mütze in den Händen. Sein Blick war stur auf die Zehenspitzen gerichtet, er traute sich nicht, der Kommissarin in die Augen zu sehen. Auch Petra gönnte ihm nicht einmal einen Blick. Auf seine Entschuldigung konnte sie getrost verzichten. Aus Robin Wagenknecht war nach seinem Hereinstürmen in ihr Büro gestern nichts mehr herauszubekommen gewesen. Es war, als wäre bei Wagenknecht ein Schalter umgelegt worden. Sein haltloses Schluchzen war abrupt verebbt und seinem üblichen überheblichen Grinsen gewichen. Von dem menschlichen Häufchen Elend, das Petra angerührt und zu der Hoffnung veranlasst hatte, von diesem Mann die Lösung dieses verworrenen Falles zu erwarten, war nichts mehr übrig geblieben. Robin Wagenknecht war binnen kürzester Zeit wieder zu dem verdammt miesen Typen mutiert, für den sie ihn immer gehalten hatte. Eigentlich müsste Petra dem jungen Beamten fast dankbar sein, dass er sie davor bewahrt hatte, mit einem solchen Menschen Mitleid zu haben. Aber nur eigentlich.

»Ich habe doch geklopft«, begann der junge Mann wieder.

»Ich war kurz vor der Lösung dieses Falles. Der Wagenknecht hätte gesungen«, sie machte eine Pause, »dann wüssten wir jetzt, was wirklich passiert ist. Zumindest der letzte der beiden Morde wäre aufgeklärt.«

»Ich entschuldige mich ja.« Die Mütze drehte sich immer noch.

Robin Wagenknecht hatte geschwiegen. Doch hatte sein Schweigen mehr gesagt, als es den Anschein hatte. Petra war sich ganz sicher, dass er seine Finger im Spiel hatte. Zumindest beim Mord an Maja. Wobei sie weiterhin fest daran glaubte, dass auch der alte Mann vom Friedhof und Mechthild Driefel in irgendeiner Form in der Sache drinsteckten. Sie bekam bloß die Fäden nicht zusammen. Sie schwangen haltlos im Raum, immer wieder von leichten Windstößen gepackt, sodass sie die Enden nicht erhaschen konnte.

Petra schickte den jungen Polizisten mit einem Kopfnicken aus dem Raum.

* * *

Mechthild hatte gestern für eine endgültige Lösung gesorgt. Sie wusste genau, wo Hartmut private Dinge versteckte. Sie kannte den Code seines Tresors. Die Unterlagen waren Raub der von ihr gelegten Flammen geworden. Seite für Seite hatte sie angezündet, den Geruch des Feuers inhaliert. Etwas hatte sie aber behalten.

Wie gut war es, dass Hartmut Meckenwald ihr blind alles anvertraut hatte. Ihr, dem Neutrum der Firma, das für alle nur wie ein Computer funktionierte. Dem man bedingungslos alle Interna, alle privaten Dinge sagen konnte, war man sich seiner Integrität einfach sicher. Niemand glaubte daran, dass Mechthild dieses Vertrauens nicht würdig war. Sie allein wusste, wie oft Hartmut sich diese jungen Dinger hatte kommen lassen. Sie allein wusste, dass der alte Mann Hartmut völlig aus dem Konzept gebracht hatte. Sie allein wusste warum. Carsten hätte keine Chance gehabt. Er wäre ausgeblutet. Wie von einem Vampir angezapft, hätte er seine rosige Gesichtsfarbe verloren. Sie hatte ihn gerettet. Bei nächster Gelegenheit würde sie ihn darüber in Kenntnis setzen. Ihm zeigen, was sie alles für ihn getan hatte. Für ihn. Ihre große Liebe. Ein bisschen Recherche war noch vonnöten, dann war sie so weit. Schließlich gab es noch Menschen, die zu viel wussten oder denen zu viel Wissen zugetragen wurde, auch wenn ihnen noch gar nicht klar war, was dieses Wissen in seiner ganzen Konsequenz bedeutete.

Mechthild hatte zu ihrer alten Zuversicht zurückgefunden. So schlecht lief es doch gar nicht. Janina war weg, zurück nach Russland. Zu diesem Zweck hatte Mechthild ihr eine kleine Summe des Geldes gelassen. Es war für alle besser, wenn sie nicht mehr auftauchte. Wer nicht mehr da war, konnte nichts ausplaudern. Wenn die Prostituierte freiwillig fortging, brauchte sie sich die Hände nicht schmutzig zu machen. Da war eine gewisse Investition nicht das Schlechteste.

Nun hatte sie, Mechthild Driefel, freie Bahn. Sie würde endlich durchstarten.

* * *

Birthe hatte sich nun doch krank gemeldet. Sie konnte sich in ihrem Zustand einfach nicht auf die Kinder konzentrieren, ihnen nicht die Aufmerksamkeit zukommen lassen, die sie verdient hatten. Es war doch alles etwas viel gewesen. Carsten dagegen ging seiner Arbeit nach, als sei nichts geschehen, ja, es kam Birthe manchmal sogar vor, als habe ihn die ganze Tragödie sogar beflügelt. Vielleicht war es ein Unterschied, wenn ein solcher Schicksalsschlag einen Karrieresprung zur Folge hatte. Außerdem musste er sich nicht mit Botschaften aus der Vergangenheit auseinandersetzen. Botschaften, die vermutlich die Grundfeste von Carstens Familie erschütterten und in die sie jetzt hineingezogen wurde, ob es ihr gefiel oder nicht.

Birthe war den ganzen Morgen nicht in der Lage, sich auf irgendetwas zu konzentrieren. Immer wieder ertappte sie sich dabei, dass sie aus dem Fenster starrte, in der Hoffnung, den alten Mann wiederzusehen. Aber weder tauchte er auf, noch lagen im Briefkasten weitere Briefe von Anna.

Die Straße lag verwaist vor Birthe. Dort, wo der Mann gestern gestanden hatte, tanzte nur eine vergessene Brötchentüte, legte sich zwischendurch aufs Pflaster, um sich dann erneut im Wind des vergehenden Sommers zu bewegen. Es war zwar merklich wärmer geworden, aber als Sommer konnte man das Wetter trotzdem nicht bezeichnen. Dazu waren die herbstlich anmutenden Windböen einfach zu stark.

Birthe blickte in die andere Richtung. Dort, am Ende der Straße ging ein Mann. Weite dunkle Jacke, den Oberkörper leicht vornübergebeugt und auf dem Kopf ein Hut, der schon bessere Zeiten gesehen hatte. Ohne Zweifel war das der Alte. Birthe warf ihre Jacke über und stürzte die Treppe hinunter. Sie riss den Schlüssel vom Haken, schlüpfte aus der Tür. Der Mann war verschwunden, wie ein Trugbild, das sich aus einem tiefen inneren Wunsch heraus gebildet hatte, aber in der Realität gar nicht existierte.

Sie schaute die Straße hinunter. In diese Richtung musste er gegangen sein. Dann begann sie zu laufen. Sie würde den Mann einholen, wollte endlich wissen, was es mit allem auf sich hatte. Als sie an der nächsten Kreuzung ankam, bog der Mann gerade um die Straßenecke. Sie keuchte. Sie war eigentlich gut trainiert, merkte aber, dass die Aufregung ihr ein wenig den Atem nahm.

Schließlich war sie in Rufweite. »Warten Sie! Bitte! Warten Sie doch.« Der Mann verlangsamte zwar seinen Schritt, drehte sich aber nicht zu Birthe um.

»Ich meine Sie!« Birthe keuchte, ihre Stimme überschlug sich leicht.

Endlich blieb er stehen. Er wendete den Kopf nicht, als müsse er erst nachdenken, ob es gut sei, dass er angesprochen wurde. Er bewegte sich nicht, als Birthe neben ihm stehen blieb. Sein Blick war starr auf die abgewetzten Schuhe gerichtet. Birthe musterte ihn. Er zitterte leicht, seine Hände waren zerfurcht, von zahlreichen alten Blutkrusten übersät, die Nägel von schwarzen Rändern eingefasst. Es waren Hände, denen man ansah, dass sie stets viel Arbeit hatten verrichten müssen. Als es Birthe schließlich gelang, einen Blick in seine Augen zu werfen, erschrak sie ein weiteres Mal wegen des Schmerzes, der sich darin spiegelte. Außerdem wirkte er unendlich müde.

»Wer sind Sie?«, stieß sie schließlich hervor. »Warum tun Sie das alles?«

Der Alte antwortete nicht, sah sie nur weiter stumm an. Er wusste offenbar genau, wovon sie sprach, war sich aber nicht sicher, was er preisgeben konnte und durfte. Dann begann es in seinen Augen zu funkeln, als erkenne er plötzlich etwas. Noch immer schwieg er. Sie starrten einander stumm an. Birthe war sich nach dieser eingehenden Betrachtung sicher, ihn wirklich noch nie gesehen zu haben. Doch je länger beide in den Augen des anderen nach etwas suchten, das sie einander näherbrachte, desto mehr erwuchs in Birthe die Erkenntnis, dass sie wusste, wer der Mann war.

»Du kennst mich.« Die Stimme klang, als käme sie von weither.

»Aus den Briefen?«

Der Mann nickte. Es war kaum zu erkennen, aber eindeutig. Birthe wusste jetzt ganz sicher, mit wem sie es zu tun hatte. Ohne Zweifel. Dieser Mann war Annas Bruder Pawel.

* * *

Carsten sah Birthe das Haus verlassen. Sie rannte um die nächste Straßenecke hinter einem alten Mann her. Das musste der Alte sein, der Birthe so beunruhigt hatte, dessen war Carsten sich sicher.

Birthe würde sicher einen Augenblick wegbleiben. Für Carsten war der Weg frei. Er wusste, wo sie ihre geheimen Sachen aufbewahrte. Er zog den Kasten hervor, der mädchenhaft geblümt im Schrank stand. Ein bisschen musste Carsten lächeln, dass seine Frau noch solche Relikte aus ihrer Teenagerzeit in ihr jetziges Leben als Frau eines wichtigen Geschäftsmannes mit hinübergerettet hatte. Er hob den Deckel des geblümten Kastens. Dabei fiel ihn das schlechte Gewissen an wie ein Panther, der ihm von hinten seine Klauen in den Rücken bohrte. Es war nicht in Ordnung, was er hier tat, aber es ging kein Weg daran vorbei. Carsten wühlte im Kasten herum, bis er etwas in den Händen hielt. Er zog es heraus und starrte auf einen dunklen Zopf.

In Carsten kroch eine Kälte hoch, die seine Finger sofort erzittern ließ. Er brachte es nicht über sich, das Haar anzufassen. Etwas in ihm warnte ihn, sagte, dass er sich die Finger verbrennen würde, wenn er das Haar berührte. Welches Spiel wurde hier gespielt? Er fragte sich, welches Interesse jemand haben konnte, seine Frau da mit hineinzuziehen. Sie war in Gefahr mit diesem Wissen. Weil sie es nicht haben durfte. Carsten war sich nicht sicher, ob der Informant sich darüber im Klaren war, was er tat.

Er zog das darunterliegende Papier mit spitzen Fingern heraus. Es war auf Polnisch verfasst, aber als er es anhob, fiel ihm eine Übersetzung entgegen. Carstens Atmung beschleunigte sich. Er las die ersten Seiten, wurde dabei ruhiger. Die Information war harmlos. Er arbeitete sich von Seite zu Seite, fand die Ausführungen dieser Anna eher kitschig, erahnte aber, dass Birthe mit der Gefühlswelt der Frau viel anfangen konnte. Wenn es nur das war, würde Birthe nichts geschehen. Sein Blut pulsierte wieder in ruhigerem Fluss.

Gerade, als er den Stapel wieder zurück in die Schachtel legen wollte, fiel sein Blick aber auf einen Namen, der ihm sofort wieder die Kälte zurückbrachte, ihn von innen heraus zittern ließ.

* * *

Carsten saß in der Küche, als Birthe hereinkam. Er sah abgehetzt, irgendwie beunruhigt aus. »Wieso bist du nicht in der Firma?«, fragte sie ihn. Sie warf einen Blick auf die Uhr. Es war bereits zehn, normalerweise war Carsten um diese Zeit schon lange im Büro. Es schockierte Birthe, dass sie Carstens Anwesenheit im Haus vorhin gar nicht bemerkt hatte.

»Ich hatte Kopfschmerzen«, antwortete er. Vor ihm stand ein Glas Wasser, in dem eine Brausetablette sprudelte, die er aber erst eben hineingeworfen haben konnte.

»Ich habe heute Morgen gar nicht mitbekommen, dass du nicht zur Arbeit gefahren bist.«

Carsten erhob sich abrupt. »Du bekommst in der letzten Zeit so einige Dinge nicht mit, meine Liebe. Du lebst momentan augenscheinlich in einer ganz anderen Welt.«

»Was soll denn das heißen?« Birthe ging zum Schrank, entnahm ein Glas und hielt es unter den Wasserhahn. Ihre Hände zitterten dabei. Sie hoffte inständig, Carsten würde es nicht merken. Und dass er nicht wusste, wo sie gerade herkam.

»Was hast du denn draußen gemacht? Ich habe dich wegrennen sehen, als sei der Teufel hinter dir her. Oder du hinter dem Teufel.«

Beides nicht, schoss es Birthe durch den Kopf. Pawel Dzierwa war alles andere als ein Teufel. Sie war froh, dass sie den Stapel Briefe, den er ihr in die Hand gedrückt hatte, noch vor Betreten der Küche in der Schublade im Flur hatte verschwinden lassen.

Carstens Blick wirkte unstet, flackerte unruhig durch die Küche. Etwas stimmte nicht mit ihm. Als er das Wasser mit der nun aufgelösten Tablette trank, sah Birthe, dass auch seine Hände zitterten. Sie standen einander in nichts nach, versuchten beide zu verbergen, was sie wirklich beschäftigte.

Carsten spülte das Glas aus, als er es leer getrunken hatte. »Ich gehe jetzt in die Firma. Gestern war Mechthild krank, da ist einiges liegen geblieben. Heute ist sie aber wieder da.« Er sah Birthe in die Augen. »Ich habe gerade dort angerufen.«

Birthe nickte. Sie hoffte, dass Carsten wirklich gleich das Haus verlassen würde. Ein Umstand, der ihr sehr deutlich machte, wie weit sie sich in der letzten Woche voneinander entfernt hatten. Vielleicht würde es wieder zu einer Annäherung kommen, wenn alles vorbei wäre. Nur wann und vor allem wie würde es vorbei sein? Im Augenblick schien es, als habe Hartmut all die Liebe, die Carsten und sie füreinander empfunden hatten, mit ins Grab genommen.

Carsten hatte die Jacke über den Arm gelegt, als er den Kopf noch einmal zur Tür hineinsteckte: »Ich geh dann. Bis heute Abend.«

Birthe wartete noch, bis sie den Motor seines Autos hörte, bevor sie in den Flur stürzte und den letzten Packen der Aufzeichnungen aus der Schublade zerrte. Sie seien nur unvollständig, hatte Pawel gesagt. Aber er kenne die ganze Geschichte, würde sie gerne Birthe zu Ende erzählen.

Dann war er einfach gegangen. Unspektakulär und leise. Wie er eben war. Birthe hatte ihm noch eine Weile hinterhergeblickt.

Oktober 1943

Er hat sich nicht mehr gemeldet. Ist abgetaucht, als hätte es Hartmut nie in meinem Leben gegeben. Morgens ist mir speiübel, ich kann kaum zur Arbeit gehen. Ich muss mich aber zusammenreißen, keiner darf es merken. Pawel sieht mich oft fragend an. Er kann sich meinen Zustand sicher nicht erklären. Wie auch.

Gestern hat Edda mich ganz direkt angesprochen. Sie redet wieder mit mir, wenn auch heimlich. Ich bin davongelaufen, werde es ihr aber sagen. Mit irgendwem werde ich reden müssen. Man wird es bald sehen. Zu Beginn kann ich weite Röcke tragen. Aber was wird sein, wenn ich dicker werde, wenn dann das Kind kommt?

Ich bin so allein. Doch ich kann Hartmut nicht hassen für das, was er getan hat. Jedenfalls nicht immer. Manchmal denke ich, ihn solle doch eine Bombe treffen, eine Gewehrsalve oder dass er den kratzigen Strick um den Hals verdient hätte, von dem ich immer träume. Aber es sind keine echten Hassgedanken. Obwohl mein Stolz mir verbietet, auch nur einen Funken Verständnis für ihn zu haben, fällt mich hinterrücks immer diese Wärme an, die ich stets in seiner Nähe gespürt habe.

Er ist feige, hat Angst um sein Leben. Manchmal flüstert mir eine Stimme zu, er sei ein Schwein. Es gibt keine Entschuldigung dafür, dass er einfach getürmt ist und mich es allein ausbaden lässt. Nur, was nützt es, wenn wir beide sterben? So kann ich tun, als sei das Baby von einem Landsmann. Vielleicht glaubt es mir jemand.

Birthe ließ den Brief sinken. Anna hatte sich verändert. Sie wirkte kleiner, demütiger. Hartmut hatte aus ihr eine andere Frau gemacht. Es hätte sicher Wege gegeben. Bestimmt. Oder unterschätzte Birthe die damaligen Umstände, die allgegenwärtige Überwachung, den Druck, die Angst? Trotzdem hätte Hartmut zu ihr stehen müssen. In jedem Fall. Aber Hartmut wäre nicht Hartmut, wenn er das getan hätte. Sie las weiter.

November 1943

Er hat sich nicht mehr gemeldet. Edda sagt, er sei im Krieg, habe sich freiwillig an die baltische Front gemeldet. Es geht ihm nicht gut, sonst hätte er das nicht getan. Er will dort sterben, weil er weiß, dass ich es hier tun werde. Edda sagt, ihre Mutter plane etwas. Sie will sich an mir rächen. Ich müsse auf der Hut sein. Manchmal denke ich, es ist völlig egal. Soll sie doch. Aber dann schiebt sich Pawels Gesicht vor meines. Und ich fühle die Tritte des Kindes. Dafür muss ich stark sein. Ich spüre schon wieder eine Kraft, die mich antreibt. Ich weiß nicht, was die Bäuerin vorhat. Aber egal was, ich werde dem gewachsen sein.

Ich bin Anna. Anna Dzierwa.

16. Kapitel

Ein Wasserläufer tanzte über das Wasser. Er hinterließ nur eine winzige Spur, die sich gleich wieder glättete. Der Schwimmer wurde davon nicht berührt, er lag ruhig auf der Oberfläche, harrte einzig der Bewegung von unten. Der Sommer schien sich nun doch noch ein letztes Mal durchzusetzen. Der Wind hatte seit dem Mittag merklich nachgelassen.

Johann Claaßen hatte sich an den Teich im Barkeler Busch zurückgezogen. Im Garten hatte er einfach nicht genug Abstand von dem, was ihn zurzeit bewegte, gehabt. Beim Angeln schaffte er es jedoch immer, seine Mitte zu finden. Der Anruf vorhin hatte ihn arg aus dem Konzept gebracht. Als er vor einiger Zeit schon von der krächzenden Stimme eines alten Mannes mit osteuropäischem Akzent angerufen worden war, hatte er es als Spinnerei abgetan, aber der anonyme Anruf am Mittag war ihm bedrohlich erschienen, hatte seine Ängste wieder geschürt. Es passierten Dinge in seinem Umfeld, die nicht sein durften.

Johann hatte nicht weiter darüber nachdenken mögen und war zum Angeln an den Teich gegangen. Seine Versicherung, dass er für ein paar Stunden des Tages seine Ruhe hatte.

Außer ihm war kein Mensch weit und breit zu sehen. Nur ein paar Teichhühner hatten sich auf dem See eingefunden. Auf der anderen Seite des Ufers tickerte ein Specht.

Der Schwimmer begann zu zucken. Er erzeugte Kreise, die sich über die Wasseroberfläche verteilten. Johanns Herz schlug schneller. Jetzt waren die belastenden Gedanken fern; er befand sich auf der Jagd. Jede Sehne spannte sich an, die Zähne pressten sich fest aufeinander. Er hoffte auf einen großen Fisch. Vielleicht endlich der ersehnte Hecht, dem er schon so lange auflauerte. Johann erhob sich von seinem Angelstuhl. Mit zusammengekniffenen Augen verfolgte er die Bewegung des Schwimmers. Immer öfter senkte er sich in das trübe Grün des Teiches. Dann fuhr er hinab. Johann musste Schnur geben. Er wickelte sie von der Rolle. Schneller, schneller … Es war ein kräftiger Fisch. Er durchpflügte das Gewässer. Immer wieder. Noch nicht zum Aufgeben bereit.

Nach einer Weile machte Johann den Bügel zu. Er schlug an. Es gab einen Ruck, die Spitze der Rute bog sich durch. Johann hatte den Oberkörper weit zurückgelehnt. Jetzt keinen Fehler machen.

Der Fisch machte kehrt, drehte seine Runden. Es war ein Hecht. Groß. Kapital. Immer wieder war die Schnur auf Spannung. Er schwamm seine Kreise. Schnell, unnachgiebig. Johanns Atem ging stoßartig, fast als schwämme er selbst um sein Leben.

Meta würde die Hände über dem Kopf zusammenschlagen, wenn sie ihn hier erlebte. Sie hatte nicht immer das richtige Verständnis für seinen Rückzug zu den Angelgewässern. Der Hecht zog wieder an. Es konnte nicht mehr lange dauern. Johann spürte, dass die gewaltige Kraft des Tieres bereits nachgelassen hatte.

Der Käscher lag neben ihm bereit. Vorsichtig tastete er nach dem Stiel, um ihn im entscheidenden Moment anheben zu können. Er war unkonzentriert. Seine Gedanken nicht da, wo sie sein sollten. Er wollte diesen Hecht nicht verlieren. Wieder straffte sich die Schnur. Gleich hatte er ihn. Er musste nur Geduld haben, warten, bis der Fisch aufgab, sein Lebensmut erlosch. Nur Geduld …

Die Sonne senkte sich tiefer am Horizont, färbte sich rot. Auf Johanns Stirn hatten sich Schweißperlen gebildet. Er traute sich nicht sie abzuwischen, ließ sie über die dichten

Brauen rinnen und schüttelte sie nur dann ab, wenn sie sich den Weg in seine Augen bahnten.

Unermüdlich drehte der Hecht seine Kreise. Noch nie hatte Johann so lange darauf warten müssen, dass er gewann. Seine nassen Hände drohten abzurutschen. Dann endlich sah er den Bauch des Fisches. Er gab auf. Er gab tatsächlich auf. Johann begann zu kurbeln. Zentimeter für Zentimeter holte er den Hecht heran. Was für ein Prachtexemplar! Einen so großen Fisch hatte er noch nie am Haken gehabt.

Auf dem nahe gelegen Hauptweg, der den Wald in zwei Hälften teilte, hörte er ein Motorengeräusch, dann sah er zwei Lichter, die die beginnende Dunkelheit zerschnitten. Johann achtete nicht weiter darauf, er hatte wahrlich Besseres zu tun.

Er griff nach seinem Käscher. Mittlerweile hatte sich die Dämmerung über den Wald gelegt. Die Vögel zwitscherten ihre letzten Töne, der Specht hatte sein Hämmern schon lange aufgegeben. Es war still um Johann geworden. Der Hecht wagte einen letzten Sprung. Dann lag er ruhig. Johann kletterte die Böschung hinunter und versenkte den Käscher im Wasser.

Irgendwo klatschte etwas in den Teich. Hinter ihm knackte ein Zweig. Johann achtete nicht weiter darauf, sondern zog den Käscher samt seinem Fang über den Sand des Ufers. Als der Fisch vor ihm lag, glaubte er ein leises Atmen zu hören, menschliche Nähe zu spüren. Er hob kurz den Kopf, dann tauchte der Wald um ihn herum in ein großes Nichts.

* * *

Mechthild tat die frische Luft gut. Sie hatte das Bedürfnis verspürt, ihre Lungen mit frischer Luft vollzusaugen, sich richtig durchpusten zu lassen. Der Ruf einer Eule hatte sie begleitet, das Rascheln verschiedener Tiere ihren Weg gezeichnet.

Mit jedem Schritt fühlte sie sich beschwingter, glaubte wieder an die Zukunft. Sie lag ausgebreitet vor ihr. Wie ein weicher Teppich, den man nur für sie ausgelegt hatte. Sie spürte förmlich das flauschige Weich, das ihre Zehen umschmeichelte. Es war ihr nie leicht gemacht worden, auf einem solchen Teppich zu wandeln. Was hatte sie dafür kämpfen müssen. Nun war sie ein gutes Stück vorangekommen. Sie war auf dem richtigen Weg, auf dem Weg nach ganz oben.

* * *

Meta mochte es nicht, wenn Johann so spät zum Fischen ging. Sie hatte Angst, wenn er so allein am Wasser saß und von der aufkommenden Nacht umfangen wurde.

Inzwischen hatte die Dunkelheit die Dämmerung abgelöst. Meta öffnete die Haustür und blickte den Weg hinunter, den Johann eigentlich gleich kommen musste. Es war alles ruhig. Sie hörte, wie eine der Kühe sich auf der Weide nebenan erleichterte, ein Stück weiter schnaubte eines der Pferde des Nachbarhofes. Meta wartete auf das Läuten der Fahrradklingel, mit der Johann sich immer ankündigte. Doch es blieb ruhig. Aus dem Wald dröhnte der dumpfe Ruf einer Waldohreule. Es war Meta fast so, als ob sie nach ihr riefe. Sie warf einen Blick auf die Uhr. Es war nach zehn. Johann konnte doch im Wald überhaupt nichts mehr sehen. Irgendetwas stimmte nicht.

Wieder krächzte eine Eule ihr kläffendes Uäk Uäk. Es war ein Warnruf. Meta hoffte, es möge jetzt Johann sein, der auf seinem Heimweg den Nachtvogel aufgeschreckt hatte. Doch es blieb weiter still auf dem Hof. Metas Augen wanderten weiter, bohrten sich durch die Nacht, bis sie durch das Dickicht der Bäume schemenhaft das Licht vom Hof ihres Nachbarn erkennen konnte.

Ein Geräusch lenkte sie ab. Vom Waldweg her hatte etwas gerattert. So, als käme ein Fahrrad daher, dessen Klingeldeckel nicht ganz festgedreht war. Angestrengt schaute sie in Richtung Waldrand. Ein Schatten bewegte sich dort entlang, aber er kam nicht in Richtung ihres Hauses, sondern verschwand genauso schnell in der Dunkelheit, wie er aufgetaucht war. Wäre der Fremde näher an ihrem Haus vorbeigefahren, sie hätte ihn fragen können, ob er Johann auf dem Weg gesehen hatte.

Meta ging ins Haus zurück und suchte ihren roten Fleecepullover heraus. Obwohl es heute relativ warm gewesen war, kroch des Abends doch die Feuchtigkeit aus den Wiesen und überzog die Welt mit ihrem Schleier. Meta nahm die Taschenlampe vom Haken an der Garderobe und wickelte sich ein Tuch um den Kopf. Sie würde Johann suchen. Vielleicht war er gestürzt und hatte sich dabei verletzt.

Sie holte ihr Fahrrad aus dem Schuppen, wischte die auf dem Sattel liegende Feuchtigkeit mit dem Ärmel beiseite und stieg auf. Die Taschenlampe klapperte vor ihr im Korb. Das Licht ihrer Fahrradlampe schlug einen kurzen hellen Tunnel in das undurchdringliche Dunkel des Waldes. Um sie herum raschelte es, einmal hörte sie das Klopfen eines Kaninchens, das seine Artgenossen vor ihr warnte. Meta wusste nicht, an welchen Teich des Barkeler Busches Johann gegangen war. Das entschied er meist spontan. Nach dem Stand der Sonne, nach seiner Intuition, wo die Fische vielleicht am besten anbeißen könnten. Rechts von ihr lag die Stelle, an der früher ein kleines Wochenendhaus gestanden hatte, von dem jetzt nur noch die Grundmauern und eine zum Wasser führende Steintreppe zeugten. Dort saß Johann gern, wenn er nachdenken wollte, zumal dahinter das Naturschutzgebiet Pöttkenmeer lag und er dort seine vogelkundlichen Beobachtungen machen konnte.

Meta hielt kurz an, lauschte in die Dunkelheit. »Johann?«, rief sie. Ihre Stimme wurde vom Wald verschluckt. Es blieb still. Eigentlich glaubte sie auch nicht daran, dass Johann hierher zum Angeln gegangen war. Er hatte etwas von einem Hecht gemurmelt. Oder war es ein Barsch gewesen? Verdammt, sie wusste es nicht mehr. Wenn es um seine Angelei ging, hörte sie nie hin, wollte das Töten nicht mitbekommen.

Meta stieg wieder auf und radelte zur Langen Kuhle. Im rechten Teil des Teiches brach sich der Mond in den kleinen Wellen, die sich mit dem leicht aufkommenden Wind gebildet hatten. Die linke Seite war dunkel, und die Bäume dort spiegelten sich drohend auf der Wasseroberfläche. Meta stand oben auf dem Weg und suchte die beiden Uferseiten ab. Sie sah nichts. Es war zwecklos, durch die Nacht zu radeln und in der Dunkelheit sämtliche Teiche des Waldes abzufahren. Vielleicht war Johann längst wieder zurück und lachte sich bereits tot, dass sie so in Sorge um ihn war. Sicher stank die ganze Küche bereits nach Fisch, und aus dem Waschbecken würde ihr der Schwanz eines Opfers entgegenwinken.

Meta merkte, dass sich ihre Angst in unterschwellige Wut verwandelte und sie sich fragte, weshalb sie überhaupt um diese Zeit hier im Wald herumkurvte. So ganz ungefährlich war das für eine Frau ja nun nicht. Sie machte kehrt und rumpelte über den holprigen Waldweg nach Grafschaft zurück. Als sie ihr Rad im Schuppen abstellte, war es noch immer dunkel in ihrem Haus. Johann war noch nicht zurückgekehrt.

* * *

Birthe wählte die angegebene Handynummer. Ihr sprang eine verschlafene Stimme entgegen. Pawel.

»Die Briefe sind zu Ende, Pawel. Was ist mit Anna passiert?« Birthe merkte selbst, dass ihre Stimme heiser klang, aber sie konnte sich mit ihrer Neugierde nicht zurückhalten.

»Komm morgen früh zur Sander Mühle, Birthe. Jetzt geht es nicht«, sagte Pawel. Er klang für seine Verhältnisse recht bestimmt, war offensichtlich nicht bereit, am Telefon mit Birthe darüber zu sprechen. Unbemerkt waren sie zum »Du« übergegangen, was Birthe überhaupt nicht störte, da sie eine Nähe zu Pawel verspürte, die sie nie für möglich gehalten hätte. In seiner Gegenwart hatte sie gestern dauernd das Gefühl verspürt, ihn in dem Arm nehmen zu müssen, ihm die große Last zu nehmen, die ihn schon rein äußerlich erdrückte. »Wann, Pawel?«

»Gegen zehn Uhr morgens. Das ist die rechte Zeit«, befand er.

»Kannst du mir denn wenigstens schon jetzt sagen, was am Ende aus Anna geworden ist?« Birthe kam sich mit ihrer flehenden Stimme selbst lächerlich vor.

Pawel sagte eine Weile gar nichts, so als müsse er überlegen, ob er bereit war, diese Frage zu beantworten. »Anna ist tot«, sagte er schließlich. »Hingerichtet mit dem Strick. Im Frühjahr 1944.«

* * *

Die Sonne bahnte sich einen Streif durch den schmalen Spalt der offen gelassenen Gardine. Staubkörner tanzten auf der Lichtbahn und kitzelten Mechthild in der Nase. Es war noch sehr früh am Morgen. Doch sie hatte einen weiteren Entschluss gefasst. Sie wusste nicht, ob sie ihn bereuen würde, aber mit ihrer Aussage würde sie Ruhe in die Sache bringen und sich so den Weg zu Carsten wieder öffnen. Wenn sie ihn unter Druck setzte, würde er sie nie beachten. Trotz allem, was sie schon für ihn getan hatte.

Mechthild nahm sich ausgiebig Zeit für ihre Morgentoilette. Für ihr Vorhaben war es wichtig, dass sie entsprechend auftrat, keine verräterische Schwäche zeigte. Die kleine Nuttenschlampe war weg, ihr konnte nichts mehr geschehen. Sie würde ihr jetzt aber dennoch noch einmal dienlich sein. Irgendwie musste das investierte Geld sich doch noch rentieren.

Sie bog von der Kurt-Schumacher-Straße auf den Besucherparkplatz des Kommissariats ab. Das Gebäude lag verlassen vor ihr, nur ein paar Polizeiwagen in Blau und Grün standen davor. Mechthild schaute noch einmal in den Rückspiegel ihres Wagens, ordnete ihr Haar und schälte sich dann aus dem Auto. Ihre Pumps klackerten auf dem Weg.

Sie klingelte und trat dann in den Empfangsraum ein, der trotz des frühen Morgens nach abgestandener Luft roch. Der Beamte am Tresen nahm den Hörer in die Hand und deutete ihr an, dass sie die Treppe nach oben gehen sollte. Petra Erdmann würde sie dort erwarten.

Im Treppenhaus schlug Mechthild der Duft nach Zitrone entgegen, der unterschwellig Sauberkeit demonstrieren sollte. Aber ihr geübter Blick in die Ecken zeigte ihr sehr deutlich, dass die Putzfrauen es mit der Reinlichkeit nicht so genau nahmen. So etwas hätte sie bei *Meckenwald Immobilien* nie geduldet. Sie betrat den Flur, von dem einige Zimmer abgingen.

»Wo möchten Sie hin?«, wurde Mechthild von einer jungen Frau angesprochen.

»Zu Frau Erdmann«, erwiderte sie.

»Kommen Sie!«, sagte die Polizistin.

Petra Erdmann saß hinter dem Bildschirm ihres PCs und hob kurz den Blick, als Mechthild eintrat. Wenn sie erstaunt war, Mechthild hier zu sehen, ließ sie es sich zumindest nicht anmerken. Ihre Finger glitten leicht und mit großer Schnelligkeit über die Tastatur. Da sie anscheinend erst ihre begonnene Arbeit vollenden wollte, beobachtete Mechthild sie und stellte mit Befriedigung fest, dass die Kommissarin ihr beim Schreiben nicht das Wasser reichen konnte. Diese Feststellung beflügelte Mechthild, gab ihr ein Gefühl von Überlegenheit. Die eben noch verspürte leichte Unterlegenheit verblasste zusehends.

»Ich möchte eine Aussage im Mordfall Maja Kosloff machen«, begann Mechthild. Ihre Stimme klang zwar noch etwas schwach, aber mit jedem Wort würde sie ein Stück wachsen.

»Eine Aussage?« Petras Frage kam eher gelangweilt rüber. Vielleicht lag es daran, dass sie Mechthild bereits mehrfach verhört hatte und nie etwas dabei herausgekommen war. Aber wahrscheinlicher war, dass es die Art und Weise der Kommissarin war, andere Menschen weich zu kochen. Immerhin wies sie kurz mit der Hand auf den Stuhl ihr gegenüber. Mechthild ließ sich vorsichtig daraufgleiten, achtete aber genau darauf, ihren Rücken gerade zu halten. Sie wollte der Kommissarin in die Augen sehen können. Nichts war in dem Moment wichtiger als das. Noch schenkte ihr Petra Erdmann aber nicht die nötige Aufmerksamkeit. Auf dem Flur waren Stimmen zu hören, hier im Raum klackerte nur die Tastatur, lediglich hin und wieder unterbrochen von den seufzenden Atemzügen Petras. Sie schien in eine Sache ungeheuer vertieft zu sein. Mechthild lehnte sich auf dem harten Stuhl zurück, behielt aber die gerade Haltung bei.

Was die Erdmann konnte, konnte sie schon lange. Einfach abwarten.

»Was gibt es denn, Frau Driefel?« Petra blickte Mechthild an, hörte aber nicht auf zu tippen.

»Es geht um Janina.« Mechthild holte tief Luft. »Janina Petrov. Und um Maja Kosloff.«

Das Klackern der Tastatur verstummte. Petra Erdmann ließ die Finger von den Tasten gleiten. »Janina Petrov? Maja?«

Mechthild nickte. »Sie hat Maja umgebracht. Um das zu vertuschen, hat sie Sie auf Carsten angesetzt.« Mechthild kicherte. »Das ist ihr ja auch sehr gut gelungen.«

»Sie sind Majas Kundin, die dort im Club war, stimmt's?«

Mechthild wunderte sich über Petra Erdmanns Scharfsinn, aber anders hätte sie ja auch an diese Information nicht herankommen können. Obwohl das jetzt eine heikle Angelegenheit war – wie erklären, was sie in einem Bordell mit Prostituierten trieb? Sie war weit davon entfernt, mit Frauen ins Bett zu gehen. Aber das Opfer dieser Unannehmlichkeit würde sie bringen. Es war notwendig, damit Carsten endgültig aus der Schusslinie kam. Damit die Polizei ihre Täterin hatte, die aber längst über alle Berge war, und sie wieder freie Bahn hatte. Es war überaus dumm gewesen, auf diese Art Rache an ihm zu üben. Sie brauchte ihn hier draußen, nicht im Knast.

»Woher wissen Sie das?«

»Ich weiß, dass sie Streit hatten. Heftigen Streit. Maja wollte den Club zu später Stunde verlassen. Sie haben sich in meiner Anwesenheit noch einmal so richtig angegiftet. Maja ist dann hinausgerannt, Janina hinterher. Da war Wut im Spiel. Und Hass, Frau Erdmann. Maja konnte sich von Janina lösen, aber die ist ihr gefolgt.« Sie machte eine Pause. »Am nächsten Morgen war sie tot.«

Mechthild konnte nur schwer einordnen, ob Petra ihren Worten Glauben schenkte oder nicht. Immerhin fragte die Kommissarin nach: »Worüber haben sie denn gestritten?«

»Es ging um Geld. Wie immer in dem Gewerbe«, sagte Mechthild. Es war besser, einen unspektakulären Grund anzugeben.

»Nicht um Hartmut Meckenwald?«

Mechthild zuckte mit den Schultern. »Davon habe ich nichts mitbekommen.«

Petra fixierte Mechthild mit einem Blick, der fast hypnotisierend wirkte. Mechthild wurde klar, dass Petra Erdmann an ihren Worten zweifelte.

»Maja soll in der Nacht mit einem Mann unterwegs gewesen sein. Eine Verwechslung mit Janina ist da wohl ausgeschlossen, so zart wie sie ist.«

Wieder zog Mechthild die Schultern hoch. »Was weiß ich von einem Mann! Als die beiden den Club verlassen haben, war es fast halb drei. Da waren sie allein.«

Petra kniff die Lippen zusammen. Die Zeit kam tatsächlich hin. Aber wen hatte die alte Frau dann gesehen, als sie mit ihrem blasenentzündeten Hund am Südstrand war?

»Wir überprüfen das, Frau Driefel«, sagte Petra. Sie erhob sich und streckte Mechthild die Hand hin.

Die Polizei war also erst einmal beschäftigt.

* * *

Meta hatte nicht gut geschlafen. Als sie am Abend zurückgekommen war, war sie kurz versucht, ihre Tochter Birthe anzurufen. Sie hatte auch überlegt, die Polizei zu benachrichtigen, doch fürchtete sie, sich lächerlich zu machen. Es wäre nicht das erste Mal. Im vergangenen Sommer hatte sie sich schon einmal deswegen blamiert. Sie war zum Gespött aller Nachbarn geworden. Wahrscheinlich hatte sie nur wieder nicht richtig hingehört und Johann wollte zum Nachtangeln.

Trotzdem war sie immer wieder hochgeschreckt, in der Hoffnung, das Geräusch, das sie geweckt hatte, hätte etwas mit Johanns Rückkehr zu tun. Aber es war nur der stärker werdende Wind, der gegen die Fenster drückte und draußen ein paar Äste durch die Gegend wirbelte. Vorhin hatte sie geglaubt, ein Martinshorn gehört zu haben, war zusammengezuckt. Aber dann war es wieder still geworden. Sie sah beziehungsweise hörte schon Gespenster.

Als der Briefkasten polterte, weil die Zeitungsfrau ihre morgendliche Runde machte und die Zeitung einwarf, stand Meta auf. In den vergangenen Wochen war Johann oft in sich gekehrt und gedanklich abwesend gewesen. Manchmal, wenn er so nachdenklich auf seinem Sessel saß, hatte Meta ihn gefragt, was ihn bedrückte. »Nichts«, sagte er jedes Mal. »Ich denke nur oft, wie groß unser Glück doch ist, dass wir noch Eltern werden durften, nachdem wir damit nicht mehr gerechnet hatten.«

Meta fand diese Antwort seltsam. Sie schien so weit hergeholt, aus der Luft gegriffen. Immerhin war Birthe schon fünfundzwanzig. Sicher hatten sie Jahre ihrer Ehe auf diese Schwangerschaft gewartet, aber Meta konnte nur schwer begreifen, warum ihr Mann im Augenblick so oft in der Vergangenheit herumkramte. Er wird schwermütig im Alter, dachte sie.

Sie zog sich an, würde Johann erneut suchen. Irgendwo musste er doch stecken.

Meta radelte durch die klare Morgenluft. Ihr lautes Rufen nach Johann verhallte ohne Antwort im Wald.

* * *

Birthe stellte das Auto auf dem Parkplatz des Marienturms ab. Sie wollte das letzte Stück am Kanal entlanglaufen, so versuchen, sich auf Anna einzulassen, die diesen Weg sicher unzählige Male gegangen war. Jeder Stein, der sich durch Birthes Schuh bohrte, schmerzte sie unendlich. Sie lief mit Annas Füßen über den Schotter. Annas Füße, die sicher nicht so festes Schuhwerk geschützt hatte.

Pawel saß am Wegesrand, kurz bevor es zur Mühle ging. Er kaute auf einem Grashalm und starrte auf das Wasser des Ems-Jade-Kanals, das wie ein Spiegel ruhig und glänzend dalag. Nur ab und an wurde die Wasseroberfläche aufgewühlt, wenn ein Entenpaar hindurchglitt und irgendwo in der Uferböschung wieder verschwand. Pawel sah gar nicht auf, als Birthe kam, und doch wusste sie genau, dass er sie gehört hatte. Sie ließ sich neben ihm ins Gras fallen.

Nach einer Weile sah Pawel sie an. »Dort war das Lager«, sagte er. Er deutete mit dem Kopf nach hinten. »Bei der weißen Mühle.« Birthe wandte den Kopf, sah aber nur eine Ansammlung von Bäumen, hinter der die Mühle verborgen sein musste.

»Ihr wart dort aber nicht untergebracht?«

Pawel schüttelte den Kopf. »Manchmal musste ich Rüben hinbringen.«

Er äußerte sich nur knapp, es schien dem alten Mann sehr schwerzufallen, sich über die Vergangenheit zu äußern. Außerdem war sein Deutsch holprig, mühsam suchte er nach Worten. Doch sie hatte Zeit. Würde sich sie nehmen, um Licht in das Leben von Anna zu bekommen und so endlich den Faden zu erhaschen, der vielleicht mit Hartmuts Tod zusammenhing. »Wo war der Hof?«

Pawel deutete mit einer nachlässigen Handbewegung in Richtung Westen, legte sich aber nicht fest. So als wolle er sich daran nicht wirklich erinnern. Doch wenn er ihr nun endlich den Rest der Geschichte erzählen wollte, blieb ihm wohl nichts anderes übrig.

»Warum hat Anna nicht weitergeschrieben?«, fragte Birthe.

»Weil sie sie abgeholt haben. Edda hat die Tagebuchaufzeichnungen dann bei Annas Sachen gefunden und später mir gegeben.«

Birthe fragte: »Warum hat man Anna ins Lager gebracht und getötet?«

Pawel entschlüpfte ein spöttisches Lachen, das aber eher wie ein Weinen klang. »Die Bäuerin hat sie angezeigt. Für unsereins brauchte es nicht viele Gründe, um hingerichtet zu werden. Aber für Anna hatte die Alte eine besondere Form der Rache.« Pawel hielt inne, seine Stimme hatte schon bei den letzten Worten zu zittern begonnen.

»Was hat die Bäuerin getan? Pawel, ich muss das wissen!« Birthes Herz schlug bis zum Hals. Sie konnte ihre Neugierde kaum zügeln, war aber auch voller Schmerz. Doch sie musste sich ein paar Minuten gedulden, ehe Pawel seine Worte neu sortiert hatte und bedächtig weitersprach. »Sie wurde immer dicker. Das Arbeiten fiel ihr schwer. Außerdem war ihr Herz gebrochen. Hartmut hat sich nie wieder gemeldet. Bis sie tot war. Da stand er vor mir. Hat nichts gesagt. Kein Wort. Aber bleich war er. Hat gezittert. Ein kaputter Mann mit großer Schuld.«

»Hinterher ist immer zu spät«, entfuhr es Birthe. Wieder kroch in ihr diese ohnmächtige Wut auf Hartmut hoch.

Pawels Gesicht zeigte keine Regung. Birthe fand weder die Trauer darin wieder, die er während der Beerdigung gezeigt hatte, noch den Hass, der sich auf dem Firmenparkplatz darin gespiegelt hatte. »Wir sollten nicht zu hart mit ihm sein. Er hat meine Anna wahrhaft geliebt. Aber er hätte genau aus diesem Grund die Finger von ihr lassen sollen. Sie wussten beide, in welche Gefahr sie sich begaben. Sie wusste es. Und er wusste es am allermeisten.« Die letzten Worte presste Pawel geradezu heraus. Ihnen merkte man nun doch den aufgestauten, unterschwelligen Hass an, den er eben noch zu überdecken versucht hatte. »Manchmal heißt lieben auch verzichten, weil die Liebe sonst zerstört wird. Aber dazu war er viel zu sehr auf sich bezogen. Er hat wohl in seinem ganzen Leben immer nur sich selbst geliebt.« Pawels Hand war zu einer Faust geballt. Die Hacken seiner Schuhe bohrten sich tief in die Grasnarbe ein und hinterließen zwei braune Kuhlen, deren Sand sich im abgeschabten Profil der Sohlen festsetzte.

»Er ist einfach abgehauen.« Birthe war etwas kurzatmig, als sie den Satz sagte. Es klang so nichtssagend, so ohne Bedeutung. Und doch hatte Hartmuts Abtauchen dazu geführt, dass Anna sterben musste. Es war einfach niemand da, der etwas für sie hätte tun können. Trotz ihres bis zu seinem Tod so engen Verhältnisses zu Hartmut wusste Birthe, dass sie ihm die Sache mit Anna nie verzeihen würde.

Pawel hatte sich wieder gefangen. Die Füße standen jetzt ruhig nebeneinander, auch die Hand umfasste wieder locker einen Grashalm, deren Spitze Pawels Finger von den kleinen Ähren befreiten, die vom leichten Sommerwind in alle Richtungen davongetragen wurden.

Wie Pawels Gedanken, fuhr es Birthe durch den Kopf. Auch sie waren nicht sortiert. Seine Stimme klang wieder ruhig und entspannt. Die eben noch greifbare Bitterkeit war völlig daraus verschwunden. »Die Zeit damals bestand aus Angst. Die Zeit damals war der Tod. Leibhaftig, allgegenwärtig und an jeder Ecke lauernd, Birthe. Ich weiß nicht, ob du verstehen kannst, was wahre Angst bedeutet?«

Birthe schüttelte den Kopf. Wahre Angst hatte sie sicher noch nicht kennengelernt.

»Wie ist Anna mit all dem umgegangen?« Birthe sah Pawel fragend an.

»Sie hat weitergemacht. Schwanger, mit dem Tod an ihrer Seite. Sie hat ihm getrotzt, ihm ein Schnippchen geschlagen. Anna hat gewonnen.« Pawel lief eine kleine Träne aus dem Augenwinkel. Wieder verharrte sein Blick auf dem ruhigen Wasser. Wieder bohrten sich die Fersen in die kleinen Löcher, als suche er Halt. Birthe war sich sicher, dass Pawels Leben durch Annas Schicksal zerstört worden war. Er war nie über ihren Tod hinweggekommen; die Tatsache, wie Anna ums Leben gekommen war, hatte so von ihm Besitz ergriffen, dass er nach all den Jahren wieder hier aufgetaucht war, um den Beteiligten das Geschehen von damals, das sie verdrängt hatten, wieder in Erinnerung zu rufen.

In Pawels Gesicht wechselten sich jetzt die unterschiedlichsten Gefühle ab. Sie schienen miteinander Fangen zu spielen, um auszuloten, wer von ihnen am Ende die Oberhand gewinnen würde. Er sagte nichts mehr, hatte die Lippen fest aufeinandergepresst, als fürchte er, die Wahrheit würde sonst dort hinausströmen und verraten, welch Wut und Hass sich dahinter in all den Jahren aufgestaut hatten.

Birthe rückte ein Stück von ihm ab. Gänsehaut kroch ihr über die Arme, die sich Millimeter für Millimeter weiter ausbreitete, bis sie schließlich von ihrem ganzen Körper Besitz ergriffen hatte. Pawel schien diese Reaktion zu bemerken, er warf einen Blick auf Birthe, die sich unwillkürlich ein weiteres Stück von ihm entfernte. Er sah ihr direkt in die Augen. Die Pupillen waren klein, die Augen leuchteten in einem seltsamen Licht, fast irr.

»Du hast Hartmut getötet, oder?«, entfuhr es Birthe.

* * *

Als Johann auch am späten Vormittag noch nicht aufgetaucht war, rief Meta doch bei Birthe an. Es dauerte eine Weile, bis ihre Tochter ranging.

»Papa ist weg.«

»Angeln, oder?« Birthes Stimme klang gehetzt, nicht wirklich interessiert.

»Wollte er. Angeln meine ich. Aber nur gestern Abend.« Metas Stimme kippte leicht.

»Er war die ganze Nacht weg, und da meldest du dich erst jetzt? Du musst die Polizei rufen!«

Meta merkte, dass Birthe von Sekunde zu Sekunde aufmerksamer wurde.

»Ich dachte, er sei wieder zum Nachtangeln und ich hätte nicht zugehört. Ich war schon zweimal los. Ihn suchen.«

Birthe stieß ein unwilliges Gemurmel aus. »Ich verständige die Polizei, dann komme ich und wir suchen Papa.«

»Kann Carsten nicht auch helfen? Die Polizei bitte noch nicht. Wir gucken erst.« Metas Stimme klang weinerlich. Sie mochte selbst nicht, wenn sie so war. »Die suchen doch sowieso erst nach achtundvierzig Stunden. Habe ich mal im *Tatort* gesehen«, fügte sie hinzu.

Birthe schien nicht zufrieden, gab dann aber nach. »Ich komme allein. Carsten ist im Büro.«

»Ich zieh mich schon an«, sagte Meta und legte auf. Wieder schlüpfte sie in ihren Fleecepullover. Beim Anziehen der Schuhe zitterten ihre Hände. Als Birthe mit ihrem kleinen Fiat auf den Hof fuhr, stand sie bereits wartend vor der Tür.

* * *

Petra hatte es eilig. Sie fuhr geradewegs zu dem heruntergekommenen Haus, in dem Janina wohnte. Die Sonne spiegelte sich in den Scheiben und zeigte mehr als deutlich, dass sie schon lange nicht mehr gereinigt worden waren. Petra zog angesichts dieser Trostlosigkeit die Schultern fröstelnd hoch. Mit dem Zeigefinger drückte sie auf den Klingelknopf. Während sie auf das Summen des Türöffners wartete, trat sie einen Schritt aus der Eingangsüberdachung zurück und starrte an der Häuserfront hoch. »Da hängen in einigen Fenstern tatsächlich Decken anstatt Gardinen oder Rollos«, stellte sie murmelnd fest.

Petra drückte die Klingel ein zweites Mal. Es tat sich nichts. Es blieb ihr nichts anderes übrig, als irgendwo zu klingeln, in der Hoffnung, man würde sie einfach einlassen. Eine Weile tat sich nichts, doch dann öffnete sich die Haustür tatsächlich.

Der Flur passte sich in seiner Tristesse dem Äußeren des Hauses an. Gelbliche Fliesen, auf denen sich der Dreck der vergangenen Monate schichtweise verteilte, prägten den ersten Eindruck. Die Luft war geschwängert von den unterschiedlichsten Essensdüften. Petra bemühte sich, nur flach zu atmen. Auch das Potpourri an Sprüchen, die die Wand verzierten, versuchte sie zu ignorieren. Doch immer wieder heftete sich ihr Blick daran. Einmal musste sie selbst laut lachen. *Weg mit den Alpen, freie Sicht zum Mittelmeer.* Was für ein bekloppter Spruch, dachte sie, verzog aber schon wieder das Gesicht zu einem Grinsen.

Im nächsten Stock streifte sie mit dem Ärmel *High sein, frei sein, Chaos muss dabei sein!* und rannte mit dem Blick gegen *Haste Haschisch in den Taschen, haste immer was zu naschen.* Schließlich hatte sie sich durch den Wust der beschmierten Wände bis zu dem Stockwerk hochgearbeitet, in dem Janina wohnen musste.

An der Ecke zum Treppenhaus befand sich ein Plastikfarn, der zwar etwas Farbe in die Tristesse brachte, aber ansonsten völlig verstaubt und lieblos dahingestellt wirkte. Petra nickte nur und tastete sich mit ihren Blicken von Wohnungstür zu Wohnungstür, bis sie schließlich vor der richtigen stand.

Janinas Wohnungstür sah genauso aus, wie man sie von einer sehr jungen Frau erwartete. Neben dem Spion hing ein brauner Weidenkranz, durch dessen Geäst sich Kunstefeu rankte. Das Klingelschild war bunt, kleine Wolkenaufkleber schwebten über das Weiß, dazwischen lächelte eine gelbe Sonne. Petra drückte den Knopf. Der schrillende Klingelton war alles andere als einladend und ließ die Kommissarin regelrecht zurückschrecken.

In der Wohnung blieb es still. Kein Geräusch drang daraus hervor, welches darauf schließen ließ, dass jemand darin war. Petra sah sich suchend um, als erwarte sie, Janina gleich um die Ecke biegen zu sehen. Doch so rasch wollte sie nicht aufgeben. Sie klopfte erst mit dem Zeigefinger an die Tür, dann mit der ganzen Faust. »Aufmachen, Frau Petrov! Aufmachen, Polizei!«

Gegenüber öffnete sich die Tür einen Spalt breit. Petra erkannte zunächst nur ein nacktes Bein, darauf folgte eine spitze Nase. »Wenn Sie die Janina suchen, die ist weg.« Der Nase folgte jetzt ein ganzes Gesicht, das in ständiger Bewegung war, weil sich im Mund der Frau ein Kaugummi befand, das sie mit schnellen Kaubewegungen hin und her schob.

»Weg.« Petra wiederholte es mit einem ungläubigen Unterton.

Die Frau musterte die Kommissarin von oben bis unten. Sie formte aus dem Kaugummi eine Blase, die mit einem leichten Plopp zerbarst und rasch wieder ihren Weg zurück in den Mund fand, um dort weitergekaut zu werden. »Janina ist wirklich weg.«

»Seit wann ist Frau Petrov verschwunden?«, fragte Petra. Sie schaute der Frau über die Schulter. Hinter ihrem Rücken tat sich ein enger Flur auf, in dem es nach Fisch roch.

Die Frau bemerkte Petras Blick und schob ihren Körper weiter in die Mitte der Tür. Erst dann antwortete sie: »Freitag, Samstag? Vielleicht auch schon Donnerstag«, wieder machte die Frau eine dicke Blase. »Glauben Sie, ich hänge hinter meinem Spion und beobachte die Nachbarn?« Sie schmatzte vor sich hin. »Habe Besseres zu tun, wahrlich!«

»Und – was tun Sie so Besseres?« Petra betrachtete ihr Äußeres. Eigentlich war es eine blöde Frage.

»Anschaffen«, kam es da auch prompt. Mit einem breiten Grinsen. »Blasen, vögeln … eben, was man so tut.« Sie taxierte die Polizistin. »Ihr seid Bullen, das sieht man meilenweit gegen den Wind. Übrigens schaffen hier fast alle an.«

Petra ließ sich von der Frau nicht beirren. »Wissen Sie, wohin Frau Petrov verschwunden ist?«

Die Frau schüttelte den Kopf. »Wenn das jemand wüsste, dann wäre Janina tot.« Sie kaute schneller. »Das ist hier so. Einfach abhauen ist nicht.«

»Seit Donnerstag oder Freitag. Das ist lange genug her, um endgültig abzutauchen.« Petra schlug ärgerlich gegen den Metalltürrahmen.

»Was hat sie denn verbrochen, die Kleine? Die war doch so zart, dass die schon beim Angucken umgefallen ist. Ich meine, die hat doch keinen Mut, jemandem was anzutun.«

»Kennen Sie Maja Kosloff?« Petras Stimme klang härter als beabsichtigt.

Die Frau schüttelte den Kopf, zog sich dann wieder Zentimeter für Zentimeter zurück. Sie wirkte dabei wie eine Schlange, die sich unauffällig durchs Gras schlängelte. Schließlich sah man nur noch ihre Nase. »Ich muss jetzt dringend schlafen, das verstehen Sie sicher.« Die Tür schloss sich mit einem leisen Knacken.

»Janina ist also untergetaucht«, sagte Petra zu sich. »Das klingt wirklich geradezu, als habe uns Mechthild Driefel nicht angelogen. Wir müssen die Gerichtsmedizin informieren. Maja muss erneut untersucht werden. Auf Spuren von Janina.« Petra hielt kurz inne. »Außerdem sollten wir um ein Rechtshilfegesuch bei den russischen Kollegen bitten.«

Sie klingelte noch einmal an der Tür der jungen Frau.

»Was gibt es denn noch?« Petra wehte eine Alkoholfahne entgegen, die ihr vorhin entgangen war und die sich jetzt über den Fischgeruch legte.

»Wissen Sie, aus welcher Gegend Russlands Janina Petrov stammt?«

Der Frau entglitt ein Kichern, das recht spöttisch klang. »Das weiß hier keiner. Es gibt kein Leben davor und keines danach. Alles klar?« Wieder schloss sich die Tür.

* * *

Carsten fand, dass Mechthild seit ihrer Rückkehr, angeblich hatte sie einen Arzttermin gehabt, merklich gelassener wirkte. Hin und wieder zauberte sich sogar ein Lächeln auf ihr Gesicht, das ihn verstehen ließ, warum er sie kürzlich geküsst hatte. Mechthild war eine attraktive Frau, dazu loyal, zuverlässig und berechenbar. Warum war ihm das in den letzten Jahren nie aufgefallen?

»Alles in Ordnung?«, fragte Carsten. »Ich meine gesundheitlich.«

Mechthild nickte, sah ihn dabei mit ihren schönen Augen fest an, sog ihn förmlich darin auf, sodass Carstens Herzschlag sich merklich beschleunigte. »Es ist alles in bester

Ordnung, Carsten.« Ihre Stimme war ungewöhnlich dunkel, und Carsten malte sich aus, wie sich ihre Haut unter der Kostümjacke wohl anfühlen mochte.

Doch Mechthild verließ sein Büro. Einfach so. Carsten starrte nur auf den gerundeten Hintern seiner Sekretärin. Unter dem Rock zeichnete sich nicht die Spur eines Slips ab. Sie mochte unter dem Rock nackt sein, jedenfalls wenn ihre Perlons Strümpfe und keine Strumpfhosen waren. Carsten spürte, dass sich etwas in ihm regte. Birthe würde so etwas nie wagen. Birthe hatte immer Slips an. Nicht gerade Liebestöter, das nicht, aber auch keine Strings oder eben – nichts.

Ach, Birthe. Sie hatte im Augenblick ohnehin ihre Gedanken ganz woanders. Irgendwo in der Vergangenheit. Sie wühlte in der Geschichte seiner Familie herum, würde sie in den Dreck ziehen, wenn es sein müsste. Sie war ein Gerechtigkeitsfanatiker, würde nicht aufgeben, bis dieser Genüge getan war. Auch wenn es nicht gut für die Meckenwalds war. Doch Birthe beging einen Fehler. Einen gefährlichen Fehler. Sie musste aufhören damit. Carsten wusste nur noch nicht, wie er sie stoppen sollte. Seine Aufgabe bestand jetzt darin, das Schlimmste zu verhüten. Für die Meckenwalds. Für die Firma. Birthe würde das nie verstehen. Sie hatte einen Weg eingeschlagen, der sie sehr weit von ihm, ihrem eigenen Mann, entfernte, und doch lief sie ohne anzuhalten weiter und weiter.

Mechthild war da anders. Mechthild würde zuerst an die Firma denken. An ihn, ihren Chef.

Carsten lief ein wohliger Schauer über den Rücken, als er nach Mechthild verlangte, sie ohne Umschweife auf seinen Schoß zog und ihre weichen Rundungen mit den Händen erkundete, nachdem er die Bürotür hinter ihr abgeschlossen hatte.

* * *

Johann Claaßens Gesicht schmerzte, seine Gedärme rumorten. Er hatte Hunger. Er wusste nicht, wo er war. Irgendetwas war in seinem Mund befestigt. Er konnte nicht sprechen, es war ihm nicht möglich, seinen Atem selbst zu lenken. Er versuchte die Augen zu öffnen. Es gelang ihm nicht, so sehr er es auch versuchte. Dafür arbeiteten sich nach und nach Geräusche an sein Ohr, die er nicht zuordnen konnte. Es piepte überall. Andere Töne klangen wie ein Stampfen. Stimmen mischten sich unter das Wirrwarr.

Johann versuchte abzuschalten, in das Gefühl des großen Nichts zurückzukehren. Es gelang ihm aber nicht. Es war für den Augenblick angenehm, nicht einmal die Atmung steuern zu können. Seine Brust wurde automatisch angehoben, mit Sauerstoff versorgt und senkte sich dann wieder. Dann kamen die Bilder. Sie waren plötzlich da, als habe jemand einen Filmprojektor vor sein Auge gestellt.

Er hatte nichts gehört gestern Abend, war vom Hecht am Haken abgelenkt worden. Nichts hatte er um sich herum wahrgenommen, begeistert von der Vorstellung, dass ihm der Fang seines Lebens gelungen war. Den Fisch hatte er noch herausbekommen. Angestarrt von dessen Augen, hatte er dann einen plötzlichen heftigen Schmerz auf dem Kopf wahrgenommen, der in ein wattiges Gefühl überging und später wiederum von einem harschen Kopfschmerz abgelöst wurde. Durch einen Wolkenschleier merkte er, dass er fortgeschleppt wurde. Dabei glaubte Johann, von den Fischaugen angestarrt zu werden. Er hatte gar keine Angst um sich gehabt, zu weit weg, zu leicht getragen fühlte er sich. Aber der Fisch hatte ihm unendlich leidgetan. Weil er nun jämmerlich ersticken musste, ihm der gnädige Todesstoß vorenthalten blieb. Das war nicht recht. Nach dem harten Kampf, den sie miteinander gefochten hatten.

Sein Kopf hatte schließlich weichen Waldboden berührt, und seine Hand war warm und feucht geworden, als er sich reflexartig an die Stirn fasste. Johann hatte an seiner Hand gerochen, gewusst, dass es Blut war. Der metallische Geruch war unverkennbar. Bunte Lichter tanzten vor seinen geschlossenen Augen und dann erinnerte er sich an nichts mehr. Sein nächster Erinnerungsfetzen hatte mit unsäglichen Schmerzen zu tun. Seine Schulter, seine rechte Gesichtshälfte und das linke Knie schienen eine einzige schmerzende Verbindung zu sein. Wo war er nur?

Quietschende Schritte näherten sich. Eine Hand griff nach seinem Augenlid, zog es in die Höhe. Jemand kniff ihn in die Hand. »Dauert noch mit dem Extubieren«, hörte er. Es war ihm egal. Er wollte zurück. Zurück ins Nichts. Keine Gedanken mehr.

So war Johann froh, als die Schritte sich wieder entfernten. Er fiel umgehend in seinen Dämmerzustand zurück.

* * *

»An welchen Teich wollte Papa? Nun denk doch einmal nach! Man könnte fast meinen, ihr redet überhaupt nicht miteinander!«

Birthe wusste, dass sie müde aussah. Über ihre dunklen kurzen Haare hatte sie ein rotes Käppi gezogen, um die dunklen Schatten unter den Augen ein wenig zu kaschieren. Das Treffen mit Pawel Dzierwa hatte sie aufgewühlt. »Wohin nun?«

»Heute Morgen und gestern Abend war ich schon los«, murmelte ihre Muter anstelle einer eindeutigen Antwort.

»Im Dunkeln? Mama!« Birthe schüttelte den Kopf. Sie griff nach einem Fahrrad und deutete ihrer Mutter mit dem Kopf, sich auch das ihre zu nehmen. »Warum hörst du auch nicht zu, wenn er dir von seinen Touren erzählt! Das Angeln ist so ein rotes Tuch für dich, da hast du wirklich Ohrenklappen auf.« Birthe schnappte nach Luft. Die mangelnde Absprache zwischen ihren Eltern hatte sie nie verstanden. Obwohl sie zugeben musste, dass auch ihre Kommunikation mit Carsten im Augenblick eher dürftig war. »Wir müssen die Polizei verständigen, Mama. Darum kommen wir nicht herum.«

Meta schüttelte den Kopf. Sie schien fest davon überzeugt zu sein, dass sie Johann bald finden würden.

Zunächst umrundeten sie, soweit es ging, den Teich, der ihrem Haus am nächsten lag. Aber weder ihr Rufen noch das Herumklettern Birthes in den Uferböschungen brachten irgendetwas zutage.

»Er ist hier nicht, Mama. Also weiter!«, forderte Birthe ihre Mutter auf. Meta war augenscheinlich froh, dass ihre Tochter das Zepter in die Hand nahm, ihr sagte, was sie tun sollte. So phlegmatisch kannte Birthe ihre Mutter nicht.

Sie kamen auf den Hauptweg, der den Wald in seiner ganzen Breite durchschnitt. Vor ihnen lag die Lange Kuhle. Sie hatte eine tiefgrüne Farbe, in der Ecke sammelten sich Unmengen von Blütenstaub, der dem Wasser dort eine schlierige Konsistenz verlieh. Birthe suchte das Ufer ab. Dann glitt ihr Blick zum Himmel, da der Wind weiter zunahm. Die dunklen Wolken verhießen nichts Gutes. »Lass uns weiterfahren, ich glaube, wir kriegen gleich noch richtig Regen ab.«

Sie holperte mit dem Rad nach rechts, bog aber dann gleich links in den Waldweg ein, der die Lange Kuhle umrundete. »Um diese Zeit ist kaum einer unterwegs«, sagte Birthe. »Nur der eine oder andere Hundebesitzer. Hoffentlich ist Papa nichts passiert! Nicht, dass er verletzt seit gestern Abend irgendwo herumliegt.« Birthe nestelte an ihrer Jackentasche herum. Sie kontrollierte, ob sie für den Fall ihr Handy dabei hatte.

An der Bucht stellte Birthe ihr Rad an einem Baum ab und kletterte hinunter. Links schien alles unberührt, aber als sie ihren Blick in die andere Richtung wandern ließ, sah sie einen Eimer. Sie winkte ihrer Mutter. »Komm! Schnell!«

Ehe Meta auch nur einen Fuß den Hang hinunter gemacht hatte, war ihre Tochter schon hinter der Böschung verschwunden. Instinktiv ging Birthe langsamer, hatte Furcht, gleich etwas zu entdecken, was sie nicht sehen wollte. Etwas, das ihr Leben von einer Sekunde auf die andere noch mehr verändern würde. Schritt für Schritt ging sie weiter. Birthe spürte ihren hechelnden Atem. Sie hielt kurz an, das Klopfen ihres Herzens verspürte sie bis in die Ohren. Langsam setzte sie sich wieder in Bewegung.

Als sie die letzte Böschung umrundete, stob ein Schwarm Schmeißfliegen auf. Birthe schreckte zurück. Vor ihr lag ein Käscher. Darin glotzte sie ein riesiger Fisch an. Die Angel war noch nicht von ihm gelöst, der Hocker achtlos umgestoßen. Von ihrem Vater war nichts zu sehen.

17. Kapitel

Birthe rief noch aus dem Wald bei der Polizei an. Die Kommissarin hatte denkbar schlechte Laune. Aber sie wollte sofort kommen. Ihre Mutter war völlig aufgelöst, und auch Birthe war bei der ganzen Angelegenheit nicht wohl. Es passte alles nicht zusammen. Ihr Vater würde niemals einen Fisch an Land ziehen und ihn dort elendig verrecken lassen. Was nur hatte ihn von dort weggelotst? Oder war er gar … Birthe mochte diesen Gedanken gar nicht zu Ende führen. Es geschahen seit Hartmuts Tod so viele Merkwürdigkeiten, die sie nicht zuordnen konnte. Warum nicht auch noch eine Entführung? Warum war zwar nicht erkennbar, aber das war in den anderen Fällen ja ähnlich. Vorhin hatte sie im Gespräch mit Pawel einen Augenblick den Eindruck gehabt, jetzt endlich auf dem Weg zum Ziel, zur Aufklärung zu sein. Doch dann war alles wieder wie ein Kartenhaus in sich zusammengefallen.

Ihr Vater war merkwürdig gewesen in der letzten Zeit. In sich gekehrt, abwesend. Birthe zermarterte sich das Hirn mit der Frage, in welchem Zusammenhang diese Sache mit den anderen Ereignissen stehen könnte. Ob sie das überhaupt tat. Sie konnte sich nicht vorstellen, dass ihr Vater vielleicht in all das verwickelt war. Vielleicht war er genauso ein unfreiwilliger Mitspieler wie sie. Hineingezogen vom Sog der Ereignisse, wie ein Korken auf dem Meer von einer Welle zur nächsten gespült.

Birthe wollte noch die Ankunft der Polizei abwarten, ihrer Mutter beistehen. Dann würde sie bei Pawel anrufen. Er musste ihr Annas Geschichte zu Ende erzählen. Er war am Morgen einfach gegangen, hatte sie mit der entscheidenden

Frage in der Luft einfach so stehen lassen. Anna war der Schlüssel, und Birthe war sich so sicher wie nur was, dass Pawel auch wusste, wo er passte.

* * *

Mechthild schaute hinaus. Es dämmerte bereits, die ersten Lichter über dem Hafen gingen an. Sie war von einem wohligen Gefühl umgeben. Es hatte geklappt. Carsten Meckenwald hatte tatsächlich gerade mit ihr geschlafen, ihr gurrende Laute ins Ohr gehaucht und sie schön gefunden. Er wolle es wieder tun, hatte er gesagt. Mechthild lächelte. Gut, dass sie sich neulich ein paar Tipps von Maja hatte geben lassen. In ihr breitete sich immer mehr das Gefühl aus, Männerhirne seien doch recht einfach gestrickt. Wenn es im Bett stimmte, vergaßen sie die Welt. Vorhin hatte alles gestimmt. Carstens Zunge war tänzelnd über ihren Körper geglitten, in jede Hautfalte gefahren. Es war eine Explosion gewesen, die sie zuvor noch nie erlebt hatte. Noch war sie nur eine Affäre für ihren Chef. Eine, die der Alte nie geduldet hätte. Nun war der unter der Erde, sie hatte freie Bahn, und es schien, als sei sie doch auf der Zielgeraden und könne Birthe abhängen.

Eigentlich war es unüberlegt gewesen, diese Aktion gestern am Teich durchzuziehen. Sie hatte sie in dem Moment für eine gute Idee gehalten, hatte bis zum letzten Augenblick wirklich geglaubt, es sei die Lösung für alles. Mechthild hatte vorgehabt, den Mann umzubringen. Es war so einfach, es sich vorzustellen. Sie hatte das Messer in der Hand gehalten, als sie auf ihn zugeschlichen war. Zustechen. Mitten ins Herz. Dann waren Carstens Probleme gelöst. Johann würde bald eins und eins zusammenzählen können. An Pawel Dzierwa kam sie ja nicht ran. Er tauchte wie ein Phantom irgendwo auf und verschwand wie ein solches auch wieder. Aber ohne Johann Claaßen hatte er keine Chance. Nur hätte sie Johann wirklich auf der Stelle töten sollen. Wer hätte sie schon verdächtigt? Niemand. Stattdessen war ihr die Courage abhandengekommen. Es wurde nicht einfacher, je öfter man es tat. Absolut nicht. Also hatte sie ihm nur mit einem Holzscheit eins übergezogen und ihn in der Nähe ins Unterholz geschleppt, damit man ihn nicht gleich fand. Johann hatte nicht mehr geatmet. Sie war weggelaufen. Einfach weggelaufen.

* * *

Birthe klärte mit der Polizei alles. Ihrer Mutter holte sie einen Arzt, der ihr ein starkes Beruhigungsmittel gab. Am frühen Morgen hatte ein Hundebesitzer am Teich einen Mann ohne jegliche Papiere in den Büschen gefunden und den Notarzt gerufen. Der Mann war nach Sande ins Krankenhaus gebracht worden. Er sei nicht bei Bewusstsein. Als Birthe ihren Vater als vermisst gemeldet hatte, war es klar, wer der Mann war. Birthe sollte unverzüglich ins Krankenhaus kommen. Meta war völlig aufgelöst und nicht in der Lage, Birthe zum Krankenhaus zu begleiten.

Es war für Birthe ein Höllentrip. Wie eine Verrückte fuhr sie wieder und wieder um den Krankenhauskomplex, um irgendwo einen Parkplatz zu ergattern. Es war beinahe ein Ding der Unmöglichkeit. Immer mehr Tränen bahnten sich ihren Weg. Vor lauter Aufregung fuhr sie beinahe eine Frau um, die gerade aus einer Parklücke trat. Nach der dritten Runde war Birthe nur noch wütend. Sie musste zu ihrem Vater. Keiner hatte ihr sagen können, wie es ihm wirklich ging. Vielleicht machte er längst seine letzten Atemzüge, und sie fuhr wie eine Irre um das Krankenhaus. Vor lauter Verzweiflung parkte Birthe schließlich im absoluten Halteverbot. Es war ihr so was von egal, ob man sie abschleppen, mit einem Bußgeld versehen oder sonst etwas würde. Sie wollte zu ihrem Vater, sonst nichts.

Auf der Intensivstation sagte man Birthe, ihr Vater habe ein schweres Schädel-Hirn-Trauma erlitten. Es sei fraglich, ob es ohne Folgen bleibe. Der Arzt drückte ihre Hand. Eine Schwester stellte ihr wortlos eine Tasse Kaffee vor die Nase, nickte ihr freundlich zu.

An Johanns Bett musste sie zweimal hinsehen, um ihn unter dem Verband zu erkennen. Sie drückte seine Hand, war erstaunt über die Wärme, die von ihr ausging. Lag er doch, bis auf den sich monoton hebenden Brustkorb, eher vor ihr, als sei das Leben wirklich schon aus ihm gewichen.

Auf dem Flur traf Birthe Petra Erdmann. »Weiß man, wer es war?«

Birthe war kaum mehr in der Lage, wirklich Angst zu empfinden. Alles fühlte sich ganz schrecklich tot an. Warum passierten in letzter Zeit in ihrem Umfeld solche Grausamkeiten?

Petra Erdmann erzählte etwas davon, dass die Spuren gesichert würden, man den oder die Täter sicher bald habe. Aber es klang so, als glaube die Kommissarin selbst nicht daran. Für einen Augenblick war Birthe versucht, ihr von den Briefen und von Pawel zu erzählen. Sie musste es loswerden, und vielleicht würde es auch helfen, den Täter zu finden. Denn Birthe selbst glaubte nicht daran, dass es einfach wild gewordene Jugendliche waren, die ihren Vater so zugerichtet hatten.

Als sich die große Tür der Intensivstation hinter ihr schloss, wusste sie, was sie zu tun hatte. Eigentlich gehörte sie nun an die Seite ihrer Mutter, doch instinktiv war ihr klar, dass sie nur dann Licht in das Dunkel bringen würde, dass das Morden nur dann aufhörte, wenn sie endlich die ganze Wahrheit erfuhr.

Sie rief Carsten in der Firma an. »Ich bleibe vorerst bei Mama und fahre zwischendurch nach Sande«, sagte sie zu ihm. Sie verschwieg, dass sie später Pawel aufsuchen wollte. Später, wenn es ihrer Mutter vielleicht besser ging.

Carsten reagierte merkwürdig unterkühlt. Der Dramatik der Situation absolut nicht angemessen. Birthe zeigte das sehr deutlich, dass ihre Ehe einem Fiasko entgegensteuerte, aber sie wusste absolut nicht, wie sie diese Entwicklung jetzt noch stoppen sollte. Sie war zu tief in die Sache eingetaucht, und wenn es ein Geheimnis gab und sie es nicht lüften würde, so würde es ohnehin immer zwischen ihnen stehen.

* * *

Johann erwachte immer wieder aus dem für ihn so angenehmen Dämmerschlaf. Doch auch dieser Beinahe-Wachzustand ließ ihn merkwürdig entrückt sein. Er fühlte, dass seine Gedanken zwar zu fließen begannen, er sich aber nicht bewegen konnte; er hatte keines seiner Gliedmaßen unter Kontrolle. Dies jedoch störte ihn nicht, wollte er doch sowieso am liebsten wieder in den Schlaf flüchten. Jetzt drängten sich seine Eltern vor sein inneres Auge. Sie waren beide vor zwei Jahren gestorben. Kurz hintereinander, als könnte einer nicht ohne den anderen sein. Er wusste nicht, ob es ihm bei Meta ähnlich ergehen würde. Ein Leben ohne sie erschien Johann nur schwer vorstellbar. Aber ob er gleich mit sterben wollte?

Das waren jetzt auch nicht die Gedanken, die ihn umtreiben sollten. Er dachte daran, wie er vorgestern in der Schublade nach seiner Geburtsurkunde gewühlt hatte, nachdem ihn diese heisere osteuropäische Stimme wieder angerufen hatte. Es hatte alles seine Richtigkeit. Er war am 11. April 1944 in Sande zur Welt gekommen. Eine Sturzgeburt in der

Scheune, aber alles gesund. Eine Hebamme war dazugekommen. Die Papiere waren korrekt unterzeichnet.

Johanns Erinnerungen an seine Jugend waren zwiespältig. Er hatte seine Eltern geliebt. Zweifelsohne hatte er für seine Verhältnisse eine schöne und behütete Kindheit gehabt. Trotzdem war immer dieses Gefühl der Distanz da gewesen. Zumindest als er älter wurde. Dieses Empfinden der Fremdheit. Das sei normal, hatte sein Freund gesagt, als sie darüber gesprochen hatten. Das komme vom beginnenden Erwachsenwerden. Das habe jeder. Diese unbestimmte Ahnung, nicht ganz dazuzugehören, kein wirklicher Teil der Familie, der Gemeinschaft zu sein. So eine Art Fremdkörper in der eigenen Familie. Johann hatte das schließlich so hingenommen. Wenn es allen so ging. Nur manchmal hatte er dennoch geglaubt, bei ihm sei es doch etwas anderes.

Es war die Art, wie sein Vater gesprochen hatte, das Resolute und Laute, das ihn ewig fremd bleiben ließ. Johann war nicht laut. Er wusste durchaus immer seine Ziele durchzusetzen, aber er tat es auf eine ruhige, unauffällige Art. Ganz so, wie auch Birthe es sich zu eigen gemacht hatte. Birthe war wie er. Weshalb er sie unglaublich liebte und jede ihrer Regungen verstand. Birthe. Vorhin hatte er geglaubt, ihre Stimme zu hören. Wie durch dichten Nebel war sie zu ihm gewabert. Er hatte ihre Hand gespürt. Oder doch nicht? Johann sehnte sich nach tiefem Schlaf.

Ein Geruch legte sich über die Nase, der nicht passte. Er roch wie der Atem seiner Mutter. Fremd, ja, als fremd hatte er ihn immer empfunden. Weil ihn eine süßliche Nuance durchzogen und ihn schon als kleinen Jungen auf Abstand gehalten hatte. Es waren ihre Zähne, die schon in jungen Jahren braun und unansehnlich gewesen waren. Johann hatte sich oft deswegen vor seinen Freunden geschämt. Später hatte seine Mutter dann neue Zähne bekommen, konnte wieder richtig lachen, was sie auch oft und gern tat. Aber der Geruch war geblieben, hatte ihn auf Distanz gehalten. Johann hatte aber diese Gefühle verdrängt. Das Anderssein, ja, das hatten seine Freunde mit vierzehn Jahren auch gehabt. Aber wem hätte er sagen sollen, dass er den Geruch seiner Mutter nicht als angenehm empfand, dass ihre Liebkosungen ihn eher abstießen? In dem Alter gab man körperliche Kontakte der Eltern sowieso gar nicht zu. Die Abneigung dagegen hatte er jedoch schon als kleiner Junge verspürt. Er erinnerte sich an die Gänsehaut, die die Berührungen seiner Eltern hinterlassen hatten. Berührungen, die eigentlich Trost spenden und Liebe geben sollten. Und doch das Gegenteil bewirkt hatten.

Wäre dieser Anruf nicht gekommen, er hätte nie mehr darüber nachgedacht. Auch nicht, dass er bei der Beerdigung seiner Eltern nicht das Gefühl gehabt hatte, etwas wirklich Nahes sei vorbei. In seinem Inneren machte sich eher das Empfinden breit, gute Wegbegleiter verloren zu haben. Es fehlte die Ohnmacht des Verlustes, die er bei seinen Freunden erlebt hatte, als sie an den Gräbern ihrer Eltern standen. Er hatte einfach diese enge Bindung an seine Eltern, von der seine Schwester immer wieder angefangen hatte, nicht gespürt. Deshalb konnte er auch nicht so weinen, wie sie es tat. Sie, die noch als Erwachsene ständig den engen Kontakt zu der Mutter gesucht hatte. Die nichts dabei fand, ihren Vater zu umarmen und die körperliche Nähe zuzulassen. Gefühle, die Johann fremd waren, von denen er geglaubt hatte, sie gar nicht zu besitzen.

Bis er Meta kennengelernt hatte. Meta, der erste Mensch, der seine Barriere durchbrechen durfte. Als schließlich Birthe da war, hatte er all die negativen Erinnerungen an seine Kindheit und die Eltern beiseitegeschoben. Hingenommen, dass es bei ihm anders gewesen war als bei seinen Freunden. Nur manchmal, wenn Birthe zu ihm kam, seine Hand umfasste und er die Wärme ihrer Haut genoss, fragte er sich, wie seine Eltern sich wohl gefühlt hatten, weil er ihnen diese Nähe verweigert hatte. Aber vielleicht war es ihnen auch gar nicht so bewusst gewesen. Zumindest ab dem Augenblick, in dem seine Schwester in ihr Leben getreten war und er ohnehin die besondere Position des einzigen Kindes eingebüßt hatte.

Johann hatte die Urkunde zurück in die Schublade geschoben. Er war jetzt ein alter Mann, und seine Gedanken schweiften um Geschehnisse aus der Kindheit, die weiß Gott nicht mehr wichtig waren. Johann wusste selbst nicht, warum ihn diese Anrufe so beunruhigt, ja sogar belastet hatten. Erst hatte er sie verdrängt, als Spinnerei abgetan. Es ergab alles keinen Sinn. Doch der Mann hatte nicht lockergelassen.

Er wünschte jetzt, dass ihn irgendetwas von diesen Gedanken befreien würde. Sie schmerzten noch immer. Er konnte sich nicht wehren. Alles um ihn herum war tot, nur die Gedanken sprangen ihn immer wieder an und schlugen ihre Klauen in seine Seele. Johann sehnte sich nach dem ewigen Schlaf, der ihn erlösen sollte.

* * *

Straßenlaternen beleuchteten die Gehwege, die wie ausgestorben dalagen. Das Wetter war wieder vollständig umgeschlagen. Von dem gestrigen schönen Spätsommertag war nichts mehr zu erkennen. Feine Regentropfen benetzten die Straße und ließen den Asphalt wie frisch abgeleckten Lakritz erscheinen.

Pawel sah Birthe mit eiligen Schritten die Straße hinaufeilen. Sie hatte sich die Kapuze über den Kopf gezogen. Sicher als Schutz vor der Nässe, aber auch, damit sie nicht auffiel. Er aber würde Birthe immer erkennen.

Pawel trat einen Schritt vom Fenster seiner Pension zurück. Er ging zur Tür, um Birthe hereinzulassen. Es war besser, wenn sie keiner sah. Das Verschwinden von Johann zeigte sehr deutlich, in welches Wespennest er gestochen hatte.

Birthe schüttelte ihr kurzes Haar zurecht, als sie in den Flur der Pension trat. Sie begrüßte Pawel nur kurz, musterte dann die alte, dunkle Treppe, die sich nach oben schlängelte. Der Fußboden war mit einem dicken roten Teppich belegt, der jeden Schritt schluckte. An der Decke hing ein wuchtiger Kronleuchter, in dessen Glas sich das Licht in viele Richtungen brach. Pawel folgte Birthes Blick. Trotz des aufgesetzten Prunks wirkte die ganze Pension schäbig. Ob es an den verblassenden Farben und dem in der Mitte schon arg abgetretenen Teppich lag oder eher daran, dass der Putz sich nicht mehr in den Ecken hielt, vermochte sie nicht zu sagen. Aber das beides, gepaart mit dem unnachahmlichen Geruch nach Bohnerwachs, war wohl ausschlaggebend.

»Lass uns hochgehen, Pawel. Ich habe nicht viel Zeit. Meine Mutter ist völlig fertig.«

Birthe umriss mit wenigen Worten, was mit ihrem Vater passiert war. Es schien Pawel merkwürdig stark zu berühren. Er hatte sich aber rasch wieder im Griff, winkte ihr mit der Hand. Dann schlurfte er voran. Jede Treppenstufe bereitete ihm große Probleme. Er hatte seine Zimmertür offen gelassen. Pawel deutete auf den einzigen Stuhl im Zimmer, er selbst ließ sich auf der Bettkante nieder. »Ich habe Hartmut nicht getötet«, begann er schließlich. Er setzte nahtlos an Birthes Frage vom Morgen an. Als er sich einfach so davongemacht hatte. »Obwohl ich ihm so manche Stunde meines Lebens das schrecklichste Ende, das man sich vorstellen kann, an den Hals gewünscht habe. Doch«, Pawel schluckte, »ich kann nicht töten.« Er fuhr sich mit der Zunge über die spröden Lippen. »Ich habe ihn nicht umgebracht, habe für Anna sogar um ihn getrauert. Sie hätte es so gewollt.«

»Hattest du Kontakt zu ihm?«

Pawel nickte. Sein Blick glitt zum Fenster. Er hatte die senffarbenen Vorhänge zugezogen, nur ein schmaler Spalt gewährte einen Blick nach draußen. Pawel trat einen Schritt vom Fenster weg. »Ich habe ihm nur etwas sehr Wichtiges gesagt.«

»Du hast ihm gesagt, dass er ein Kind hat«, beschleunigte Birthe Pawels Ausführungen. »Dass es lebt.« Birthe schluckte. »Weil er sich nie, nie dafür interessiert hat.«

Pawel musste sich erst sammeln, bevor er ihr antwortete. Es war ihm ungeheuer wichtig, alles zu ordnen, damit er auch nicht das kleinste Detail vergaß. Annas wegen. Sie hätte darauf großen Wert gelegt. So beschloss er, nicht konkret auf Birthes Bemerkung einzugehen.

»Anna hat sich schwanger durch die Zeit geschleppt. Von der Bäuerin getriezt, von Edda beschützt. Tagein, tagaus dasselbe Spiel. Anna sah immer schlechter aus. Aber sie hat alles durchgehalten. Dann ist eines Tages Edda zu ihr gekommen. Es war noch etwa einen Monat hin, bis das Kind kommen sollte. Es war nicht für meine Ohren bestimmt, aber ich hatte damals den Drang entwickelt, für Anna da zu sein. Also habe ich gelauscht. Edda hat geflüstert, aber ich habe jedes Wort verstanden. Anna sei in Lebensgefahr. Ihre Mutter wolle sie anzeigen, weil sie den Sohn vom Nachbarn verführt habe.«

»Den Sohn vom Nachbarn?«

Pawel nickte und sagte, dass der nicht ganz richtig im Kopf gewesen sei, was die Nachbarn aber vor der Gestapo hatten verheimlichen können. Nun sei er das Bauernopfer gewesen, das mit Anna in den Tod geschickt werden sollte.

»Sie hat behauptet, dass Anna eine Liebesbeziehung zu einem geistig Behinderten hat?«

Pawel nickte. »Und nicht nur das. Der Junge war erst sechzehn. Sie hat später ausgesagt, dass Anna immerzu von Wolllust getrieben war und ihn verführt hat.« Pawel schluckte. »Sie hatte einfach Angst, dass das Kind von ihrem Mann sein könnte.«

»All das hat die Polizei geglaubt?«

»Wir waren polnische Zwangsarbeiter, hatten keine Rechte.«

Birthe erhob sich, ging zum Fenster und sah auf die nasse Straße. Sie wandte sich zu ihm. »Du warst doch noch recht jung, wieso weißt du das alles so genau?«

»Edda«, sagte Pawel. »Edda hat mir alles erzählt, bevor ich ein Jahr später zurück nach Polen geschickt wurde. Sie wollte, dass ich alles über Annas Tod wusste.«

»Lebt sie noch?«

Pawel schüttelte den Kopf. »Sie ist tot.«

Birthe setzte sich wieder, fuhr sich mit den Fingern durchs Haar. »Was ist mit Annas Kind passiert, Pawel? Dieses Kind ist der Schlüssel zu allem, stimmt's?«

* * *

Carsten fror, obwohl die Autoheizung 23 Grad anzeigte. Er hatte bei Birthes Mutter angerufen und erfahren, dass seine Frau gar nicht dort war. Also fuhr er ziellos durch die Stadt, wusste nicht, was er tun sollte. Zuerst hatte er alle Briefe ein zweites Mal gelesen. Es war besser für Birthe, wenn sie aufhörte, in der Vergangenheit herumzuschnüffeln. Der Anschlag auf ihren Vater passte. Er wusste nicht, wer dafür verantwortlich war, nur eines war klar: Derjenige hatte es auf die Familie Meckenwald und ihr Umfeld abgesehen. Wenn Birthe nicht sofort aufhörte, war sie möglicherweise auch in Lebensgefahr.

Er war froh, sie nicht zu Hause angetroffen zu haben. Das Kribbeln im Bauch begleitete ihn noch immer, seit er mit

Mechthild geschlafen hatte, und er fürchtete, Birthe würde ihm den Betrug sofort anmerken. Er war überrascht gewesen, wie schön das Zusammensein mit seiner Sekretärin gewesen war. Wie egal es ihm plötzlich erschien, dass er sie bislang als zu perfekt gesehen hatte. Ihre Lippen waren weich und voll, ihr Körper anschmiegsam und fordernd. Im Augenblick war das ein wunderbarer Ausgleich zu seinem Stress.

Carsten setzte den Blinker, fuhr durch die Südstadt. Noch konnte er bei Mechthild nicht aufkreuzen. Außerdem war er der Ansicht, es schade nicht, wenn sie ein paar Minuten auf ihn wartete. Er ertappte sich bei dem Gedanken, dass er Birthe noch nie hatte warten lassen. Dazu hatte er sie bislang viel zu sehr geliebt. Und respektiert. Warum nur hatte sie sich auf die Sache mit den Briefen eingelassen? Carsten schlug das Herz bis zum Hals. Es hatte alles zwischen ihnen verändert.

Plötzlich stutzte er. Gegenüber einer heruntergekommenen Pension stand eindeutig Birthes Wagen. Er parkte in einer Seitenstraße, schlug den Mantelkragen hoch und schlich sich an der Häuserwand zu dem Auto. Es bestand kein Zweifel.

Was zum Teufel trieb seine Frau hier? Er tastete sich mit den Blicken an der Front des alten Gemäuers hoch. In nur wenigen Fenstern brannte Licht. Dahinter bewegten sich Schatten, die Carsten aber nicht zuordnen konnte. Trotzdem war er sich ziemlich sicher, dass Birthe sich in dem Haus befand und dass sie jemanden besuchte, der ihr etwas erzählen würde, was sie besser nicht erfahren sollte. Jetzt saßen sie in der Falle. Sie und der alte Mann, der besser nie hier aufgetaucht wäre. Carstens Herz begann zu rasen. Sein Gaumen wurde trocken, der Atem beschleunigte sich. Sie durfte nicht weiterforschen. Seine eigene Frau durfte nicht weiterforschen. Sie musste aufhören. Sofort! Doch ihm war selbst klar, dass es bereits zu spät war.

18. Kapitel

Birthe hatte die ganze Nacht nicht geschlafen. Sie war nach ihrem Besuch bei Pawel zu ihrer Mutter gefahren, die völlig ermattet von den vielen Medikamenten auf dem Sofa gelegen hatte. Birthe hatte ihr Tee gekocht, sie zugedeckt.

Birthe hätte zu gern gewusst, ob und wie ihre Eltern in der ganzen Sache drinsteckten. Nach all den Ereignissen der vergangenen Zeit vermutete sie einfach, dass auch der Angriff auf ihren Vater in irgendeiner Form mit allem in Verbindung stehen könnte. Doch genauso nahm sie an, dass weder er noch ihre Mutter ahnten, dass sie Anteil an der ganzen Sache hatten.

Es wäre besser gewesen, Pawel hätte Anna ruhen lassen. Man konnte solch ein Unrecht auch nach so langer Zeit nicht mehr wiedergutmachen.

Birthe sah Pawel ihr noch immer gegenübersitzen, sah die ineinanderverkrampften Hände vor sich. Seine Augen, die sich nach und nach mit Tränen füllten.

Anna sollte eigentlich bis zur Geburt in eines der staatlichen Entbindungsheime gebracht werden. Das Kind würde dort bleiben. Wenn es arisch genug aussah, konnte man es zur Adoption freigeben. Mit etwas Glück hätte Annas Kind der Überprüfung standgehalten, wäre als gutrassisch eingestuft und mit einer gefälschten Urkunde in eine deutsche Familie gekommen. Aber Anna war extrem dunkel gewesen. So würde wahrscheinlich mit dem Baby geschehen, was mit den meisten der schwarzhaarigen Zwangsarbeiterkinder geschah. Es würde verhungern oder an einer der zahlreichen Infektionskrankheiten sterben, die durch diese »Ausländerkinderpflegestätten« geisterten, die von den Nazis intern »Aufzuchtsräume für Bastarde« oder »Sammellager« genannt wurden. Es gab weder ausreichende Hygiene noch genug Milch für die Säuglinge. Birthe hatte im Internet nachgesehen. Pawel hatte nicht übertrieben.

»Was hat Anna in der Situation getan? Wie hat sie es ausgehalten?«

Pawel hatte schlucken müssen, aber er zögerte nicht. »Es war klar, dass sie nach der Geburt hingerichtet werden würde und zwar ziemlich rasch, da fackelte man nicht lange. Noch bevor sie abgeholt wurde, hat ihr aber der Zufall geholfen.«

Pawel machte wieder eine längere Pause. Es fiel ihm sichtlich schwer, von den Ereignissen zu sprechen.

Eigentlich hätte Anna noch vier Wochen bis zum Termin gehabt. Der Tag ihrer Abholung stand bevor, die Bäuerin würde nicht mehr lange warten. Das hatte sie Edda gegenüber sehr deutlich zu verstehen gegeben. Die Zeit drängte.

Edda suchte eine der polnischen Frauen auf, die sich auf Geburtshilfe und alles, was dazugehörte, verstanden. Diese Frau war sehr erfahren und wurde heimlich auch zu schwierigen Geburten der Sander Frauen gerufen. Mit ihrer Hilfe leiteten sie die Geburt von Annas Kind vorzeitig ein. Die Frau hatte da ihre Mittel. Pawel hatte von großen Trichtern erzählt, die er gefunden hatte. Von einer Blutlache. Von nächtlichen Schreien in der Scheune draußen auf dem Feld. Annas Schreie. Schreie des Schmerzes, der Verzweiflung. »Und des Abschieds!«, hatte Pawel gesagt. Später hätte Anna sicher nicht mehr geschrien, sich im Griff gehabt. »Es muss für meine Schwester die Hölle gewesen sein«, sagte Pawel. »Sie hat dem Kind das Leben gerettet, ihres war ja in jedem Fall verwirkt.«

»Wie ging es dem Kind?«

Pawel nickte. »Gut, auch wenn es natürlich klein und viel zu leicht war. Und wie durch ein Wunder war es nicht zu dunkel geraten.«

Birthe konnte ihre Neugierde kaum noch zurückhalten. »Wer ist das Kind? Wo ist es?«

Pawel hatte nur abgewinkt. Die Augen waren fest geschlossen. Es schien, als hole er sich Bild für Bild die Vergangenheit zurück. Und als zerschneide jedes davon ein Stück seiner ohnehin geschundenen Seele. Doch seine Stimme war fest, als er weitersprach. »Es war ein gut durchdachter Plan, den die beiden Frauen sich ausgedacht haben. Die einzige Chance, die der kleine Wurm hatte.« Jetzt schluckte Pawel doch. »So winzig. So klein. Und schon jetzt nur eine einzige Chance.«

Birthe zitterte noch immer bei der Vorstellung, wie es in Anna ausgesehen haben musste. Was hatte sie Hartmuts wegen durchlitten. Birthe stand auf und drehte sein Foto um. Sie konnte sein Gesicht jetzt nicht länger ertragen.

»Sie haben es als Eddas Kind ausgegeben. Damit nie, wirklich niemals Fragen kommen würden, die das Kind in irgendeiner Form in Gefahr bringen würden. Pummelig war Edda schon immer gewesen, da fiel es nicht auf. Sie hat so getan, als sei sie von der Schwangerschaft überrascht gewesen, hatte erst kurz zuvor ein Kissen unter den Rock gestopft. Das gab es öfter, dass Frauen ihre unehelichen Schwangerschaften geheim gehalten haben.« Pawel lächelte tatsächlich ganz leicht. »Sie hat ein großes Opfer für Anna gebracht. Annas Kind hat die Hebamme mitgenommen. Sie haben erzählt, es sei tot geboren. Das war zu der Zeit nicht ungewöhnlich, dass Kinder die Geburten nicht überlebten.«

Birthe blieb die Luft weg. »Dann hat Edda ‚entbunden'.«

Pawel nickte. »Sie musste eine Sturzgeburt vortäuschen. Sonst hätte ihre Mutter dabei sein wollen. Noch einmal, Birthe: Niemand, wirklich niemand durfte wissen, dass Annas Kind lebt. Damit es eine Chance hatte. Eine kleine, winzig kleine Chance in all dem Elend.«

»Also hat Edda irgendwo auf dem Feld ihr Kind bekommen. Oder besser: So getan, als ob sie es bekommen hätte.«

Pawel brauchte wieder eine Pause. Dieser Teil der Erzählung setzte ihm schwer zu. »Kurze Zeit später hat Edda heiraten müssen. Das wurde ganz schnell arrangiert. Der Schande wegen.« Er hustete, fuhr sich mit der Hand durchs Haar. »Die Bäuerin war natürlich völlig fertig. Ein uneheliches Kind! Allein auf dem Feld geboren. Hinter einem Busch. Was für eine Schmach! Edda musste rasch unter die Haube gebracht werden. Sie verlagerte ihre Wut noch stärker auf Anna. Sie verfiel in hektische Betriebsamkeit, verfeinerte ihren Plan. Auf mich wirkte sie wie eine Schlange kurz vor dem tödlichen Biss.«

Pawel nahm nun seine ganze Kraft zusammen. Er atmete schwer aus, hatte große Mühe, den entscheidenden Satz zu formulieren, und so klang er am Ende doch recht einfach, enthielt nichts von den Gefühlen, die Pawel bewegten: »Gleich nach Eddas Entbindung zeigte die Bäuerin Anna an«, sagte er. Danach dauerte es eine Weile, bis er auch den Rest schildern konnte.

Schon am Morgen nach der Geburt waren sie gekommen, nachdem der Sohn vom Nachbarhof bereits in der Nacht verschleppt worden war. Pawel hatte sich an das hohle Schluchzen aus der Kehle des Jungen erinnert. Der Junge rief verzweifelt nach seiner Mutter. Dreimal. Ein lauter Schrei, der in der Nacht ohne Widerhall verklungen war. Todesangst habe darin gesteckt. Die Antwort der Mutter sei so voller Trauer gewesen, dass Pawel sich die Ohren hatte zuhalten müssen.

Dann kam der Wagen, ein Viehtransporter, für Anna. Der Motor knallte mehrmals laut, als ballerten Pistolenschüsse unter der Motorhaube. Als Erstes hatten sie Anna johlend die Haare abgeschnitten. Ihr Schreien, dass sie eine ewig lüsterne Hure sei, verfolgte Pawel bis heute. Hatte ihm schließlich den unbezwingbaren Wunsch eingepflanzt, Annas Ehre wieder herzustellen, indem er Hartmut wiederfand und ihn zur Rechenschaft zog. »Die Schreie des armen Irren werde ich auch nicht vergessen«, hatte er geflüstert.

Hartmut sollte die Vorstellung von Annas Schluchzen jedenfalls ins Grab begleiten. Er war schuld an der Lage, in der sie sich befand. Er allein musste dafür geradestehen. Die Vergangenheit war zwar vergangen, aber vorbei war es noch lange nicht, auch nicht für Hartmut Meckenwald.

In dem Moment, als Pawel ihr das erzählte, verstand Birthe. Sie wusste jetzt, wieso ihn diese Erinnerung sein ganzes Leben getrieben hatte, warum er nie aufgeben, die Vergangenheit nie ruhen lassen konnte. Es wäre einfach nicht rechtens gewesen.

Nach der Schur der Haare hatte man Anna in den Viehwagen gestoßen. Ihre Hand, die sie zwischen den Stäben hindurchgesteckt hatte, war das Letzte, was Pawel von seiner Schwester gesehen hatte.

* * *

Pawel sah Birthe lange nach. Sie war aufgebracht, aufgelöst gewesen. Ihre Augen hatten etwas von dem Schmerz, den er auch in Annas Blick gesehen hatte, angenommen.

Bei Birthe war es Pawel zum ersten Mal in seinem Leben möglich gewesen, die ewig in ihm kreisenden Gedanken zu lokalisieren, auszusprechen. Mit jeder Silbe war es ihm leichter gefallen, jedes weitere Wort war lockerer über seine Lippen gekommen. Seine schmalen, immer leicht spröden Lippen, über die im Leben nach Annas Tod nur wenige Worte gekommen waren, die jedoch nicht in der Lage gewesen waren, wirklich etwas von sich preiszugeben. Er hatte sich zusammen mit Anna begraben lassen. Nur dieses nicht zu erschütternde Gefühl, alles doch noch richtigstellen zu können, hatte ihn am Leben gehalten. Nun war er kurz davor. Hartmut war zwar bereits tot, nur hatte das Anna noch nichts genützt. Ihrem Kind schon gar nicht.

Birthe hatte vorhin nicht locker gelassen. Aber die letzte Wahrheit konnte er ihr noch nicht in vollem Umfang verraten. Sie wusste es auch so. Er hatte es an ihrem Gesicht gesehen. Ihm war am Ende dann doch die Stimme weggeblieben. Weil er das erste Mal seit 65 Jahren hatte richtig weinen können.

* * *

Carsten hatte eine herrliche Nacht hinter sich. Mechthild hatte ein Temperament an den Tag gelegt, das er ihr nicht zugetraut hätte.

Mechthild hatte seltsame Bemerkungen gemacht. Sie wisse über alles Bescheid und würde seinen Kopf aus der Schlinge ziehen. Alles gehe seinen Weg. Carsten hatte kurz darauf wieder das unangenehme Ziehen im Bauch verspürt. Mechthild besaß die Kontrolle über alles. Das wollte er nicht. Sie sollte Sekretärin und seine Geliebte sein, sonst nichts. Aber da schien sie anderer Ansicht zu sein. Sie sah sie beide als Team, eine Vorstellung, die Carsten nicht teilte. Er brauchte in der Firma niemanden an seiner Seite. Er wollte allein sein. Das musste er ihr noch klarmachen, später. Aber jetzt genoss er erst einmal den guten Sex mit ihr, lenkte er ihn doch von allen Unannehmlichkeiten ab.

Mechthild schlief noch, und er verspürte erneut einen unwiderstehlichen Drang, ihre großen Brüste zu berühren und mit dem Kopf darin zu versinken. Mechthild sprang sofort auf seine Annäherungsversuche an. Doch als sie ihm danach ihre Liebe gestand, rückte er ein Stück von ihr ab. Verliebtheit war in Ordnung, aber gleich die große Liebe?

Als er nicht sofort antwortete, setzte Mechthild sich auf. »Lass uns in die Firma fahren. Ich habe das, was du so verzweifelt suchst. Wir müssen uns nur noch davon trennen, dann bist du ein freier Mann.«

* * *

Birthe hatte auf dem Sofa gegenüber ihrer Mutter geschlafen. Jetzt sah sie, dass Meta bereits wach war. Sie wirkte geistesabwesend.

»Hast du gut geschlafen, Mama?« Birthe erspürte das Nicken mehr, als dass sie es wirklich sah. Ihre Mutter sah zum Fürchten aus. Tiefe schwarze Ränder hatten sich wie Ringe um die Augen gelegt, die Lippen waren spröde und schienen schmaler als zuvor. »Wo ist dein Vater? Warum ist er fort?«

Birthe setzte sich auf. Ihre Hände zitterten. Sie wusste, dass sie jetzt alles wusste. Sie brauchte ihre Mutter eigentlich nicht zu fragen. Vermutlich hatte die ohnehin überhaupt keinen Schimmer. Genau wie ihr Vater wahrscheinlich völlig ahnungslos gewesen war. Es gab nur einen Menschen auf der Welt, der ihr jetzt helfen konnte. Nur einen Menschen, der genug Kraft besaß, alles wieder ins Lot zu bringen. Carsten. Sie zückte ihr Handy und wählte seine Nummer. Von ihm hatte sie seit gestern nichts mehr gehört. Sie hatten nie viel miteinander telefoniert, wenn der andere zu tun hatte, aber dass sich ihr Mann in einer solch extremen Situation gar nicht bei ihr meldete, kam Birthe doch seltsam vor. Bei Carsten ging nur die Mailbox an. Er wollte augenscheinlich nicht kontaktiert werden. Auch nicht von ihr.

In Birthe kroch Wut hoch. Sie umklammerte ihr Handy. Verdammt, was fiel ihm eigentlich ein? Ihr Vater lag schwer verletzt in der Klinik, und er war nicht zu erreichen. Hatte nicht einmal eine SMS geschickt, um zu fragen, ob es was Neues gab. Sie wählte die Nummer noch einmal. Wieder sprang sie nur die Stimme ihres Mannes an, der ihr mitteilte, dass er nicht zu erreichen war. Birthe blickte auf die Uhr. Es war kurz vor sieben. Carsten musste längst wach sein. Birthe versuchte es zu Hause auf dem Festnetz. Auch hier klebte sich das Tuten in ihre Ohren. Als sie ein drittes Mal nur die Mailbox dran hatte, hinterließ sie eine knappe Nachricht. »Falls du mal Zeit hast, kannst du mich gern anrufen.« Sie drückte die Aus-Taste mit einem kräftigen Daumendruck.

Dann wandte Birthe den Kopf zu ihrer Mutter. Sie betrachtete sie eine Weile, sortierte dabei die Worte, die in ihrem Kopf Ringelreihen spielten und sich einfach nicht zu klaren Sätzen formen wollten. Birthe konnte sich einfach nicht recht entscheiden, ob es richtig war, sie unter den derzeitigen Umständen überhaupt auf ihre Vermutung anzusprechen. Meta schien sich ohnehin in einer völlig anderen Welt zu bewegen. Birthe öffnete das Fenster. Von draußen strömte klare Luft in das stickige Zimmer. Ein kalter Hauch streifte Birthes Unterarm. Es störte sie nicht. Sie hörte das Muhen einer Kuh, ganz in der Ferne wieherte ein Pferd. Birthe sog die frische Luft ein. Noch während sie nach draußen sah, entschlüpfte ihr die Frage: »Was weißt du über Papas Eltern, Mama?« Ihre Mutter drehte den Kopf wie in Zeitlupe zu ihr. »Du kanntest deine Großeltern doch.«

Birthe nickte. Sie kannte sie. Oma Edda und Opa Heinz.

* * *

Mechthild streichelte Carstens Brust, drückte wieder und wieder Küsse darauf. Carsten wischte ihre Hand beiseite. Er tat es eine Spur zu schnell, als dass man es noch als liebevolle Berührung ansehen konnte. »Was willst du mir zeigen?«

»Komm doch mit in die Firma, mein Süßer. Ich habe das Geschenk aller Geschenke für dich.«

Carsten stand auf. Er stellte das Handy an, von dem ihm gleich drei Anrufe seiner Frau entgegensprangen. Er drückte ihre Nummer.

Mechthild hörte Birthes Stimme. Sie schien über irgendetwas sehr aufgebracht zu sein. Wenn die kleine Schnecke wüsste, um wie viel mehr sie sich aufregen müsste, wenn sie sie nackt neben ihrem Mann im Bett liegen sehen würde. Als Carsten den Blick kurz zu ihr wandte, strich sie sich mit einem Augenaufschlag über die Brüste. Sie hatte dieser kleinen Nutte gut zugehört.

»Entschuldige bitte, Birthe. Ich bestimme immer noch selbst, wann ich mein Handy anstelle.«

Birthe schien ihm etwas Wichtiges zu sagen. Carstens Gesichtsausdruck veränderte sich, die Stirn hatte sich in Falten gelegt. »Dann komm in etwa einer Stunde in die Firma. Klar helfe ich dir. Ich werde in meinem Büro sein. – Nein, ich war die Nacht nicht zu Hause.«

Carsten schleuderte das Handy aufs Bett. Mechthild zog ihn zu sich herunter, knabberte an seinem Ohrläppchen. »Vergiss sie!«

Carsten stieß sie weg. »Birthe …« Er stockte.

Mechthild zog die Brauen hoch. »Was ist mit ihr?«

»Birthe weiß zu viel.«

Mechthild wurde blass. Sie sprang auf, schlüpfte noch im Laufen in ihren Morgenmantel. »Lass uns ins Büro fahren, Carsten. Du brauchst jetzt mein Geschenk an dich. Wenn Birthe dann auch kommt, umso besser!«

»Was soll das heißen, Mechthild?«

Sie drehte sich im Türrahmen noch einmal zu ihm um. »Ich lass dich nicht allein, Carsten. Das habe ich noch nie getan.«

* * *

Birthe strich ihrer Mutter über das ergraute Haar. »Ich muss noch einmal weg, Mama. Vielleicht können wir was für Papa tun. Carsten wird mir helfen.«

Ihre Mutter nickte. »Die Polizei tut ja auch nichts. Die suchen im Sand nach Spuren, und der Mörder sitzt in irgendeiner Kneipe und trinkt Bier.«

»Papa ist ja nicht tot, Mama. Sie werden den Täter finden. Ganz bestimmt.«

Der Motor heulte auf, als Birthe kräftig auf das Gaspedal trat. Pawel hatte es nicht direkt gesagt, doch sie wusste jetzt, warum er gerade sie auserkoren hatte, Anna zu rehabilitieren. Sie hatte ihrer Mutter eben nicht sagen können, was sie nun sicher wusste. Sie war die Enkelin von Anna und Hartmut Meckenwald und mit dem anderen Enkel von Hartmut verheiratet, ihrem Halb-Cousin sozusagen. Wie sich das auf die Legalität ihrer Ehe auswirken würde, wusste Birthe absolut nicht. Es verursachte in ihr aber blankes Entsetzen.

Das alles machte ihr Angst, weil nicht nur Hartmut sterben musste, sondern auch auf seinen Sohn ein Anschlag verübt worden war. Carsten und sie befanden sich wahrscheinlich in großer Gefahr. Sie wollte jetzt gar nicht wissen, wo ihr Mann die Nacht verbracht hatte, vermutlich gab es eine ganz harmlose Erklärung. Sie mussten jetzt zusammenhalten. Es führte kein Weg daran vorbei.

Carsten würde Rat wissen. Auch wenn er so seltsam gewesen war in der letzten Zeit. Er würde wissen, was zu tun war.

Etwas in Birthe machte sie aber sicher, dass Pawel Hartmut, trotz all seines Hasses, all seiner Verletzungen nicht getötet und auch mit dem Anschlag auf ihren Vater nichts zu tun hatte. Pawel liebte Johann wie seinen eigenen Sohn. Er würde ihm nichts antun. Wer also wusste noch von der Verbindung? Wer konnte seinen Nutzen daraus ziehen? Geld, schoss es Birthe durch den Kopf. Im Leben der Meckenwalds war es immer nur um Geld gegangen. Wer wusste schon, ob Edda nicht doch einmal jemandem von Johanns wirklicher Mutter erzählt hatte, trotz ihres Versprechens, darüber für immer zu schweigen.

Carstens Wagen stand bereits auf dem Firmenparkplatz. Birthe parkte daneben und eilte zum Bürokomplex. Sie wollte nicht den Fahrstuhl nehmen, war viel zu aufgewühlt, konnte nicht still im Aufzug stehen. Als sie ins Treppenhaus trat, blieb sie kurz stehen. Sie glaubte, Stimmen gehört zu haben, die sich aus dem Keller nach oben schraubten. Sie klangen hohl und angespannt, zeitweise glaubte Birthe sogar Ärger herauszuhören. Es war eine Weile still. Dann zeterte eine Frauenstimme los. Es war Mechthild. Birthe war sich ganz sicher. Die dazugehörige andere Stimme gehörte eindeutig zu Carsten. Birthe sah auf die Uhr. Sie war zu früh. Eine halbe Stunde zu früh. Ihr Mann rechnete noch nicht mit ihr.

Birthe schlich die Stufen hinunter. Das grelle Neonlicht warf unheimliche Schatten an die Wände. Birthe fühlte sich regelrecht verfolgt.

Die Gänge waren in reinem Weiß gestrichen, das nur selten von einzelnen Kratzern zerstört wurde. Carsten achtete penibel darauf, dass alle Unregelmäßigkeiten sofort ausgebessert wurden. Bislang hatte Birthe das immer als völlig korrekt empfunden, heute störte sie sich daran, weil diese Perfektion ihr wie eine Warnung erschien. An dem Image der Meckenwalds durfte keiner kratzen. Auch nicht die eigene Ehefrau. Als Birthe diese Gedanken durch den Kopf schossen, befand sie es für besser umzudrehen. Doch da vernahm sie die Stimmen erneut. Leise nur, eher wie ein Krächzen. Sie schlich sich näher heran.

»Das sind die Kopien, Carsten. Mehr gibt es nicht. Wenn sie verschwinden, ist alles in Butter. Du kannst schalten und walten, wie du willst. Mit mir an deiner Seite. Ich bin immer für dich da!«

»Birthe kennt die Hintergründe, Mechthild. Ich kann sie …«

Birthe gefror das Blut in den Adern, als sie sah, was sie nicht sehen wollte. Carstens Arm lag um Mechthilds Hüfte. Sie hielt einen dünnen Stapel Papiere in der Hand, die sie beinahe lustvoll vor Carstens Gesicht kreisen ließ. Es war kein versehentlicher Griff, keiner, der freundschaftlich wirkte. Birthe überlegte kurz, ob sie sich zurückziehen sollte. Es ignorieren, später wiederkommen.

In dem Moment wandte Carsten jedoch den Kopf – und entdeckte seine Frau. Sein Blick erstarrte, wurde zu einer Mischung aus Entsetzten, Angst – und Hass. »Birthe …«

»Spar dir deine Worte, Carsten!« Birthe wusste selbst, dass sie schrill, hysterisch klang. »Du betrügst mich mit Mechthild. Deswegen war dein Handy nicht an. Deswegen warst du nicht zu Hause.« Jetzt erstickte sie sogar in aufkommenden Tränen. Mit allem hatte sie gerechnet. Aber bestimmt nicht, dass Carsten sie mit seiner Sekretärin betrog. Ein Blick zu Mechthilds selbstgefälligem Grinsen verleitete sie kurzfristig zu dem Wunsch, ihr die Faust mitten in das schöne Gesicht zu schlagen. Aber das passte nicht zu ihr. Sie hatte sich in der Gewalt. Sie hatte Stolz. Selbst in dieser erniedrigenden Situation wollte Birthe ihre Würde bewahren, Stärke zeigen. Sie sog die Kellerluft tief ein. Sie würde sich umdrehen und einfach gehen. Diesen Schmerz einfach nicht zulassen. Den Vertrauensbruch von Carsten noch ein kleines bisschen wegschieben, bis sie in der Lage war, ihn zu ertragen.

Sie hatte gerade die erste Treppenstufe mit der Schuhspitze berührt, als sie von hinten festgehalten wurde. »Du bleibst, Kleine!«

Birthe versuchte, Mechthilds Hand abzuschütteln, doch der Griff war fest und unnachgiebig. »Was soll das?« Birthe schaute zu Carsten, der die Arme vor der Brust verschränkt hatte und dem Ganzen eher ungerührt zusah.

»Carsten …« Birthe spürte Leder, das sich um ihre Handgelenke wickelte. Mechthild hatte den Ziergürtel ihres Kleides abgemacht. Den legte sie Birthe nun um die Handgelenke und fesselte sie an eines der Heizungsrohre. Die Papiere hatte sie sehr sorgfältig in die Ecke gelegt.

»Was hast du gestern in der Pension gemacht? Warst du bei Pawel Dzierwa?« Carstens Stimme klang frostig. Anders. Nicht so wie Birthe ihn kannte. Auch seine Augen waren von einer Kälte gezeichnet, die sie kaum ertragen konnte. Vor Birthe stand im Augenblick nicht ihr eigener Mann. Eher ein Schema von ihm, eine seiner Skulpturen, die sich auch durch ihre kalte Gesichtslosigkeit auszeichneten.

»Woher weißt du, dass ich gestern Abend …?«

»Die Fragen stellen wir«, zischte Mechthild und drückte Birthe an die Wand. Sie war nicht nur makellos weiß, sie war auch kalt und wirkte leicht feucht.

Birthe schaute hilflos zu Carsten, der ihrem Blick auswich. Nichts an ihm erinnerte mehr an den Mann, den sie so geliebt hatte.

»Nun sag schon, was Pawel Dzierwa dir erzählt hat!«

Birthe wand sich etwas aus Mechthilds Griff. Sie stellte sich, so gut es mit der Fessel möglich war, aufrecht hin und spuckte ihrem Mann vor die Füße. Sie verfehlte die Schuhspitze nur um Haaresbreite. Sein Gesichtsausdruck wirkte angewidert und dann doch wieder von unendlicher Traurigkeit geprägt. »Lässt du uns kurz allein, Mechthild?«

Birthe bemerkte den hasserfüllten Blick der Sekretärin durchaus, war aber froh, dass Carsten im Augenblick zumindest noch den Funken Anstand besaß, mit ihr allein reden zu wollen. Birthe verlangte eine Erklärung.

»Ich habe dich gestern in der Pension gesehen. Ich weiß von den Briefen, die der alte Mann dir zugesteckt hat. Du bist meiner Familie zu nahe gekommen, Birthe. Du weißt Dinge, die für dich nicht gut sind.«

»Es ist auch meine Familie. Von vorne bis hinten. Gerade das wollte ich dir erzählen.«

Carstens Augen verengten sich. »Ich weiß es doch längst. Der Alte hatte aber nicht das Recht, dir das alles zu erzählen. Ich habe ihn gestern noch, sagen wir, besucht.« Carsten klang wie bei einer geschäftlichen Besprechung. Freundlich, souverän und ungemein herablassend.

Birthe riss an der Fessel. »Was hast du mit Pawel gemacht?«

Über Carstens Gesicht glitt dieses selbstgefällige Geschäftsgrinsen, das ihm immer dann zu eigen war, wenn er ihr seine Überlegenheit demonstrieren wollte. »Der sagt nichts mehr.«

Birthe riss wieder an der Fessel. »Es ist doch ohnehin zu spät. Ich weiß, was dein Großvater getan hat. Ich weiß, dass mein Vater Annas und Hartmuts Sohn ist und …«

Birthe verstummte. Sie hatte es das erste Mal laut ausgesprochen, und erst damit war ihr die Tragweite dieser Aussage bewusst geworden. Ihr Vater war Hartmuts Sohn. Carsten nur der Enkel. Der, der nach dem Sohn kam. Ein Umstand, den er nicht gewöhnt war. Er, der immer der Erste bei den Meckenwalds gewesen war. Er, der Kronprinz. Der

Alleinerbe. Birthe wiederholte in Gedanken das Wort: Alleinerbe. Es ging hier um etwas ganz Einfaches. Das wurde Birthe jetzt von Sekunde zu Sekunde deutlicher. Es ging um Macht. Es ging um Geld. Wie immer bei den Meckenwalds. Carsten hätte jetzt teilen müssen. Mit ihrem Vater. Mit ihr, seiner eigenen Frau. Birthe glaubte zu ersticken.

Carsten brauchte gar nichts mehr sagen. Kein Wort mehr. Sie wusste selbst, was jetzt kam. Die höchste Gefahr, auch für sie selbst, ging von dem Menschen aus, den sie noch bis vor ein paar Minuten unendlich geliebt hatte.

»Du hast Hartmut selbst getötet«, stieß Birthe hervor. »Weil er von Pawel erfahren hatte, dass sein Sohn lebt. Deshalb war Hartmut in letzter Zeit so zerstreut, so nervös. Er hat Anna noch immer geliebt, und aus dieser Sentimentalität heraus wollte er Johann jetzt noch als Sohn anerkennen, rechtlich alles klären. Du hast das gewusst. Aber teilen wolltest du nicht.«

Carsten schabte mit dem Fuß über den Boden. Er schien von der jetzt gefassten, überhaupt nicht ängstlich wirkenden Stimme seiner Frau überrascht. »Er hat nach Pawels Mitteilung heimlich einen Vaterschaftstest machen lassen. Sein letztes Treffen mit Pawel an dem Abend sollte die Wendung bringen. Am nächsten Morgen wollte er mir alles sagen.« Carstens Stimme kippte. »Das musste ich um jeden Preis verhindern. Er durfte es deinem Vater nicht sagen.« Sein Blick fiel auf die am Boden liegenden Papiere. »Er hatte Schriften aufgesetzt. Deinem Vater Anteile überschrieben. Über die Summen, die ich für meine Investitionen haben wollte.«

»Du hast ihn doch geliebt. Er war dein Opa!«

Carsten konnte Birthe nicht in die Augen sehen. »Er wollte mir alles nehmen. Alles, worauf ich mein Leben lang hingearbeitet habe.« Die Stimme wurde immer leiser, ging in ein

Flüstern über. »Er wollte meinen Lebenstraum zerstören. Einfach wegwischen. Mit einem Fingerzeig«, Carsten machte eine schnippende Handbewegung, »weg ...«. Über das Gesicht ihres Mannes bahnten sich Tränen den Weg, aber Birthe war weit davon entfernt, Mitleid mit ihm zu empfinden.

»Du hast deinen Großvater eiskalt getötet.« Birthe musste sich sehr zusammenreißen, um nicht doch in Tränen auszubrechen. Diesen Triumph gönnte sie ihrem Mann nicht. »Und Pawel.« Ihre Stimme brach jedoch, als sie flüsterte: »Wer weiß, wen noch alles.« Sie zögerte, sah Carsten dann an, der aber seinen Blick nach wie vor gesenkt hielt. »Papa ...«

Carsten ging nicht darauf ein. Er wirkte seltsam entrückt »Ich habe gehört, wie Hartmut mit Pawel telefoniert hat. Er war gerührt über das Auftauchen seines Sohnes. Die ganzen Jahre hatte er wirklich geglaubt, er sei tot.« Carsten presste die Lippen zusammen. Gefühle wie Hass, Eifersucht und Neid tanzten über sein Gesicht. Birthe konnte an seinem Gesichtsausdruck seine Gefühle sehr genau ablesen. Sie schloss die Augen, musste sich einen Augenblick in sich selbst zurückziehen. Sie dachte an den Mordabend, als sie Carsten noch einmal in die Firma geschickt hatte, um nach seinem Großvater zu sehen. »Wann genau hast du es getan, Carsten?« Birthe wurde kalt, als sie ihrem Mann auf die Hände sah, die sie einerseits so liebevoll streicheln konnten, aber andererseits auch dazu in der Lage waren, einem Menschen das Leben zu nehmen, wenn er ihm im Wege stand.

»Am Abend noch. Bevor ich nach Hause kam. Ich habe die Firma mit Mechthild verlassen, bin dann um das Gebäude herumgefahren und durch den Hintereingang wieder rein. Dann habe ich diese Nutte angerufen, die ich vorher zum Schein bestellt hatte, weil Hartmut sie schon öfter zu sich gerufen hatte. Sie sollte in der Nähe der Firma warten, bis ich mich melde.« Carsten lachte. »Der Alte hat davon nichts mitbekommen.« Er machte eine Pause.

Birthe spürte, dass er nicht alles erzählen wollte, und das winzige Detail, ob und wenn ja was er dann mit der Frau getan hatte, interessierte sie in dem Augenblick auch gar nicht wirklich. Der Schmerz über all die Erkenntnisse war auch so groß genug. Carsten sprach weiter. Seine Worte hallten dumpf und leer durch den Keller. »Ich habe sie zum Teufel gejagt, nachdem ich mit ihr ein Glas Sekt getrunken hatte. So hatte ich ihre Fingerabdrücke auf dem Glas.«

Birthe sog die Luft ein. »Du hast diese Frau bestellt, damit sie ungefähr zur Tatzeit dort war, sie dann fortgeschickt und anschließend Hartmut erdrosselt?«

»Ihren Schal hatte sie glücklicherweise liegen gelassen.«

Birthe spürte, wie sich ihr Mageninhalt Zentimeter für Zentimeter den Weg nach oben bahnte. Carsten hatte Hartmut umgebracht. Es gab aber noch die tote Prostituierte, ihren schwer verletzten Vater … Was für ein Monster hatte sie da geheiratet? Vor ihr stand ein machtbesessener Mann, der alles aus dem Weg räumte, was störte. Ohne mit der Wimper zu zucken. Ein Kind, das seinen egoistischen Urtrieb nie unter Kontrolle bekommen hatte. »Das Geld fällt dir über mich doch ohnehin zu, wenn mein Vater stirbt«, entfuhr es Birthe. »Du hättest alles so laufen lassen können.«

Carsten lachte auf. »Du hättest einen Sitz im Beirat bekommen. Du hättest Einfluss gehabt. Dein Vater auch. Nichts hätte ich mehr ohne euer Einverständnis tun können. Er hatte schon vorgesorgt, der gute Hartmut Meckenwald. Der mir ja nie wirklich etwas zugetraut hat.« Carsten schlug sich mit den Fäusten gegen die Stirn. »Nichts hat er mir zugetraut. Nichts. Nichts. Nichts. Nie!«

Birthe lachte. Es klang schrill. Unnatürlich. Und doch konnte sie nicht anders, als ihren Mann, der so gern den Macher gab, hier unten, in ihrer ausweglosen Situation, einfach auszulachen. Sie wusste, dass Carsten bemerkte, was für ein Lachen das war. Ihre Beine gaben zusehends nach. Dann verspürte sie ein unglaubliches Brennen an ihrer Wange. Carsten hatte sie das erste Mal in ihrer Ehe geschlagen.

* * *

Der Pensionswirt war total aufgelöst. Das viele Blut im Zimmer hatte ihn völlig aus der Bahn geworfen. Es sah aus, als habe man jemanden abgeschlachtet. In der Ecke lag der messingfarbene Lampenständer, an dem ebenfalls Reste von Blut klebten.

Petra Erdmann hatte den Wirt gefragt, ob in der Nacht jemand Fremdes in der Pension gewesen sei.

»Es war nur eine junge Frau da. Gestern Abend. Ich dachte noch, was will so ein blutjunges Ding, so hübsch dazu, mit einem solchen Kerl? Aber wir fragen in unserem Gewerbe nicht.«

Seine weitere Beschreibung konnte auf Birthe Meckenwald zutreffen, dachte Petra. Und die Beschreibung des Zimmerbewohners auf die des Mannes, der ihr auf der Beerdigung aufgefallen war.

»Sonst war niemand hier?«

Der Wirt schüttelte den Kopf. »Hab keinen gesehen.«

Petra durchwühlte die Taschen der in der Ecke herumliegenden Jacke und zog den Ausweis heraus. Der Mann hieß Pawel Dzierwa und war polnischer Staatsangehöriger. Er musste das Zimmer völlig überstürzt verlassen haben.

»Nun ist auch mein weiterer Verdächtiger einfach verschwunden«, sagte Petra laut. Der Fall wurde immer verworrener und doch war sie sich sicher, jetzt kurz vor der Auflösung zu stehen.

»In jedem Fall haben wir hier weder einen Toten noch einen sichtbaren Verletzten. Wir müssen sehen, ob wir den Mann finden.« Petra dachte mit Schaudern an das weitere Rechtshilfegesuch. Dieses Mal in Richtung Polen. Mit Russland stand sie Janinas wegen in Kontakt, ergeben hatte sich aber bisher gar nichts. Keiner wusste, woher Janina kam und wer sie in Wirklichkeit war. Kein Leben davor und keines danach, wie schon die Nachbarin gesagt hatte.

* * *

Mechthild ging unruhig im Vorzimmer auf und ab. Was war, wenn Carsten sich nun wieder Birthe zuwenden würde? Die Abmachung, die sie im Stillen gemacht hatten, war eine andere. Erst würde der Alte kaltgemacht, dann Birthe, die nun leider wusste, was Sache war. Doch Mechthild befürchtete, dass Carsten bei seiner Frau dazu vielleicht doch nicht in der Lage sein könnte. Sie schlug mit der Faust auf den Schreibtisch. Musste sie denn alles alleine machen?

Carsten war ein Waschlappen. Was hatte sie sich gefreut, als er ihr die Arbeit abgenommen hatte, Hartmut zu töten. Auch sie hatte – als gute Sekretärin immer dran am Geschehen – von dem Erben gehört, alle weiteren Zusammenhänge gesucht, gefunden, verstanden. Sie hatte sich schon selbst überlegt, dass Hartmut verschwinden musste, bevor irgendwer anders von dem Erben erfuhr. Hartmut musste weg und Pawel ebenfalls.

Sie hatten beide dasselbe gedacht. Sie und ihre große Liebe. Da sah man doch, wie eng sie miteinander verbunden waren. Ganz anders als Birthe und er. Die würde sich in dieser Angelegenheit niemals mit Carsten verbünden, war viel zu moralisch, die Kleine. Niemals.

Mechthild musste jetzt handeln. Carsten war für das weitere Vorgehen zu schwach. Birthe musste noch heute sterben. Nicht heute. Gleich.

Mechthild nahm den Schlüssel aus ihrer Schublade, schloss damit den Tresor auf und umschloss dann den Knauf einer Pistole.

* * *

Der alte Mann blutete. Über seinen Schädel zog sich eine längliche Wunde, die Petra auffallend an die Form des Lampenständers in der Pension erinnerte. Pawel Dzierwa lebte also. Er war blass, wirkte, als würde er gleich zusammenbrechen. Er suchte nach Worten, doch sein Mund klappte nur auf und zu. Sein Blick war irr und unstet, nicht in der Lage, sich auf einen Punkt zu fixieren. Die Hände zitterten, die Augenlider flatterten wie mit elektrischen Stößen durchsetzt hin und her.

»Was ist geschehen?«, fragte Petra. Sie winkte einem Kollegen, der sofort mit Verbandszeug eintrat. Petra inspizierte die Wunde und beschloss, Pawel ins Krankenhaus bringen zu lassen.

»Meckenwald«, flüsterte Pawel. »Carsten Meckenwald. Er glaubt, ich bin tot.« Er stockte, ruderte mit der Hand. Wieder schnappte er nach Luft, wieder wirkte es, als versuche er so, die Worte zu ordnen. Petra verstand schließlich die Worte »Birthe« und »Gefahr«. Birthe Meckenwald war also in Gefahr, weil sie von etwas wusste, was sie besser nicht wissen durfte. So viel hatte sie dem Alten entlocken können. Dann war er zusehends blasser geworden und seitlich vom

Stuhl gekippt, sodass Petra umgehend den Rettungswagen verständigte.

Noch während ihre Kollegen sich um Pawel Dzierwa bemühten, kümmerte sie sich um Begleitschutz und einen Wagen. Sie musste zur Firma der Meckenwalds. So schnell wie möglich.

* * *

Carsten hatte seine Arme um Birthe gelegt, ihr die Fesseln abgenommen. Beide waren auf den Boden geglitten. Er weinte wie ein kleines Kind, das zu Weihnachten seinen sehnlichsten Wunsch nicht erfüllt bekommen hatte. Birthe spürte sein Herz schlagen, nahm seinen Geruch wahr, der sie an frühere, bessere Zeiten erinnerte. Und doch – es war nicht der Carsten, den sie kannte, der, den sie geliebt hatte, der hier schluchzend seine Arme um sie gelegt hatte. Weniger um sie zu schützen, als vielmehr um sich selbst an eine Illusion zu klammern, die es nicht mehr gab. Er hatte einen Menschen umgebracht. Seinen eigenen Großvater. Er hatte vermutlich ihren Vater schwer verletzt, Pawel getötet und außerdem vorhin vorgehabt, sie, seine eigene Frau, seinem Machtstreben zu opfern. Ob er auch für den Tod an der Prostituierten verantwortlich war, wusste Birthe nicht, und im Augenblick war es auch völlig egal. Sie hatte nur Angst vor dem Schalter, der sich jeden Augenblick in Carstens Kopf umlegen konnte, ihn wieder zu dem gefährlichen Raubtier machen würde. Es war ein Tanz auf dem Rande des Vulkans, den sie hier im Moment tanzte. Jederzeit drohte ihr, in die heiße Lava gestoßen zu werden. Jedes Wort konnte das falsche sein, jede Bewegung zu viel. Birthe konnte außerdem nicht ermessen, welche Macht seine Sekretärin über ihn hatte.

Denn dass sie gleich wieder auftauchen und das Zepter in die Hand nehmen würde, daran zweifelte Birthe nicht eine Sekunde. Carstens Weinen nahm zu. Wo war seine Stärke geblieben, seine Überheblichkeit? Er hatte sich dieses eine Mal gnadenlos überschätzt und das war jetzt sein Ruin. So konnte er nur aufgeben oder mit einer zerstörerischen Wut um sich schlagen. In Birthe arbeitete es fieberhaft. Womit konnte sie Carsten nur zur Vernunft bringen? Dass wenigstens sie und ihr Vater heil aus der Sache herauskamen. Sie hatte Angst. Ihr Herzklopfen lieferte sich mit seinem ein Wettrennen.

Dann hörte sie Schritte auf der Treppe. Mechthild war zurück.

* * *

Petras Bauch rumorte. Sie musste sich eingestehen, dass ihr unwohl bei dem Gedanken war, Carsten Meckenwald gleich mit ihrem Verdacht zu konfrontieren. Es würde aber dieses Mal einfach sein, ihn zu überführen. Die Spurensicherung war bereits im Pensionszimmer, und jetzt würden sie Beweise finden. Mit etwas Glück war es dann auch bis zur Aufklärung der anderen Morde nicht mehr weit. Denn dass Carsten in all dem tief drinsteckte, daran zweifelte Petra nun gar nicht mehr.

Trotzdem beschlich sie mit jeder Minute, in der sie sich dem Ziel näherten, ein mulmiges Gefühl. Es war ihr, als erwarte sie gleich eine Überraschung, eine Wende, mit der sie nicht rechnete.

Das Bürogebäude lag, vom Licht der Morgensonne beschienen, vor ihr. Nichts deutete daraufhin, dass etwas Außergewöhnliches darin vorging.

Petra betrat mit den beiden Kollegen den Flur, fuhr mit dem Fahrstuhl in die Chefetage. Das Vorzimmer war leer, die Tür zu Carsten Meckenwalds Büro nur angelehnt. Der PC summte leise vor sich hin.

Petra betrachtete den Bildschirm, über den gerade tausende von winzigen Sternen flirrten. Carsten war also schon eine geraume Weile nicht mehr am Computer gewesen, wie der Bildschirmschoner bewies. Es war still auf der Etage. Kein Telefon klingelte, keine Stimmen waren zu hören. Nicht einmal der Duft von Kaffee durchströmte die Gänge, wie es sonst in Büros üblich war.

Petra sah zu ihren Kollegen und zuckte mit den Schultern. »Keiner da, seltsam.« Ein untrügliches Gefühl sagte Petra, dass hier etwas überaus Merkwürdiges vor sich ging, sie nicht einfach unverrichteter Dinge wieder verschwinden durften.

Sie beschloss, den Rückweg durchs Treppenhaus zu nehmen. Vorbei an den Gemälden und gesichtslosen Skulpturen, die so viel über ihre Besitzer aussagten. Petra fühlte sich von den Augen, die gar nicht da waren, dermaßen verfolgt, dass sich ihr Herzschlag merklich beschleunigte.

Als sie unten ankam, war sie zunächst unsicher, was sie tun sollte. Ein paar Mitarbeiter liefen grüßend an ihr vorbei nach draußen, steckten sich vor der Tür eine Zigarette an. Immer wieder schweiften ihre Blicke neugierig zu der Dreieransammlung der Polizisten. Petra wollte kein Aufsehen erregen. Sie schickte einen der Polizisten hinaus, damit er die Mitarbeiter in ein Gespräch verwickelte.

Der andere Polizist tippte Petra an den Arm und deutete zu einer verschlossenen Stahltür. *Zutritt verboten* prangte Petra auf dem Schild entgegen. Sie fasste an den Griff, drückte die Klinke vorsichtig herunter. Sie nickte, sah, dass der Kollege seine Pflicht draußen mit Bravour erfüllte, und schlüpfte mit dem anderen durch die Tür, was auch immer sie dort erwarten mochte.

* * *

Birthe sah nur das Rund der Pistolenmündung, das vor ihren Augen im Atemrhythmus Mechthilds hin und her tanzte. Ihre Augen bohrten sich an dem Schwarz fest, tauchten in die Öffnung ein, aus der nun ihr baldiger Tod erfolgen würde.

Carsten hatte mit dem Weinen aufgehört. Er lag still in ihrem Arm, sie fühlte die Feuchtigkeit, die aus seinem Mund rann und ihren Pulloverärmel immer mehr durchtränkte. Carsten, der Mörder, eben noch cool und unnahbar, lag in ihrem Arm und sabberte wie ein kleines Kind. Mechthilds Hand dagegen war mit der Waffe darin jetzt gefährlich ruhig. Sie zitterte nicht mehr. Kein Schweiß auf der Stirn. Nur die schwarze Öffnung. Nur der eiskalte Blick, in dem so viel Hass schlummerte, wie Birthe es nicht einmal bei Pawel gesehen hatte.

»Carsten, du Versager! Es war alles umsonst, wenn du jetzt aufgibst. Steh auf. Deine letzte Chance!«

Carsten rührte sich nicht. Er murmelte etwas in Birthes Ärmel, was sie aber nicht verstand. Sie fühlte seine Worte mehr über den warmen Atem, den er verströmte, als dass sie wirklich hörte, dass er etwas sagte.

Mechthild stieß ihn mit der Spitze ihres Pumps in die Seite. »Ich mache es dir leicht. Ich erledige das mit Birthe. Brauchst dir die Finger nicht schmutzig zu machen. Dann sind wir frei, keiner steht uns mehr im Weg. Erstaunlich, dass du das mit dem alten Polen selbst geschafft hast!«

Birthes wütender Blick drohte sie aufzuspießen, aber das spornte Mechthild nur noch mehr an. Wie sie es liebte, die

Rolle der kleinen Sekretärin mehr und mehr abzustreifen, das Gefühl von Macht über andere Menschen auszukosten, das ihre Seele wohl umschmeichelte wie warmes Duftöl einen Körper, der verwöhnt werden soll. Sie wählte ihre Worte mit Bedacht. Sie sollten verletzen. Die anderen Seelen zerstückeln. »Dass du das kleine Weibchen hier noch liebst, hättest du dir vorher überlegen sollen. Bevor du es mir gemacht hast. Und das nicht schlecht, mein Lieber.« Sie wandte sich Birthe zu. »Weißt du eigentlich, was du für einen Kerl … Wahrscheinlich nicht, sonst hätte ich es nicht so leicht gehabt.« Mechthild lachte schrill. Immer lauter wurde sie. Birthe war versucht, sich die Ohren zuzuhalten, wollte dieses hysterische Lachen nicht mehr hören. Sie blickte kurz auf. Mechthild hatte den Kopf in den Nacken gelegt, aus ihrer Frisur hatten sich einige Strähnen gelöst. Sie umrahmten das schöne Gesicht, dessen Züge sich aber immer mehr aufzulösen schienen. Birthe sprang auf und stieß ihren Mann beiseite, der mit dem Kopf an die Rauputzwand fiel und dort regungslos liegen blieb. Noch bevor Mechthild realisieren konnte, was geschah, hatte Birthe sie ebenfalls weggestoßen. Sie versuchte, nach der Pistole zu greifen, sie Mechthild aus der Hand zu schlagen. Doch bevor ihr das gelang, löste sich ein Schuss.

* * *

Petra dröhnte der Knall in den Ohren. Sie griff in ihr Halfter, zog ihre Dienstwaffe heraus und entsicherte sie. Der Kollege tat es ihr gleich. Der Polizist draußen würde Verstärkung anfordern. Sie würden in kürzester Zeit hier sein, bis dahin aber waren sie auf sich gestellt. Es war Gefahr im Verzug. Da unten befanden sich Menschen in Lebensgefahr. Wenn es nicht sogar schon Tote gab. Petra hatte Angst. Man wurde, auch wenn das im Fernsehen immer anders gezeigt wurde, nur sehr selten mit solchen Situationen konfrontiert. Eigentlich hatte Petra eine solche Gefahr in ihrer ganzen Laufbahn noch nicht erlebt, von den Einsätzen bei Großdemonstrationen einmal abgesehen. Doch noch nie hatte sie dem nahen Tod so allein gegenübergestanden, noch nie hatte sie auch die Verantwortung für einen Kollegen so unmittelbar tragen müssen. Ein Fehler von ihrer Seite konnte auch seinen Tod bedeuten. Ein Fehler. Ein falscher Schritt. Petra brach der Schweiß aus. Sie, die Macherin, vor der alle kuschten, zeigte sich jetzt verletzlich, hatte Angst. Merkte der Kollege das? Würde man hinterher über sie spotten? Petra trat sich selbst in den Hintern. Diese Gedanken waren jetzt zweitrangig. Es war egal, was man später über die Kommissarin sagte. Wichtig war jetzt das Leben. Leben, das da unten in Gefahr war. Sie atmete tief durch und schaffte es, mit leisen Schritten die Stufen nach unten zu kommen. Den Griff der Pistole mit beiden Händen umklammert, den Finger am Abzug. Locker in den Knien, immer auf der Hut.

* * *

Birthe fasste sich als Erste wieder. Mechthild blutete aus einer Wunde am Knie. Ihre Perlonstrumpfhose färbte sich binnen kürzester Zeit dunkelrot. Die Pistole lag außerhalb von Mechthilds Reichweite. Birthe robbte zu der Sekretärin. Ihr Mann lag mit dem Kopf auf dem Betonboden und schlug mit der Stirn immer wieder rhythmisch dagegen. Dabei murmelte er mechanisch immer wieder nur ein Wort: »Warum? Warum? Warum?«

Mechthild wurde zunehmend blasser. Birthe griff nach dem Gürtel, mit dem Mechthild sie vorhin gefesselt hatte. Sie zog ihn oberhalb der Fleischwunde um ihr Bein und zog die Schlinge dann zu. Die Blutung stoppte merklich. Auf Mechthilds Stirn hatten sich große Schweißperlen gebildet, sie stand kurz vor einem lebensbedrohlichen Schock. Birthe drehte Mechthilds Körper zur Wand und versuchte, die Beine daran in eine aufrechte Position zu bringen. Dann brach sie schluchzend zusammen. Als sie ihre blutüberströmte Hand sah, fragte sie sich, ob sie auch getroffen worden war.

* * *

Janina sah über die Weite der Landschaft. Immer stärker wurde der Geruch, der sie all die Jahre am Leben gehalten hatte. Zu Hause. Sie war bald zu Hause. Würde ihre Mutter in den Arm nehmen können, ihre Geschwister drücken und dann endlich leben. Aber zuvor musste sie alles noch einmal an sich vorüberziehen lassen. Vielleicht würde sie es so schaffen, mit dem Erlebten fertig zu werden. Dann würde sie das Kapitel Deutschland abhaken können.

Nie wieder würde sie sich tot stellen müssen. So wie früher. Die Janina von früher gab es eben nicht mehr. Die Janina, für die das Totstellen ein Zeitvertreib, ein lustiges Spiel gewesen war, nichts ahnend, wie sehr sie es für das tägliche Leben einmal zum Überleben brauchen würde.

Sie hatte es geschafft, war frei. Nur – zu welchem Preis? Janina war sich bewusst, wie schwer es ihr fallen würde, Majas Schreie zu vergessen. Als Robin sie windelweich geprügelt hatte. Dieses Mal hatte er richtig zugeschlagen. So schlimm wie sonst nie. Es hatte geknackt, als seine Faust Majas Gesicht getroffen hatte. Blut war aus Mund und Nase gespritzt. Janina war zu Maja gerannt, die sich ein Handtuch vor den Mund gehalten hatte und zur Tür hinausgewankt war. Robin schien mit ihr noch nicht fertig zu sein, er folgte Maja. Als Robin Janina sah, nickte er nur als Zeichen, dass sie schleunigst verschwinden sollte. Das hatte sie ja auch getan. Nach einer Weile war Robin zurückgekommen. Seine ganze Kleidung war blutig gewesen. Keiner hatte etwas gesagt. Alle waren stumpf der Tätigkeit nachgegangen, mit der sie gerade beschäftigt waren. Aber Angst war in den Gesichtern zu lesen gewesen. So viel Angst, dass die Luft davon erstarrt war. Am nächsten Morgen hatten sie Maja am Südstrand gefunden. Zerfleddert. Kaputt. Tot.

Janina schluckte. Die schreckliche Frau, die an dem Abend mit Maja verabredet gewesen war, war gleich gegangen, als Robin und Maja in die Nacht verschwunden waren. Sie hatte erst wieder von ihr gehört, als sie ihr Geld geboten hatte, damit sie diesen Immobilientypen da reinzog. Und dann später, als sie ihr die Heimfahrt bezahlt hatte.

Janina schaute aus dem Zugfenster. Die Wiesen waren noch grün. Auf den einzelnen Gehöften wehte die Wäsche im Spätsommerwind. Sie würde es schaffen, das alles zu vergessen. Sie war zu Hause.

* * *

Petra schlich von einer Kellertür zur nächsten, die Pistole immer im Anschlag. Im Keller gab es parallel angelegte Gänge, von denen zahlreiche feuergesicherte Türen abgingen. An einigen hingen Schilder mit der Beschriftung *Archiv, Geräte, Lager* und Ähnliches, andere Türen waren einfach abgeschlossen, ohne dass ein Schild verriet, was sich dahinter verbarg. Petra und ihr Kollege umfassten jede Klinke, drückten sie herunter, lauschten. Mit einem Mal griff der

Polizist nach Petras Arm, deutete mit dem Kopf nach rechts und legte gleichzeitig den Zeigefinger an die Lippen. Da hörte Petra es auch. Es war ein Stöhnen, das hin und wieder von leisem Wimmern unterbrochen wurde. Ein Wimmern, das dem eines Kindes glich. Vorsichtig tasteten sich die beiden Beamten an den Ort des Geschehens. Sie lugten um die nächste Ecke. Am Boden lag Mechthild Driefel, das blutige Bein mit einem Gürtel abgebunden und gegen die Wand aufgestellt. Ein paar Meter entfernt kauerte Carsten Meckenwald auf dem Boden. Von ihm kam das Weinen. Dabei schlug er mechanisch mit dem Kopf auf den Boden. Birthe dagegen stand leichenblass zwischen den beiden, konnte sich offenbar nicht entscheiden, was sie zuerst tun sollte. Petra wollte gerade losstürzen, diese groteske Szenerie beenden, als Mechthild ihre Stimme anhob. Sie klang schmerzverzerrt, aber klar. »Carsten, warum habe ich all das getan, wenn du jetzt auf der Zielgeraden verreckst? Die kleine Nutte habe ich für dich umgebracht, damit der Mordverdacht im Fall von Hartmut auf sie fällt und in ihrem Fall auf das ganze dreckige Milieu.« Sie begann zu lachen. Es hallte merkwürdig in den Kellerräumen, und Petra schoss durch den Kopf, dass diese Frau wohl die durchgedrehteste Person war, die ihr je untergekommen war. Mechthild Driefel war ein klarer Fall für die Klapsmühle. »Der Zuhälter hat ja schon vorher ganze Arbeit geleistet. Was hat er auf diese Frau eingedroschen, hat sie wohl für tot gehalten! Ich musste nur noch einmal zuschlagen, als sie da am Strand rumlag. Einen letzten, finalen Schlag, dann war sie endlich still. Ich musste es tun. Sie hätte reden können, dich verraten.« Mechthild lachte wieder. »Sie musste weg, sie war eine Gefahr für dich. Was musstest du es ihr auch unbedingt an dem Abend noch besorgen wollen – das heißt, wenn du gekonnt hättest. Du Schwächling!« Wieder entfuhr Mechthild dieses irre Lachen, das Petra ansprang wie die Zähne eines Raubtieres. »Mit mir hat es geklappt!« Sie sah zu Birthe, die mit dem Rücken an die Kellerwand gedrückt stand und sich nicht von der Stelle bewegte. Ihr Gesicht war starr, reagierte nicht einmal auf diese Unverfrorenheit. »Hey, Birthe Meckenwald! Er liebt mich. Mit mir hat er es getrieben. Wild. Rücksichtslos. Und doch so erfreulich, wie es nur sein kann.« Sie trat Carsten in die Seite. »Nun zeig, dass du ein Kerl bist.«

Carsten hörte auf, mit dem Kopf auf den Boden zu schlagen. Er hatte rot unterlaufene Augen, die im Neonlicht merkwürdig glänzten. Er bewegte sich auf allen Vieren zu der Waffe, die Petra erst jetzt unweit von ihm in der Ecke liegen sah. Blitzschnell hatte er sie mit der Hand umschlossen und zielte auf Mechthilds Kopf.

Petras Kollege hatte die Situation schneller erfasst, sprang zu Carsten und hielt ihm seine Waffe an die Schläfe. Diese Bewegung ließ ihn endgültig einknicken. Er legte die Pistole auf die Erde und ließ sich widerstandslos die Handschellen anlegen.

Zwei Monate später

Pawel Dzierwa stand mit Birthe und Johann am Wilhelmshavener Hauptbahnhof. Er hatte sein Ticket in der Hand.

»Mach's gut, Onkel Pawel«, sagte Birthe und drückte den alten Mann noch einmal ganz fest. Sie hatte ihn ganz neu eingekleidet, er sah richtig gut aus. Johann nahm seinen Onkel in den Arm. Er war seit gestern aus dem Krankenhaus entlassen. »Ich danke dir für alles. Jetzt habe ich eine Mutter. Mein Lebenspuzzle, das fehlte. Auch wenn der Ersatz schon okay war. Meine Mutter lebt. Über die Briefe. Über Birthe.«

Pawel sah die beiden an. Johann, für den Anna ihr Leben geopfert hatte, und Birthe, ihre Enkelin, die ihr so sehr glich. In den letzten Wochen hatte Birthe ihre Haare etwas wachsen lassen, was das Gesicht voller wirken ließ. Sie sah Anna nun wirklich zum Verwechseln ähnlich. Vielleicht auch, weil sich ein gewisses Leid in ihre Züge eingeschlichen hatte, so wie bei Anna am Ende ihres Lebens. Dass ihr Mann ein Mörder gewesen war, dass er sie betrogen und am Ende sogar ihren Tod geplant hatte, war natürlich nicht spurlos an ihr vorübergegangen. Ihr Lächeln hatte an Offenheit eingebüßt, ihre Haltung war nicht mehr ganz so gerade. Aber Pawel war sich sicher, dass sich das in nächster Zeit wieder ändern würde. Birthe war Annas Enkelin. Schön. Stolz. Voller Anmut. Sie würde sich durchsetzen, ihr Leben in den Griff bekommen. Es gab nichts, was sicherer war.

Er selbst wollte zurück nach Polen. Er hatte nicht mehr lange zu leben und zog es vor, dort zu sterben. Zu Hause. Er hatte sein Lebenswerk vollendet, sein Ziel erreicht. Als er in die Nordwestbahn stieg, Birthe und Johann ein letztes Mal zuwinkte, war er fest davon überzeugt, Anna stehe auf dem Bahnhof. Anna, die wieder auferstanden war, um jetzt das Leben zu führen, das ihr schon vor 65 Jahren zugestanden hätte.

Danksagung

Einen Roman zu schreiben, bedeutet auch immer, auf die Hilfe und das Verständnis vieler Menschen angewiesen zu sein.

Wie immer ist die Romanhandlung natürlich frei erfunden, Ähnlichkeiten mit noch lebenden oder bereits verstorbenen Personen sind zufällig und nicht beabsichtigt.

Ich bedanke mich an dieser Stelle ganz herzlich bei meinem ehemaligen Lehrer, dem Historiker Hartmut Peters, der mir für die Recherche wichtige Unterlagen aus der Zeit der Zwangsarbeiter in Friesland zur Verfügung gestellt hat.

Bei Herrn Günther Janssen aus Sande für die Zeitzeugenberichte, die mir sehr geholfen haben. Außerdem haben mir die Schriften des Heimatvereins Sande-Gödens einen fundierten Einblick in die damaligen Geschehnisse gegeben, genau wie das Buch »Der Bombenkrieg in Friesland 1939-1945« von Holger Frerichs.

Wie immer hat mir auch der Kriminaloberkommissar Onno Folkers hilfreich zur Seite gestanden und mir geduldig alle Fragen beantwortet.

Doch wie schon im letzten Roman erwähnt: Nichts geht ohne die Unterstützung der Familie:

Mein allergrößter Dank gebührt meinem Mann Frank, der mich bei der gesamten Romanentstehung und Durchsetzung immer wieder moralisch und tatkräftig unterstützt hat. Und meinen Eltern, auf deren Hilfe ich mich auch in großen Stressphasen immer verlassen konnte.

Zu guter Letzt ein dickes »Danke« an meine Lektorin Nicola Härms für die tolle und effektive Zusammenarbeit. Mit ihrer Unterstützung hat alles den endgültigen Schliff bekommen!